文春文庫

黒書院の六兵衛

上

浅田次郎

文藝春秋

目次

黒書院の六兵衛　上

一

その日の江戸は鼠色《ねずみいろ》の糠雨《ぬかあめ》にまみれていた。

濠端柳の若葉も土手に萌え立つ草も春の緑とは見えず、空は涯《はて》もない鈍色《にびいろ》である。風は生温《ぬる》く腐っている。

生まれ育った江戸の景色が、なぜかきょうばかりは見知らぬ町に思えて、加倉井《かくらい》隼人《はやと》はしばしば馬を止めた。

隊長が止まれば隊列が止まる。しかし三十人のどの顔にもさほど不審のいろはない。やはりおのれひとりの思い過ごしかと思うて、隼人はふたたび駒を進めた。めざすは外桜田の御門である。

夢か現《うつつ》かと思えるほど急な話であった。まだ暗いうちに宿直《とのい》の御小姓が門長屋にやってきて、隼人を叩き起こした。表御殿の御用人部屋に急ぎ参れという。

市ヶ谷の尾張徳川家上屋敷は七万五千坪もの広さがあり、表門続きの長屋から台上の御殿に向かうのも一苦労であった。ましてや前夜に過ごした酒が抜けぬ。長い石段の先に、火の見櫓《やぐら》の頭だけが橙色《だいだいいろ》に明け初《そ》めていた。

そのときすでに、これは夢であろうと思うていたのである。御殿様はじめ家来のあらかたは国元に帰っているが、いかに手不足とはいえ留守居の御用人様から、直《じか》に急用を申し付けられるはずもなかった。

ましてや怪しいことに、御用人部屋には西洋軍服を着た見も知らぬ侍たちが待ち受けていた。官軍の先鋒が尾張屋敷に入ったという噂は耳にしていたが、置行灯《あんどん》ひとつの薄暗い小座敷で取り囲まれれば、何か思わぬ濡れ衣でも着せられたか、さもなくば狐狸妖怪の仕業かと疑うた。

官軍の軍監と称する土佐の侍は、一揃いの西洋軍服と羅紗《らしや》地の陣羽織を隼人に勧め、さらには赤熊《しやぐま》の冠り物まで押しつけた。

曰《いわ》くところはこうである。

東海道と中山道を下った官軍はすでに品川と板橋に宿陣し、来たる三月十五日の江戸総攻めを待つばかりであったが、このたび勝安房守《あわのかみ》殿の談判により不戦開城と決した。ついては、まもなく勅使御差遣のうえ江戸城明け渡しの運びとなるところ、まずは御三家筆頭たる御尊家に物見《ものみ》の先手《さきて》を務めていただきたい。聞けばそこもとは父子代々江戸定府《じょうふ》との由、知己も多く勝手もわかっておろうゆえ、この大役は余人をもって代えがたい――。

要するに加倉井隼人は、江戸城明け渡しに先んずる官軍の、俄《にわ》か隊長を命ぜられたのである。

悉皆《しっかい》わけがわからぬ。

さような大役ならば然るべき人はいくらもいるであろうに、江戸定府の御徒組《おかちぐみ》頭《がしら》にすぎぬおのれが、なにゆえ選ばれたのであろうか。たしかに市ヶ谷屋敷の門長屋にて生まれ育った江戸前ではあるけれども、お仲間衆のほかに知己もそうあるではなし、むろん御城内になど足を踏み入れたためしもない。

つまるところ、官軍が入城するに先立っての露払いというわけで、まず命などいくつあっても足るまい、と加倉井隼人は肚《はら》を括《くく》った。

いかにわけのわからぬ話でも、官軍と上司に囲まれてそう下知《げじ》されたのでは返す言葉もなかった。とりあえず門長屋にとって返し、すわ何ごとぞと青ざめる女房を宥《なだ》め、赤児もろとも抱きしめて金輪際の別れみたような真似もして、あわただしく出発した。

組頭の隼人がそうした具合であるから、やにわに軍服を着せられ鉄砲を持たされて俄か官兵となった配下の徒士《かち》どもは、まるで夢見ごこちの様子であった。日ごろのお勤めといえば市ヶ谷屋敷と戸山御殿の門番ゆえ、得物は六尺棒と限っている。もしや御殿様の御手馬か、と思うほど立派な鹿毛《かげ》馬を頂戴した。さらには畏《おそ》れ多い旗徽《はたじるし》が二旒《りゅう》。赤地錦の菊紋と三葉葵の御家紋である。これさえ掲げておればめったなことはされまいよ、と御用人様は他人事のように言うた。

また、禁中御印《きんちゅうみしるし》の御許《おんもと》にある限り、相手が誰であろうとけっして頭は下げるな、謙《へりくだ》るな、という官軍からのお達しである。

外桜田の御門には城内から迎えが出ているらしい。そこまでの道筋は、と問えば、勝手など知ろうものか。御在府の折に御殿様が登城なされる道筋は、四ッ谷見附の御門を通って麹町の広小路を進み、半蔵御門を右に折れて桜田御門に向かう。ならばそれでよかろうと、隼人はまこと手前勝手に決めた。

勝手知ったるそこもとに任せると返された。

命をはかなむごとく糠雨のそぼ降る朝であった。市ヶ谷屋敷の表門を出てふと振り返れば、門続きの御長屋の二階に、赤児を抱いて見送る妻の姿が見えた。配下の徒士どもの家族も、官兵のなりをしてどこぞに向かう父や夫を、さぞかし不安に思うているであろう。定府の徒士どもはおしなべて、隼人と乙甲《おつかつ》の齢ごろであった。

そうこうして加倉井隼人の率いる一隊が外濠の四ッ谷御門に至れば、門前にはいかにも戦場めいた篝火《かがりび》などが雨にけぶっており、袴の股立《ももだ》ちを取った大勢の侍が踏ん張っていた。

枡形の石塁の上には、ずらりと鉄砲が並んでいる。御城の明け渡しなどもってのほかと、押っ取り刀で参集した御家人たちにちがいなかった。

えいままよ、と隼人は馬上から呼ばわった。菊と葵の二旒の旗を掲げている限り、撃ちかけてくることはあるまい、と思うたからである。

「尾張大納言家来、加倉井隼人と申す。勅諚《ちよくじよう》を拝し奉り、これより御城へと罷《まか》り通る。開門せよ」

勅諚という言い方はいささか畏れ多いが、なるたけ高飛車を振るほかはなかった。

はたして、その一声で御門は開かれた。高麗門を潜れば袋の鼠の枡形だが、右手の渡櫓《わたりやぐら》門もじきに開かれて、一行は難なく通り過ぎた。

四ッ谷御門から半蔵御門に至る麴町の広小路は、涯しもないほど長かった。いっそ一思いに駆け抜けたかったが、威風堂々に進めというが官軍からのお達しである。なにしろ通りの左手には、旗本屋敷がみっしり詰まっている。番方の御旗本が住まうゆえの「番町」である。

しかし、半蔵御門までのまっすぐな道は静まり返っていた。商家の戸も鎖《とざ》されたままで、様子を窺う人の気配もなかった。

番町から坂を上がった麴町三丁目の辻に、ぽつねんと虚無僧《こむそう》が佇んで尺八を吹いていた。それはまるで、濡れた軍服にまとわりついてくるような陰々滅々たる調べであった。

かくして一行は、わけのわからぬまま半蔵御門を右に折れて、濠端を外桜田の御門に向こうているのである。この先にいったい何が待ち受けているのかは知れぬ。

「お頭《かしら》、空威張りというのもなかなかくたびれますのう」

添役の田島《たじま》小源太《こげんた》が馬上に向こうて言うた。やはり江戸屋敷の門長屋に生まれ育った侍で、隼人とは幼なじみの仲である。

「まったくじゃ。どうもこの洋服というものは、腹も尻も収まりが悪うてならぬ」

隼人と小源太がようやく声をかわしたことで、徒士どもの気分もいくらかほぐれたようである。

「のう、小源太。これは一足先に死ねという話であろう。もはや覚悟を定めるほかはあるまいぞ」

聞こえよがしに言うと、若い配下たちからやけくそ気味の笑い声が返ってきた。

江戸城の総構えのうち、どこが最も美しいかと問えば、多くの人は「三宅坂から望む外桜田門」と答えるであろう。

しかし八年前の申《さる》の年に御大老暗殺という大騒動が起きて以来、その風景は紗を掛けたように翳《かげ》って見える。美しいがゆえになおさらである。

その外桜田門には、揃うて黒い蝙蝠《こうもり》傘をさした一団の武士が待っていた。

旧幕臣の間には、この黒木綿の西洋傘が流行している。権威を奪われた侍たちが、雨降りにも日盛りにも、黒羽織に蝙蝠傘をさして歩む姿は暗鬱《あんうつ》きわまりなかった。

そのうえ彼らは、おしなべて寡黙である。

相手が誰であろうと、けっして頭は下げるな。謙《へりくだ》るな。加倉井隼人は思い定めて、下馬もせずに土橋を渡った。

侍たちに害意は感じられぬ。むしろ礼を尽くして、官軍の使者を出迎えている様子であった。

年かさの侍が進み出て白髪頭を垂れた。

「お待ち申し上げておりました。西の丸目付、本多左衛門《ほんださえもん》と申しまする」

隼人は思わずかたずを呑んだ。目付といえば千石取りの御旗本と定《き》まっている。本多の姓もいかにもであるし、実は何々の守様なる官名を持つのやもしれぬ。

続いてもうひとり、これも四十がらみの貫禄十分な侍が名乗り出た。

「使番《つかいばん》、栗谷清十郎《くりやせいじゅうろう》と申しまする」

やはり偉い。御使番も千石取りの大身《たいしん》である。つまり官軍の使者を旧幕以来の要職である「御目付様」と「御使番様」が外桜田門まで迎えに出た、という図にちがいない。

そう思いつくと、隼人は馬上に手綱を握ったまま石になった。むろん田島小源太以下の徒士どもも同様である。

さて、こちらが名乗らねばならぬのだが、まさか「江戸詰徒組頭」でもあるまい。

「雨中のお出迎えご苦労にござる。手前、尾張大納言家中、加倉井隼人と申す。勅諚を拝し奉り、御門を罷り通る。案内《あない》いたせ」

しまいのほうは声が裏返ってしもうた。しかるに錦旗のご威光とは大したもので、千石取りの御旗本もその配下らしき侍たちも、みな一斉に片膝を屈してかしこまった。騎馬にて御門を抜けるわが身が信じられぬ。隼人が頂戴している御禄は、百五十俵に過ぎなかった。

尾張徳川家は家康の第九子義直《よしなお》を家祖とする御三家筆頭である。所領は尾張一国に美濃、三河、近江、摂津などの一部を加えた六十一万九千五百石に及び、その石高こそ国持外様大名の前田、島津、伊達に譲るが、家格は全国三百諸侯中の第一等であった。

当主は従二位権大納言を以て極位極官とする。つまり武家の目上には従一位太政大臣を極位極官とする徳川将軍家があるばかりで、同格も紀伊徳川家のほかにはない。その紀州家にしても家祖は弟にあたり、石高も下回るから、尾張家を差し置いて式順をたがえることはなかった。

これに水戸徳川家を加えて「御三家」と称する。ただし水戸家は従三位権中納言を極位極官としたので、上二家よりも家格は劣った。

御三家はものすごく偉い。たとえば登城する際にも、江戸在府の諸侯は大手門や内桜田門外の下乗所で乗物から降り、その先は徒歩で御殿に向かわねばならぬのだが、御三家に限っては表御殿御玄関前の中雀門まで駕籠《かご》で進んだ。むろん城番の幕府諸役人は総下座である。

また、諸侯の行列が江戸市中で行き会うた折にも、大名同士ならば御乗物ごしの会釈を礼とするが、御三家に対してはただちに行列を止め、当主は乗物を降りて立礼しなければならなかった。

そうした御三家中の筆頭たる尾張徳川家の権威は絶大であった。

市ヶ谷台上の上屋敷は七万五千二百坪余、麴町中屋敷が一万七千八百坪余、以下四十三筆、計三十一万一千坪余の屋敷地を御府内に構えていた。わけても豪奢きわまるは戸山屋敷で、十三万六千坪余の敷地には壮大な園池が営まれ、富士山を模した山もあれば、「御町屋」と称する虚構の宿場町さえ造られていた。

外桜田門を抜けると、幕閣の屋敷が列《つら》なる大名小路である。しかし小路という名はいかにもそぐわぬ。御老中や若年寄の役宅は広大で、道には玉砂利が敷き詰められており、むしろ濠端よりも鈍空《にびぞら》が豁《ひら》けたような気がした。

いったいどこまで馬に乗ってよいものか、と加倉井隼人は考えた。そもそもが馬上の身分ではない。つい今しがた、俄かに官軍将校とされて馬に乗っているのである。いかな大義名分があろうと、おのれが不埒《ふらち》を働いているという思いは去らぬ。

尾張徳川家のお血筋は、中興の名君として知られる九代宗睦《むねちか》様で絶えたと聞く。それも寛政年間の話であるから、今を七十年も溯《さかのぼ》る昔である。

以来、歴代の御殿様はお世継に恵まれず、将軍家や御三卿から養子を迎えて家統をつないできた。そのようないわば「幕府からの押し付け養子」がつごう四代も続いたのでは、御三家の立場も殆《あやう》いというわけで、尾張分家の高須松平家より迎えられた御殿様が、十四代慶勝《よしかつ》公であった。

美濃高須松平家は三万石の陣屋大名ながら、尾張家三代綱誠《つななり》公の弟君を家祖とする。ご養子の家格よりも血脈を重しとするがゆえの襲封《しゅうほう》であった。そもそもこの経緯からしても、将軍家と尾張徳川家の間には溝があった。

溝というなら今ひとつ、尾張家から将軍が出たためしがない。一方、御三家中の弟にあたる紀伊家からは八代将軍吉宗公が入られ、そののちは紀州のお血筋が続いた。むろん、田安、一橋、清水、といった御三卿も紀州の血統である。さらには十四代将軍家茂《いえもち》公も紀伊家から迎えられた。

御三家筆頭尾張徳川家にしてみれば、まこと面目なき次第である。将軍家が弟の紀州に乗っ取られたうえ、尾張に迎えたご養子も本を正せばみな紀州のお血筋であった。そこで、純血の尾張流を高須松平の慶勝様に求めた、というわけである。

その慶勝公には、はなから反幕府の気構えがあって当然であろう。やがて幕閣と対立し、大老井伊掃部頭《かもんのかみ》の強権によって隠居急度《きつと》慎《つつしみ》を命じられた。彦根井伊家と尾張徳川家の間には、御譜代筆頭と御家門筆頭という角逐《かくちく》もあった。

桜田騒動ののちに慶勝公は蟄居を解かれたが、尾張家の家督は弟君の茂徳《もちなが》公、さらにご実子の義宜《よしのり》公へと譲られ、ご本人は後見にとどまられた。

しかし、総勢五千に及ぶ尾張衆にとっての「御殿様」といえば、やはりご聡明にして純血たる慶勝公にほかならぬ。

かねてより勤皇の志篤かった慶勝公は、王政復古の大号令ののち、新政府の議《ぎ》定《じょう》となられた。そして本年正月、佐幕を任ずる御家来衆十四人を斬首に処し、同腹の多くに家名断絶永蟄居等の重罰を科して、一挙に藩論を勤皇とした。あろうことか御三家筆頭が寝返ったのである。

だが、御殿様のご苦衷は家来誰しもの知るところであった。ご実家の高須松平家には多くの男子があり、佐幕の旗頭たる会津侯も桑名侯も、それぞれ養子に出たご実弟だったのである。よって尾張は、旗幟《きし》を瞭《あきら》かにせねばならなかった。

「こちらへ」

お迎え役の栗谷清十郎なる武士が、みずから馬の轡《くつわ》を取った。

「御本丸ならばまだ先でござろう」

加倉井隼人は知ったかぶりをして言うた。左に進めば二重橋を渡って西の丸、本丸御殿に向かうのなら大手門か内桜田門を通るはずであった。

むろん御城内に足を踏み入れたためしなどないが、それくらいは知っている。何となれば、かつて御殿様ご登城の折には、定めてそうした次第であった。大名の供連れはみな、門外の濠端に筵《むしろ》を敷いてかしこまり、ご下城を待つのである。

「御本丸は文久の亥《い》の年に焼けてしまいましてのう。糅《か》てて加えて、昨年は二の丸が燃えましてな。今は西の丸が仮御殿でござる」

五年前の亥の年の火事はよう覚えている。市ヶ谷の尾張屋敷は高台ゆえ、吹上の森の向こうに燃えさかる炎が手に取るように望まれた。本丸と西の丸の御殿が丸焼けになった、という噂は耳にしたが、どうやら再建されたのは西の丸御殿だけであるらしい。幕府の政庁であり、公方《くぼう》様のお住居である本丸御殿が、まさか五年も建たずにいたとは思わなかった。

　昨年の火事の折には、戸山屋敷に詰めていた。御城にまたもや火が出たとは聞いていたが、二の丸が焼けたとは初耳である。被害は秘されていたのであろうか。いや、つまるところ旧幕には焼けた御殿を建て直す金もなかった。

「その西の丸も仮普請ゆえ、粗末な御殿にござりますがの」

　馬首を返して、西の丸の大手をめざす。公方様の住まう本丸と、大御所《おおごしょ》様やお世継様の住まう西の丸は別の曲輪《くるわ》と考え、江戸城は二つの大手門を持つのである。

　隼人は赤熊《しゃぐま》の冠り物に手庇をかざして、糠雨に煙る御城を見渡した。大火事の爪跡はどこにも見当たらぬ。曲輪内を繞《めぐ》る楠の大樹が火除けになったらしく、石垣の上につらなる渡櫓も壁も、目に染むほど白い。むろん、その向こう側は何も見えぬ。

「二重に架かっておるゆえの二重橋ではござりませぬぞ。橋桁が二重の、奥の橋が二重橋でござる」

　まさか市ヶ谷生まれの定府とは思うていないのであろう、田舎侍を侮るような口調で、栗谷清十郎は言うた。

　千石取りの御使番《おつかいばん》様と聞けば腹も立たぬ。むしろ官軍の先鋒として江戸に入った、尾張の国侍だと思われていたほうが気楽である。市ヶ谷屋敷の門長屋に生まれ育った江戸前でございますなどと、今さらどの口が言えよう。

御使番様は隼人の馬の轡を取ったまま、御目付の本多なる旗本は黒い蝙蝠傘を阿弥陀にさしながら、たがいに何やら小声で話し合うていた。「とんだ若僧にござりますな」「偉ぶってはおるが軽輩であろうよ」――そんな囁《ささや》きをかわしているように思えた。

ともに無紋の羽織に半袴という身なりであるが、後ろ腰からは黒漆も輝かしい蠟《ろ》色鞘《いろざや》が突き出ている。中味はさだめし家伝の名刀にちがいない。隼人は腰のしごきに差した痩せ刀をぐいと引き付けて、なるたけ偉そうに言うた。

「ご両人に物申す。御城は明け渡しと決したる今、錦旗《きんき》を掲げた使者を略儀にて出迎えるとは無礼でござろう」

声が裏返らぬよう気を付けたが、はらわたが口から飛び出そうであった。百五十俵の陪臣が、千石取りの旗本に「無礼」と言うているのである。

はたして二人は足を止めようともしなかった。

「はて、略儀と申されるか」

歩みながら本多左衛門が言うた。

「さよう。天朝《てんちょう》様の使者を羽織半袴で出迎えるとは、無礼にもほどがござろう」

けである。

小源太が馬の脇に駆け寄って、ダンブクロの裾を引いた。やめておけ、というわけである。

いたずらに偉ぶっているのではない。けっして舐《な》められてはならぬ。少しでも引き退がろうものなら、寄ってたかって膾《なます》に斬られ、三十の首が濠端に並ぶと思うた。

「粗忽《そこつ》あらばお詫びいたしまするが、いったい何をお咎めなのやらわかりませぬ」

栗谷清十郎が馬上を見上げて言うた。

「なにゆえ肩衣《かたぎぬ》を付けぬのだ。外桜田門での出迎えだけならばともかく、その身なりで西の丸に上がらんとするは錦旗を軽んじておる」

ややっ、と頓狂な声を上げて左衛門が立ち止まった。

「御使者殿はご存じないか。先年より御城内において裃《かみしも》は不要と定まりましてな。よって羽織半袴にて勤番いたしおりまする」

舐められたな、と隼人は思うた。


西の丸大手門の橋の袂には、「下馬」と書かれた木札が立っていた。

馬から降りると身丈が縮んだような気がした。高麗門の上に、のしかかるような横長の渡櫓が重なっている。むしろ本丸の大手門より立派に見える。

濠の上手には栗谷清十郎の曰く「二重橋」が架かっており、その向こう山には伏《ふし》見櫓《みやぐら》が聳《そび》え、伸びやかな白い腕《かいな》のごとく多聞櫓《たもんやぐら》が続いていた。

きょろきょろしてはならぬ。おのれは江戸城に初めて入る官軍なのである。

「お頭。御城内にはみんなして入るのか」

そう囁きかける小源太の声は震えていた。顧みれば三十の徒士どもの顔は、どれも晒し首のごとく青ざめていた。うしろのほうで、ゲエと音立てて嘔吐《えず》いた者がある。

「御城明け渡しの先手じゃぞ。わしひとりで入ってどうする」

片膝立てて控える門番に馬を預け、加倉井隼人は脇目もふらずに橋を渡った。

御門内の番所には、またぞろ大勢の役人が待ち受けていた。やはりどの侍も黒羽織に半袴の体《てい》である。

「お待ち申しておりました」

齢は御目付や御使番よりずっと若いが、そう声をかけてきた侍には傑物の貫禄があった。よほど大身の旗本と見た。

「遠路はるばる、ご苦労様にござる」

べつに京から攻め上ってきたわけではない。市ヶ谷からきた。

「重ねてのお出迎え、ご苦労にござる」

それからしばらく、たがいにおし黙った。隼人はよく耐えた。先に名乗ってはならぬと思うたゆえである。虎口《こぐち》に降りしぶく雨に濡れたまま、二人は睨み合うた。

「西の丸留守居役、内藤筑前《ないとうちくぜん》と申す」

また誰かが、ゲエと嘔吐いた。無理もあるまい。御留守居様といえば将軍家ご不在の折の城守《しろもり》である。本丸御殿が焼けたままなら、江戸城の総支配ということになろう。

「尾張大納言家来、加倉井隼人にござる」

筑前守は錦旗に並び立つ葵御紋の旗を見やると、鼻で嗤《わろ》うた。

「尾張様のご活躍は、かねがね聞き及んでおりまする。官軍の先鋒を務められたうえ、御城明け渡しまで承われるとは、さだめし一番手柄でござりますのう」

西の丸大手門より先は、内藤筑前守と肩を並べて歩んだ。

小体な中仕切門を抜けると二重橋である。橋の上からは大名小路の御屋敷の甍《いらか》が一望された。ここが風の道にあたるのか、糠雨は白い塊となって山下へと巻き落ちて行った。

向こう岸には、またしても大きな城門が大扉《おおど》を開けている。あまたの御門を潜って枡形を抜けるたびに、浮世が遠ざかってゆくような気がした。いずことも知れぬ遠くて高い場所に、歩み入るのではなく目に見えぬ力で引きずりこまれてゆくように思える。

加倉井隼人はふと、おのれの使命について考えた。

物見の先手。官軍の軍監はそう言うた。どう思い返してみても、何をしてこいと命じられたわけではない。要は開城の勅使が向かう前の斥候である。もし御城内に異論があって、皆殺しの目に遭うのなら、談判は反古《ほご》となり、従前の予定通りに江戸総攻めである。

そこまで言うたのではいかにも人身御供《ひとみごくう》のようであるから、「物見の先手」という曖昧な言い方をしたのであろう。

たしかに土佐兵が乗っ込めば角が立つ。尾張徳川家の、しかも江戸定府の一隊が行けばいくらかは丸く収まるやもしれぬ。まして御禄百五十俵の徒組頭と手下の雑兵ども、命は安い。

そこまで考えつくと、おのれの命はともかく、江戸八百八町の命運がわが身ひとつに懸かっているように思えてきた。

隼人にとって愛着するふるさとは名古屋ではなかった。江戸の町を焼いてはならぬ。

「ところで、御使者殿は定府のご家来かな」

二重橋を渡りながら、ふいに刃物でも抜くように筑前守が言うた。

「拙者をご存じでござったか」

そんなはずはない。隼人から見れば雲上人である。

「いや、存じ上げぬ。尾州訛《びしゆうなま》りがないゆえ、さよう思うたのでござる」

利《き》れ者の能吏と見た。一瞬口ごもる隼人の立場を斟酌《しんしやく》するように、筑前守は続けた。

「まあ、どうでもよいことではござるが、だとすればお気の毒じゃと思いましてな。ご無礼を許されよ」

なるほど、齢は若いがひとかどの人物である。

西の丸の御玄関の前で、加倉井隼人ははたと立ちすくんだ。

これが急ごしらえの仮御殿か。

磨き上げられた白木の式台だけでも、三十畳の上はあろう。屋根には銅葺きの唐《か》破風《はふ》が上がっている。

市ヶ谷屋敷の表玄関も、贅の限りをつくした戸山御殿の御玄関もまるでかなわぬ。もしこれが仮屋だというのなら、五年前に焼亡した本丸御殿はどれほどの造作だったのであろうか。

玄関まわりにも式台の左右にも、多くの役人がかしこまって頭を下げていた。やはりどの侍も黒羽織に半袴という出で立ちであった。

内藤筑前守が毅然とした声で言うた。

「お履物はお脱ぎ下されよ。お腰物もお預りするゆえ、脇差のみお持ち下され。もひとつ、御徒《おかち》衆は遠侍《とおさぶらい》にてお控えなされよ」

当然の礼儀ではある。しかし黙って言いなりになったのでは、使者としての威を損う。腹に力をこめて隼人は言い返した。

「そこもとは畏れ多くも錦旗に対し奉り、指図をなされるか」

とたんに、両手をつかえて居並ぶ侍たちの顔がびくりともたげられた。

「いや、他意はござらぬ。城中の定めにござれば、ご了簡願いたい」

「よかろう」と、隼人は答えた。平伏する役人たちには、ダンブクロの膝の震えが見えているにちがいなかった。

御茶坊主が膝行《しっこう》してきた。隼人を式台に座らせ、草鞋《わらじ》を解き、手拭で軍服の滴を払い、刀を袖ぐるみに受け取った。そのしぐさはまるで芝居の黒衣《くろご》のようにすみやかで手馴れていた。

「添役は同行してもかまわぬか」

と、隼人は筑前守に訊ねた。目を向ければその田島小源太は、気の進まぬ顔である。

少し考えるふうをしてから、筑前守は明晰に答えた。

「さて、それもいかがなものでござろうか。尾張大納言様も御大名の方々も、殿席においてはおひとりでござる」

うまい言い方だと思うた。御殿様にすら許されぬことを、家来ができるはずはない。

配下の徒士《かち》どもは鉄砲を式台に並べ置き、それぞれに刀を預けて、玄関続きの遠侍に導かれていった。

ひとりになると、御殿はいっそう広くなった。

西の丸御殿は途方もなく広かった。廊下を曲がればまた廊下があり、光は次第に遠のいた。

一間先を歩む御茶坊主は、滑るような摺《す》り足である。廊下の端を進みながら、それが案内役の作法なのであろうか、右の掌を小さく翔《はばた》くようにひらひらと振り続けた。

面妖《めんよう》なことには、歩むほどに従う侍たちが消えて行った。十人ばかりで御玄関を出たはずが、そのうちひとり減りふたり減りして、しまいには出迎え役の御目付も御使番もいなくなった。西も東もわからなくなったころ、ふと気付けば御留守居役の内藤筑前守までが煙のように消えていた。

それぞれが出迎えの務めをおえて、御用部屋に戻ったのであろうか。一言の挨拶もないのは、余分な口を利かぬが殿中のお定めなのであろう。

東照神君《とうしょうしんくん》が御城を営まれて二百六十余年、御殿はいくたびも焼けて建て直されたが、儀礼作法は廃《すた》れることなく積み嵩《かさ》んでいる。長きにわたる天下泰平の時代は、意味のわからぬ相を呈している。

歩みながら、子供の時分に返ったような気がしてきた。

いまだ十かそこいらの夏の晩、門長屋住まいの子供らが示し合わせて、肝だめしに行ったことがあった。悪い遊びを思いつくのはきまって小源太である。

そのころ、麴町の尾張家中屋敷は使われておらず、荒れるに任せてあった。四ッ谷御門は日昏れとともに閉まるが、橋桁を伝って向こう土手に渡れば抜け道はいくらもあった。荒れ屋敷に忍びこみ、朽ち果てた御殿の奥まで探索した。

月明りの晩だったのであろうか。荒れ屋敷の廊下はこの西の丸御殿よりも明るかったように思う。肝だめしのつもりが、物怪《もののけ》を怖れるどころか、主家の空屋敷に入るという畏れ多さに変わっていた。

その気分が今と似ているのである。武士の身分でいうなら、それこそ十の子供に等しいおのれが、公方《くぼう》様のお住まいたる御城の廊下を歩んでいる。許されざる禁忌を踏んでいる。

いや、あの空屋敷のほうがよほどましだった、と隼人は思った。西の丸御殿は塵ひとつなく清らかで、そのくせ仮普請のせいか無駄な金銀の飾りや、襖絵《ふすまえ》や板絵が見当たらなかった。そして、蜂の巣のように仕切られた夥《おびただ》しい居室には、敗れた侍たちが二百六十余年の後始末に勤《いそし》んでいた。

御茶坊主が摺り足を止めたのは、雨の朝の弱日《よろび》さえ届かぬ奥まった廊下であった。

立ち止まったかと思うと、やにわに小さく身をこごめ、片手の人差指と中指を二本揃えて印でも結ぶように裏返した。

「これへ」

段上がりの座敷を隔てているのは、襖ではなく桟を渡した杉の板戸である。

呪文のように御茶坊主は言い、それから額を床に押しつけたまま、地の底に向こうて「シィー、シィー」と奇矯な声を上げた。

「ごゆるりと言談《いいだん》」

杉戸が開かれた。八畳ばかりの座敷に行灯がともっており、総髪の小男が文机に向かっていた。

「入られよ」

顔を上げるでもなく小男は言うた。金火鉢が置かれているせいで、座敷は暖かかった。隼人が上がると杉戸は閉められ、またひとしきり「シィー、シィー」と笛のような声がして、御茶坊主の去る気配が伝わった。

「まったく、わけのわからぬ作法ばかりでの。やりおる本人も意味は知らぬのだよ。まあ、その昔には何もかもわけあって始まったのであろうが、二百年も三百年も経てば形だけが残るのさ。ちょいと待て、じきに書きおえるでな」

無礼であろう、と言いたいところであるが、もはや気力は消《う》せていた。むしろ異界にようやく人の声を聞いたような気がした。上座も下座もなく、隼人はそこいらに腰をおろし、雨に蒸し返った赤熊《しゃぐま》の冠り物を脱いだ。

男は書簡をしたためている。能筆である。

「上様への御上申じゃによって、許せよ。今は上野のお山の大慈院にてご謹慎あそばされておいでだが、開城と決したからにはそれも困る。さて、どこに落ちていただくか。やはりご実家の水戸しかあるまいのう」

耳障りなほど甲高い声で話しながら、男の筆先はいささかも止まらなかった。

「ええと──臣、恐惶《きょうこう》謹言、天下万民の御為にご台慮《たいりょ》を定められますよう、御願い奉る、と。これでよし」

饒舌な幕臣もいるのだ、と隼人は思うた。

男は筆を擱《お》くと、小さな体を回して隼人に向き会い、羽織の両袖をぽんと突いて背筋を伸ばした。

「お若いのう。貧乏籤《くじ》を引かされたか。ならば拙者も似た者だ。お待たせいたした、勝安房でござる」

聞き覚えのある名前に、加倉井隼人はさして考えるまでもなく思い当たった。

勝安房守――この侍の談判により、江戸は不戦開城と決したのである。

「まあ、そう鯱《しゃっちょこ》張るな。おたがい貧乏籤を引かされたどうし、もはや見栄も意地もあるまいよ。俺も楽にするから、あんたも素《す》のままになさい」

そう言うや勝は大あぐらをかき、扇子の柄で「ホレ、ホレ」と隼人のかしこまった腿を叩いた。言われるままに膝を崩すと、窮屈なダンブクロにたちまち血が通うて、どっと肩の力が抜けた。

「まだまだ。顔が引きつっておるよ。いいかね、大事に臨んだときは、あれこれ物を考えてはならぬ。人間のおつむが練り出す策などというは、高が知れているのだ。だったら頭の中はまっさらにして、肚《はら》で当たるがいい。俺もおとついは何も考えずに西郷さんと会うた。それで談判がうまい具合に運んだのだ」

なるほど、この際に不要なるものは見栄と意地であろう。それらを吐き出すつもりで、隼人は深く息をついた。

「尾張大納言家来、加倉井隼人と申します。実はつい先ほどのこと、市ヶ谷屋敷に進駐なされておる官軍の軍監から、この身なりで城へ上がれ、と命じられました」

みなまで聞かぬうちに、勝は高笑いをした。

「ハハッ、何と俄《にわ》か官軍かね。して、あんたに何をせよというのだ」

「ですから、それがわからぬのです。おそらくは、とりあえず死んでもいい軽輩を行かせて、さて悶着が起こるかどうか」

「おうおう、いよいよあんたが他人とは思えなくなってきた。だが、まずは安心なさい。今の御城内には、俺の頭越しに悶着を起こそうなんぞという骨のある侍はいない」

隼人は使命を果たしおえたような気分になった。これまで見た限りでも、御城内に不穏な様子はない。官軍との談判をおえた勝安房守の差配のもとに、整斉《せいせい》と開城の仕度にかかっていると思える。

「しからば屋敷に立ち戻り、見聞したるままをお伝えいたす」

そうとわかれば長居は無用である。しかし、立ち上がりかけた隼人の膝を、勝の扇子の柄がぽんと叩いた。

「いくら何でも早すぎよう。ちと、話がある」

さっさと逃げ出したいのは山々だが、たしかに早すぎる。隼人が腰を据え直すと、折よく茶が運ばれてきた。

「薩摩の西郷さんはご存じかね」

勝安房守の談判に応ずるのだから、きっと名の知れた人物であるにちがいない。

「いえ」と答えて、隼人はおのれが世事に疎い理由を素直に述べた。

「拙者、たいそうなお役目を承りましたが、徒組頭《かちぐみがしら》の分限《ぶげん》に過ぎませぬ」

さすがに意外であったのか、勝は気の毒そうに隼人を見つめた。だが、その目に軽輩を蔑むふうはなかった。

「まあ、そんなことはどうでもいいさ。西郷さんは実に変わった人だよ。談判とはいうても、あれやこれやと七面倒くさいことは何も言わぬ。不戦開城と決まったからには、ともかく些細な悶着も起こすなと念を押された。旗本御家人の中には不平不満も多々あろうけれど、力ずくで押さえこめばきっと悶着になる。異論のある者については、勝さん、あんたが説いて聞かせてくれ、とな。もっとも、それは俺だって百も承知さ。だから脱走するようなやつは止めぬ。御城内にとどまっておる侍のあらましは恭順を誓うている」

茶を啜《すす》りかけて、隼人は勝を睨み据えた。

「しばらく。あらまし、とは聞き捨てなりませぬ」

声を待っていたかのように勝はひとつ肯いた。

「話というのはそれだ。実はこの西の丸御殿の中に、どうしても了簡できぬ侍がひとりだけおる」

背筋にひやりと悪寒を覚えた。いくつもの門を潜り、畳廊下をいくたびも折れてたどってきたこの広い御殿のどこかしらに、勝安房守の説得に応じぬひとりの侍がある。想像のしようがないだけに、その「ひとり」が人間ではない何ものかに思えたのだった。

江戸を戦場にせぬという談判の成果は、そもそも御城内にある侍たちの悲願であったにちがいない。だからこそみながみな、整斉と勝安房守の差配に服《まつろ》うているのである。しかし、応じぬ者がひとりだけいる。

「のう、加倉井さん。そうと聞いては帰るわけにもいかぬだろう。どうだね、会うてみるか」

はたして御城が引き渡しの勅使を迎えられるかどうか、つまるところ命がけのおのれの使命はそれに尽きるのである。よもやこれをなおざりにして帰れるはずはあるまい。

饒舌な勝安房守は、茶を喫しおえる間、なぜか一言もしゃべらなかった。

「では、参ろうか」

ほの暗い畳廊下に出た。御茶坊主が摺り足で先達をしてゆく。

「安房様、お通りィ」

廊下を仕切る板戸を開くたびに、御茶坊主は行手に向こうて間延びした声を上げた。

「来た道を戻れば早いのだが、いちいち呼び止められるのも面倒だ」

歩みながら勝は言うた。なるほど廊下は奥に進むと見せて右に折れ、また右に折れ、つまり大回りに御玄関の方角に向いている。

「談判が成ってよりこっち、奉行から小役人までみな俺に物を訊ねるのだ。訊かれたところで何がわかるものかよ。そもそも俺は、海軍のことしか知らぬ」

言われてみれば、玄関続きの表座敷には人の気配があったが、御殿の奥へと進むほどに物音ひとつしなくなった。勝は御役部屋を避けて歩んでいるらしい。

「旧幕閣は先月いっせいに辞めおった。何も俺が後始末を引き受けたわけではないよ。御城は明け渡すにしても、海軍の軍艦はどうする。砲の一発も撃たぬまま薩長にくれてやるというのも何だ。それがわけても懸案であるから、俺が官軍との談判にあたるほかはなくなったのだ」

そういうことか。ならば貧乏籤を引かされた、というわけでもあるまい。愚痴をこぼしたいのはこっちのほうである。

「拙者は、本日たまたま非番であったというばかりの理由で、かくなる次第と相成り申した。ご不満を述べらるるはそれくらいになされよ」

おっ、と呟いて勝が足を止めたのは、中庭に面して闇がようやく開かれた入側《いりがわ》であった。

「なかなか言うのう。文句をつけられたのは久しぶりだから、何やら気分がいいわい。なるほどなあ、たまたま非番だったからではないぞ。この大役をあんたに任せたというのは、けだし炯眼《けいがん》」

雨に濡れそぼった中庭は、徳川の栄華をとどめて荒れている。白沙《しらす》のところどころから雑草が萌え出ており、みごとな枝ぶりの赤松の葉は茶色に死んで、根方の青《せい》苔《たい》の上にこぼち散っていた。

「西郷さんとの約束だ。力ずくではのうて、何とか説得しなければならぬ」

安房守の横顔は悲しげだった。

江戸城西の丸御殿は、元来将軍世嗣《せいし》の居宅、もしくは大御所の隠居所として使用された。

相次ぐ火災により急ぎ造営された仮御殿ではあるが、総建坪六千五百余という広さは、焼失した本丸御殿には遠く及ばぬにしろ、大名屋敷などとは較べようがなかった。

むしろ急ごしらえゆえに華美が廃され、たとえば銅屋根を桟瓦葺《さんがわらぶき》とし、折上格天《おりあげごうてん》井《じょう》を張付天井としたことなどによって、虚飾なき武家のしつらえと見えて評判も上々であった。

そもそも一万一千坪余という本丸御殿が広すぎたのである。夥しく配された座敷はまるで蜂の巣のようで、しかもそれらには表札がかかっているわけでもないから、役人たちは懐に細密な平面図を忍ばせていたほどであった。

さらに苦労が多かったのは、将軍家と謁《えつ》するために登城する在府の大名である。役人たちとちがって御殿様には、ご人格の出来不出来があり、幼少も老耄《ろうもう》もある。御屋敷から大行列を組んでやってきても、ほとんどの家来は大手門か内桜田門の外に待たせねばならず、わずかな近習も御玄関までで、そのさきは御殿様ひとりで歩まねばならぬ。徳川将軍に臣従する武士は大名のみ、その家来は陪臣にすぎぬからである。もし迷子になってうろたえたり、詰席をまちがえでもしようものなら、殿中不作法として「居残り」や「差控《さしひかえ》」などという罰が下された。

そうした次第により、御殿の縮小は好もしく思う人はあっても、ことさら嘆く者はなかった。

しかし、それでも西の丸御殿は広い。六年前に参勤交代が事実上廃されて、御大名の多くが国元に帰ってしまったから、空虚さはなおさらである。

「逃げ出した幕閣どもが、書き物の始末を命じたらしいのだがね。御開府以来、積もり重なった書類など始末のしようもあるまい。もっとも、俺がやめよという筋合いでもないから、勝手にさせている」

廊下ぞいに並ぶ板戸の向こう側では、役人どもがそうした残務に大童《おおわらわ》なのであろう。姑息な話ではあるけれど、それでも逃げ出した者どもよりはよほど忠義であると言える。

中庭の先にはまたほの暗い畳廊下が続く。仕切り戸を開け閉《た》てし、いくども曲って進むうちに、方角がまるでわからなくなった。

その男は十畳ほどの真四角な座敷に、何をするでもなくぽつねんと端座していた。江戸城を宰領する勝安房守が訪ねてきたというのに、頭を下げるでもなく畏れ入るでもなく、じっと坪庭を見つめている。

齢のころなら四十前後とおぼしき分別顔である。黒縮緬《ちりめん》の無紋の羽織に半袴という身なりは、これまでに出会うた役人たちとあらまし同じであるから、身分のほどはわからぬ。

しかし、妙に居ずまいが正しい。鬢《びん》には一筋の乱れもなく、月代《さかやき》は青々と剃られており、おそらく長身であろう背筋はぴんと伸びていた。

御城明け渡しを了簡できぬたったひとりの侍が、臍《へそ》を曲げているという図である。ただしその膝元には脇差が置かれているから油断はできぬ。なにしろ加倉井隼人は、開城に先んじて初めて入城した官軍なのである。西洋軍服の袖の錦布《きんぎれ》や赤熊《しゃぐま》の冠り物に逆上して、やにわ打ちかかってこぬとも限らぬ。

「やれやれ、どこまで人を困らせれば気がすむのやら」

安房守は侍のかたわらに座りこんだ。

「のう、六兵衛《ろくべえ》。官軍のお先手《さきて》がお見えだ。御城内に不穏な動きがないかどうか、それを検分に参られたのだが、ここにこうしておるおまえを差し置いて、懸念なしとはまさか言えまいよ」

侍の名は六兵衛というらしい。これまでずいぶんと説得をくり返してきたのであろう、安房守の口ぶりは泣きを入れているように聞こえた。

六兵衛は答えない。安房守の言葉を少し考えるふうに瞼をとざし、またじきに開いて元の表情に戻った。まなざしは軒先に滴る雨の雫を算《かぞ》えでもしているようであった。

安房守が隼人を手招いた。振り向こうともせぬ六兵衛の視野に入れ、というわけだ。むろん気は進まぬが臆したと思われるのも癪である。隼人は居合の間を切って、六兵衛の斜向《はすむ》かいに座った。

「こやつは的矢《まとや》六兵衛と申してな。一介の御書院番士にすぎぬのだが、開城談判が成ったとたんに梃《てこ》でも動かなくなった。ここは御書院番の宿直《とのい》部屋だ」

まるで六兵衛を耳目なき野仏か何かのように見つめながら、安房守はいささかうんざりと言うた。

「加倉井さん、あんたからも一言」

雫が坪庭の苔を搏《う》つ。雨足が繁くなった。

このわけのわからぬ御役目を承ったとき、すでに生き死にの肚《はら》は括っている。だから隼人が怖れるのは、城中の変事によって開城談判が烏有《うゆう》に帰することであった。もし自分がこやつに斬られれば、江戸が戦場になるやもしれぬのである。

六兵衛の斜向かいに座ったとき、脇差しの鯉口は切っている。

「的矢殿、と申されるか」

六兵衛は小動《こゆる》ぎもしない。石仏に物言うように隼人は続けた。

「そこもとにはそこもとのお考えがござろうが、戦はせぬに越したことはござるまい。武門の意地を通すと申されるのなら、上野のお山に入られるがよろしかろう」

まるで応えがない。この侍を身分にかかわらず根気よく説諭し続けている勝安房守は、ひとかどの人物であると隼人は思うた。もっともそうでなければ、不戦開城の談判など成せはすまいが。

その安房守はと見れば、豆腐に鎹《かすがい》を打つような隼人の説得がおかしゅうてたまらぬらしく、片手で口をおさえて笑うている。ひとかどの人物ではあるが、あんがい剽軽者《ひょうきんもの》である。いずれにせよ、六兵衛からすれば雲上人の上司が言うても聞かぬのに、初対面の若僧の、しかも官兵の言に翻《ひるがえ》るはずもあるまい。

「大人げないとは思われぬのか。同志のひとりでもあるというならまだしも、たったひとりで何ができると申されるのじゃ。しかも、何をするでもなくだんまりを決めこむなど、まるで臍を曲げた童《わらし》ではないか」

まったく反応がない。いったい官軍の先鋒をどう思うているのか、鼻梁《びりょう》の通った浅黒い顔には何の感情も窺えなかった。

尾張徳川家は将軍家の職制を概《おおむ》ね践《ふ》んでいるので、御書院番の役目はわかっている。戦時には主君の御馬廻りに近侍する騎士であり、平時においては御身辺の警護をする。そうした栄誉の職であらば、面目も意地もあろうけれど、いくら何でも殿中に座りこんで石仏に化身するなど、分別ある武士の行いとは思えぬ。

勝安房守は大儀そうに首を回し、両掌で口を被いながら「あー」と大あくびをした。

御用部屋の薄闇ではよくわからなかったが、坪庭に面した座敷で向き合うと、安房守の表情はひどくくたびれていた。

「お疲れのご様子ですな」

加倉井隼人の労《ねぎら》いをほほえんで往《い》なし、安房守は無言の書院番士に向こうて言うた。

「聞いたか、六兵衛。徳川を仇《あだ》とする官兵ですら俺の体をいたわってくれるというに、幕臣のおまえがどうして苦労の種なのだ」

さほど難しい話とは思えぬ。脇差を取り上げて引っくくり、担ぎ出せばよいではないか。

それができぬ理由を隼人は考えた。

この勝安房守という武士は、きわめて真面目な気性なのであろう。ぞんざいな口調や物腰は、その真面目さの裏返しと見た。そうでなければ徳川二百六十余年の幕引きという大役を、買って出たのか押しつけられたのかはともかく、こうして務めているはずはない。

つまり、不戦開城の談判を呑んでくれた薩摩の西郷なる侍との約束を、固く守っているのである。城中にていかな悶着も起こしてはならぬ。力ずくで押さえこもうとすれば、必ず悶着となる。不平不満は説得すべし。

もうひとつ、安房守には武張ったところがない。生来諍《いさか》いを好まぬ質《たち》なのか、それとも戦の愚かしさを知っているのか、力にまかせて物事を解決するということが嫌なのであろう。

きょうび珍しい侍ではない。尾張衆の中にも身分の上下にかかわらず、穏やかな侍はいくらでもいる。ほかならぬおのれ自身もそうである。

そこまで思い至ると、隼人はこの皮肉なめぐりあわせに圧《お》し潰されるような気分になって、ハアと太い息をついた。

「どうしたね、加倉井さん」

皮肉なめぐりあわせではあるが、実は偶然ではないのだと隼人は知った。立場こそちがえ、この不戦開城の正念場には、生真面目で戦を厭《いと》う者が配されねばならなかったのだ。

「やはりおたがい、貧乏籤を引かされたようです」

聡明な勝安房守は、先ほど出会いがしらにそれを読み切っていたのである。やっとわかったかとばかりに、安房守は唇を歪めて苦笑した。

そこでさしあたっての懸案。二人の間にむっつりと座っているこの侍は、いったい何者だ。

「まあ、こやつには目も耳もないに同じだから、話はここでよかろう」

勝安房守は的矢六兵衛についての知る限りを語り始めた。

幕府には西洋軍制とはまるで異なる数々の武役があるが、わけても伝統を誇る五つの陸軍があって、これらを五番方と称する。曰く、「大番」「書院番」「小性組《こしょうぐみ》番《ばん》」「新番《しんばん》」「小十人組《こじゅうにんぐみ》」である。

的矢六兵衛の属する書院番は、関ヶ原の合戦より数年を経た慶長年間に創設された、由緒正しき近侍の騎兵である。定数は十組五百人、隊長たる書院番頭《ばんがしら》は四千石高、組頭《くみがしら》千石高、番士の職禄は三百俵と定められている。平番士といえども格式高い旗本である。これに御目見《おめみえ》以下の与力十騎、同心二十人が付属して、一組が八十の戦力となる。番士は各組が交代で殿中や諸門の警備にあたる。勤番詰所は御玄関近くの虎の間である。

「ああ、虎の間というはつまり――」

話しながら勝安房守は、立ち上がって東側の板戸を開けた。振り返って覗き見れば、なるほど虎の絵が描かれた広座敷である。その向こうの表廊下には人が行き来している。先刻、御玄関から入ってじきに通った廊下と覚える。

一組五十人の御書院番士はその虎の間に勤番し、交代でうしろにあるこの宿直部《とのい》屋にて休むのである。

「だとすると、この六兵衛のお仲間衆はいずくにおるのでござるか」

「それがよお」

と、安房守は板戸を閉めて戻ってきた。

「上様は上野のお山の大慈院にてご謹慎あそばされておるゆえ、ご身辺の警護についておるのだ」

「ということは、こやつ、脱走」

「知るかよ。本来の持場にこうしておるのだから、そうとも言えまい。むしろ、おいてけぼり」

いずれにせよ、江戸の存亡を一身に引き受けた勝安房守の知ったことではあるまい。姓名が判明したのは、宿直部屋の押入れに「八番組的矢六兵衛」と記名した風呂敷包みがあったからである。

しかしふしぎなことに、御城勤めの役人たちの誰ひとりとして、その顔に見覚えがない。御書院番八番組は六兵衛を置き去りにして、上様のおわす上野大慈院に行ってしもうた。

聞けば聞くほど、話は謎めいてきた。

御書院番十組のうちのいくつかは、正月の鳥羽伏見の戦でさんざんに敗れ、すでに隊容をなしていないらしい。また、江戸開城を潔しとせずに脱走し、彰義隊に身を投じた者も少なからずあった。

「そういう次第であるから、俺は今さっき上様にお手紙を書いていたのだ。やつらに担ぎ出されぬうちに、さっさと水戸へ落ちていただきたい、とな」

事態は緊迫している。同じ上野のお山に、恭順せる前《さきの》将軍家と、抗わんとする彰義隊が共にいるのである。御書院番はかたや将軍警護のお役目につき、こなた脱走していざ戦わんと気勢を上げている。

しかし、だとするとこやつはいったい何者だ。お役目も果たさず脱走もせず、ひたすら御城内の持場にじっと座っている。

「おぬし、いったいいつからこうしておるのだ」

加倉井隼人は六兵衛の顔を覗きこんで訊ねた。応えぬ。かわりに勝安房守が言うた。

「俺が知る限りではおとついからだ。しかし、御書院番の勤番はすでにないゆえ、この宿直《とのい》部屋に出入りした者はない。ということは、いつからここにこうしておるのかは知らぬ。殿中の警備をしておる小十人組の番士が、宿直に不足した蒲団を借りにきて発見したのだ」

「だにしても、ずっとこのままではござるまい。腹も減ろうし咽《のど》も渇こうし――」

安房守のいうところはこうである。

しばらくは放っておいたのだが、どうにも気になって仕事が手につかぬ。そこで御茶坊主に命じて、台所から白湯《さゆ》と握り飯を運ばせた。

御茶坊主の見ているうちは手をつけぬ。しかるのちに覗いてみると、きれいさっぱり平げてあった。

これで知れ切った飢え死にもするまいと思えば一安心、安房守の仕事もはかどった。以来、六兵衛の腹を気遣うというよりおのれの安息のために、三度の飯を運ばせている。

「厠《かわや》などは」

今ひとつの疑問を口にした。好い女は糞も小便もしないという噂は聞いたことがあるが、大の男がそれもなかろう。小便は庭先でこっそり済ますとしても、番士が御殿の坪庭で糞は垂れまい。

「下《しも》の厠は裏廊下のすぐそこだ。さっそうと通うところを見た者がいる」

つられて笑うかと思いきや、六兵衛は眉ひとつ動かさなかった。

「夜は寝ておるのでござるか」

「いや。小十人組の宿直の報告によれば、横になることはないらしい。いつ覗いてもこの格好だ。座ったまま眠るというは、さほど難しい話ではないよ」

それはようわかる。加倉井隼人も日ごろは市ヶ谷屋敷の表番所で、座ったまま眠ることがある。勝安房守は小身の旗本から一躍出世をした人だという噂だが、きっと若い時分にはそうしたつらい勤番についていたこともあるのだろう。

「俺の知ることは、たいていそんなところさ」

「ごていねいに、かたじけのうござった」

今や旧幕府の全権といえる勝安房守と、俄《にわ》かながら初めて江戸城に足を踏み入れたる官軍の隊長が、かくなるやりとりをしておるというに、まん中にかしこまってウンでもスンでもないこの侍は、いったい何者だ。

さて、とりあえず判明した事実を整理してみよう。

一、勝安房守は万事を話し合いに求めており、力ずくでことを運ぶは、西郷との談判の信義に悖《もと》ると考えている。

一、勅使を迎えるについて、懸念は唯一この侍である。

一、侍の姓名は的矢六兵衛。御書院番士。三百俵高の御目見《おめみえ》。すなわち立派な御旗本。

一、六兵衛の属する御書院番八番組は、上野大慈院にて謹慎中の前将軍《さきの》徳川慶喜公を警護中。

一、姓名のほかは、年齢、住居、出自、交誼等一切不詳。城中に勤番中の役人は、誰も六兵衛に覚えなし。

一、最も肝要なること。この懸念を解決せざれば下城かなわず。

「どうするね、加倉井さん」

安房守が真顔で訊ねた。隼人の肚《はら》は定《き》まっている。官軍の軍監は「御尊家に物見の先手を務めていただきたい」と言うた。つまり尾張徳川家に命じたのである。

「このお役目には、尾張徳川家の威信がかかっており申す。わが大殿、慶勝公は勤皇の大義に立たれて、将軍家に弓引き申した。よって家来たる拙者は、懸念を懸念のまま持ち帰るわけには参りませぬ」

勝安房守はじっと隼人を見据えた。

「とうてい徒組頭《かちぐみがしら》の覚悟とは思えぬ。尾張様はよい御家来をお持ちだの」


御玄関脇の遠侍《とおさぶらい》では、三十人の俄《にわ》か官兵どもが隼人を待ちわびていた。

西洋軍服のダンブクロは畳座敷に適さぬ。椅子に腰掛けるための服装であるから、正座をすればじきに足が痺れてしまう。尾張家江戸定府の徒士《かち》である彼らは、けさがた官軍から支給されたダンブクロに、生まれて初めて足を通したのである。

膝ぐらい崩してもよかりそうなものだが、そうはゆかぬ。那智黒《なちぐろ》の碁石のようにみっしりと居並んだ彼らの前には、御玄関を守備する小十人組《こじゅうにんぐみ》の番士たちが、まるで虜《とりこ》を見張るように座っていた。

小十人組はいわば幕府の正規軍である。五番方の中では最も格下の徒士だが、それでも御目見以上の旗本役で、市ヶ谷屋敷の門長屋に住まう尾張の徒士どもとはまるで貫禄がちがった。

「楽にせよ」

遠侍に上がったなり、隼人は配下たちに命じた。痺れた足を揉む切ない声がひとつになった。

「向後《こうご》の段取りを伝えるゆえ、わしの周りに集まれ」

勝安房守が何の下知《げじ》をしたわけでもない。むろん下知する筋合でもない。西の丸御殿の図面をよこして、俄か官軍三十人の駐留について説明をしただけであった。

畳一畳分もあるその図面を、遠侍のまん中に拡げた。なにしろ六千五百坪余の御殿である。細かな部屋の名称を記入すれば、そうした途方もない大きさになってしまう。

おお、と驚きの声が上がった。まさに「殿中」の図である。西の丸は本丸御殿をほぼそのまま縮めた設《しつら》えであるから、在府大名の殿席として名を知られる座敷もあれば、赤穂騒動の発端となった「松の御廊下」もある。

「わが殿の御殿席は、むろん最も格式高い大廊下じゃ。というても、まさか御殿様が廊下にお座りになるはずはない。この松の大廊下に沿うて並ぶお座敷の上席に、御三家が着座なされる。ときには加賀宰相殿と越前中将殿もご同席なさるらしい」

勝安房守の受け売りである。徒士どもにしてみれば、極楽案内のようなものであろう。

「元禄の昔話だが、この大廊下にて刀を抜いたのだから、浅野内匠頭《たくみのかみ》も切腹は免れまいよ」

「殿中でござる！」と、誰かがお道化《どけ》た声を上げた。

少しでも心が和《なご》めばよい。なにしろ当分の間、この御殿から出ることができなくなったのである。

「お頭、それはともかくとして」

添役の田島小源太が、痺れた爪先を揉みしだきながら不満げに言うた。

「向後の段取り、と申されたな。向後はただちに市ヶ谷へと戻り、懸念なしとの報告をするのではないのか。拙者の見た限り、どなたも神妙に開城の勅使を待っておるようだが」

徒士どもはみなたちまち、極楽から浮世へと戻ってきた。言い出されたからには仕様がない。隼人は車座になった三十人の顔を見渡した。

「添役の申す通り、神妙には見ゆるが、多少の懸念がある――」

言うてしもうてから一瞬、多少か、と自問した。的矢六兵衛の、巌《いわお》のように定まった姿が瞼に灼きついて去らぬ。この広い御殿の中では芥子粒《けしつぶ》にしかすぎまいが、なぜかのっぴきならぬ巨大なものに思えるのである。

「よって、その懸念が除かれるまで、われらはこの西の丸御殿にとどまる」

落胆の声が上がった。長屋住まいの足軽どもにしてみれば、これほど居心地の悪い場所はあるまい。隼人ですら先ほどから、女房子供のぬくもりが懐しゅうてたまらぬのである。

「いつまでじゃ」

小源太が吐き棄てるように訊ねた。

「わからぬ。御城明け渡しのための勅使のご到着は、四月四日の吉日と聞いた」

本日は三月十六日である。配下たちは声もなく沈んでしもうた。

「いや、それまでとどまるというわけではない。懸念を除き次第、ただちに下城いたす」

車座の外輪から質《ただ》された。

「懸念とはいかなるものでござろうか」

当然の疑問ではあるが、隼人にはうまく説明する自信がなかった。六兵衛の存在が取るに足らぬ些末《さまつ》なものであるのか、それとも天下を覆すほど重大なものであるのか、まるで摑みどころがないのである。

「上野大慈院にてご謹慎あそばされる、前《さきの》将軍家が名誉にかかわる事実なれば、軽々に伝えられぬ」

とっさの機転でうまい言い方をした。大げさではあるが嘘でもない。御書院番士といえば旗本中の旗本、世が世であれば御本陣を死守する騎士である。そのひとりが、沈黙の叛乱を起こした。順《したが》おうとも逆らおうともせず、すなわち武士にあるまじき行動は主君の名誉を損う。

将軍家の名誉。この一言は効いた。

今を溯《さかのぼ》ること二百六十年前、尾張徳川家は家康公の九男義直公を祖として始まったのである。

義直公は関ヶ原合戦の終わった慶長五年十一月、大坂城西の丸にてお生まれになった。すなわち天下統一の申し子である。

四歳の砌《みぎり》に甲斐府中城主、八歳にて清洲城主に転じ尾張国主となられた義直公には、当然のことながら生え抜きの家臣などいなかった。つまり、たとえ徒士《かち》足軽といえども、それぞれの家譜を十数代溯れば、等しく徳川宗家の臣という身分に行きつく。

その揺るがせざる血脈の記憶があったればこそ、勤皇か佐幕かという家中の内紛も起こった。江戸定府の御家来衆は、本国でのそうした揉めごとの埒外にあっただけに、将軍家に対する愛惜の念は強い。彼らがこたびのお務めに際して萎縮しているわけは、分不相応な登城であるというほかに、やはり父祖の仕えた主家に弓引いた責めを、血の中に感じ入っているからであった。

「よいか。ここが、今われらのおる遠侍じゃ。その東の戸の向こうに小座敷が続いておるゆえ、勝手に使うてかまわぬ。蒲団は坊主衆が届ける。厠はここ。風呂は奥のほうになるが、ここだ。飯は三度三度、台所の賄所《まかないどころ》、ここに食いに行け。晩には格別に酒が二合付くそうだ」

「何やら湯治《とうじ》にでも参った気分ですなあ」

誰かが腑抜けた声で言うた。

「そう思うてかまわぬ。しかし一朝ことあるときには、命がないと思え」

三十人の徒士どもは眦《まなじり》を決して肯いた。官軍のなりはしているが、彼らの胸のうちには敵も味方もないのである。江戸屋敷の門長屋で漫然と世の流れを傍観しているよりは、よほど張りがあると考え始めたのであろう。

「小源太、ちと耳を貸せ」

隼人はこの際最も信頼できる幼なじみを、遠侍の隅に連れていった。

「おまえには事情を伝えておく」

「いや、お頭。そのことなら承知しておる」

小源太は無精髭を蓄えた武者顔を、見張り役の小十人組士に向けた。

「あやつから聞いた。宿直《とのい》部屋の六兵衛のことじゃろう」

どうやら的矢六兵衛は、城中の誰にとっても悩みの種であるらしい。

二

取急御報申上候《とりいそぎおしらせもうしあげそうろう》
早速御城内而《さつそくごじようないにて》　勝安房守殿《かつあわのかみどの》ト面談仕候処《めんだんつかまつりそうろうところ》
多少之懸《たしようのけ》念有之付《ねんこれあるにつき》　配下《はいか》共々暫時駐留可致《ともどもしばらくちゆうりゆういたすべく》
其旨御承知《そのむねごしようち》置被下度《おきくだされたし》
尚《なお》　此一件誠些《このいつけんまことさ》末《まつ》ニ付《つき》　皆様御《みなさまご》心配無用《しんぱいむよう》
万事《ばんじ》拙者一存《せつしやいちぞん》ニ被任度御願上候《まかされたくおんねがいあげそうろう》
　　慶応四戊辰三月十六日
　　於御城内西之丸　加倉井隼人

市ヶ谷屋敷への書状を書きおえて、隼人は筆を擱《お》いた。
時刻はすでに夜更である。

「火の用心、さっしゃりませぇー」

甲高く間延びした御茶坊主の声が廊下を過ぎて行った。二百六十余年もの間、夜ごとくり返されてきた言葉には本来の意味など感じられぬ。ならわしも余りに年を経れば、風の音に似る。

本日中に戻れと命じられたわけではない。官軍はおのれの命惜しさに、死んでもかまわぬ者どもを差し向けたのである。よってさほど気を揉んでいるわけでもあるまいから、この書状も夜明けを待って伝令に持たせればよかろう。

あれこれ考えた末の文面である。かくかくしかじかと詳細を記すのもばかばかしいし、援兵でも出されたら大ごとになりかねぬ。命を軽く見られた忿懣《ふんまん》もいくらかこめて、「俺に任せておけ」と見得を切ったつもりであった。

隼人があてがわれた座敷は、配下の徒士《かち》どもの居場所からさほど遠からぬ御用部屋である。細長い内庭に面した二間幅の入側《いりがわ》に沿うて、板戸を閉《た》てた小部屋が並んでいる。

奥隣りが御目付の本多左衛門、表隣りが御使番《おつかいばん》の栗谷清十郎の御用部屋と聞けば、何やら見張られているような気もするのだが、つまり勤番する高官の執務部屋なのであろう。よって設《しつら》えも調度もすこぶる上等である。

「加倉井殿、ちとよろしいか」

襖ごしに本多左衛門の声がかかった。書状を書き上げたとたんであったから、覗き見られていたのやもしれぬ。

千石取りの御旗本がお呼びかと思えば、ついかしこまってしまいそうなところを、官軍将校の威厳をこめて「かまわぬ」と答えた。

襖が開いた。おそらく番町あたりに豪壮な御屋敷を構えているのであろうが、帰ろうにも帰れぬ勤番続きと見た。顔色がどんよりと沈んでいる。

本多左衛門はずいと膝を進めて敷居を越え、斜めに後ずさってていねいに襖を閉めた。御譜代の姓を持つ御旗本というのは、このように優雅な所作をするのである。

「いささか僭越とは存ずるが、そこもとの耳に入れておきたい儀がござっての」

行灯《あんどん》の上あかりに浮かぶ左衛門の顔は、昼間よりも老けて見えた。額には深い皺が刻まれ、鬢《びん》には白髪が目立つ。

「遠慮のう申されよ」

隼人が促すと、左衛門は実に忌憚なく言うた。

「勝安房守を信用なさってはなりませぬぞ。あやつはそもそも、出自卑しき軽輩にござる。よって将軍家への忠義心などかけらもなく、この西の丸の大奥におわす天璋院《てんしょういん》様と結託して薩摩に通じ、さらには静寛院宮《せいかんいんのみや》様を籠絡し奉り、かくなる次第を導き申した。上様を無理強いに恭順せしめ、抗わんとする旗本御家人をことごとく御城より追い払うたのも、みなあやつの策略にござる」

隼人は面食ろうた。あまりに不意のことであるから返答も見つからぬ。いくらでもまくし立てそうな左衛門を「しばらく」と制して、とっさに思いついたことを訊き返した。

「だとすると、そこもとはなにゆえ追い払われずにこうしておられるのか」

ひとつ肯いて左衛門は答えた。

「さすがは御使者殿。明晰なる疑義にござる。しからばお答えいたそう。それがしは主戦論者ではござらぬ。大政を奉還したのち、公武合体して新たなる国家を建設せんと考えておった、多くの幕臣のひとりでござる。しかるに安房守は奇策を弄して薩摩と結び、その策を仲介した土佐の坂本龍馬を用済みとして亡き者とし、あまつさえ錦旗に弓引いた鳥羽伏見の戦の責を会津桑名の両侯になすりつけ――」

「しばらく、しばらく、声が大きゅうござるぞ、本多殿」

話しながら次第に声を荒らげた左衛門は、ハッと我に返ったようにあたりを見回した。「聞こえたとすれば、向こう座敷の御使番ぐらいでござろう。栗谷清十郎は拙者の同腹ゆえ、心配はござらん。ともかく、あの勝安房守を信用してはなりませぬぞ。では、これにて」

嵐のようにまくし立てたあと、本多左衛門はまた優雅な所作で膝を回し、隣の御用部屋へと消えた。西の丸御殿の闇は深く、じとりと湿っている。

床に就いたはよいものの気が立って眠れぬ。ことに本多左衛門の忠告は、ぐるぐると頭の中を巡って隼人を苦しめた。

もともと世事には疎い質《たち》なのである。定府《じょうふ》の尾張衆の中でも、やれ攘夷だ開国だ、勤皇だ佐幕だという議論はくり返されていたが、隼人にはとんと興味がなかった。二十歳《はたち》で妻を娶り、孫の顔を見せぬうちに父母が相次いで亡《の》うなり、家督を襲《と》って徒組頭《かちぐみがしら》となり、ようやっと男児を授かった。おのれの分《ぶ》を全うするだけで精一杯であった。

世間のことがいくらかわかっているならば、左衛門の言葉も理解できようけれど、まるで経文のようにちんぷんかんぷんなのである。これほど世事に疎いおのれが、その世事のてっぺんにある江戸城明け渡しの現場に、まさか放りこまれようとは思わなかった。

御茶坊主がいそいそと敷いていった蒲団が、また寝苦しい。敷蒲団は柔らかすぎて体が沈み、掛蒲団は軽すぎて落ち着かぬ。この御用部屋に宿直するような侍は、きっと屋敷に帰れば御殿様と呼ばれて、こういう蒲団に寝ているのであろう。重くて硬い門長屋の蒲団が、今さら懐しゅうてならぬ。

板戸ごしの入側からふいに声がかかり、隼人は脇差を握ってはね起きた。

「お頭、ご注進」

あたりを憚《はばか》る小源太の声である。すわ何ごとぞと、隼人は這い寄って板戸を開けた。凶々《まがまが》しい寒気が流れこんだ。

配下の徒士が何か悶着でも起こしたか。それともこの決死のお務めに耐えかねて、誰か行方知れずにでもなったか。物事に動じぬ小源太の四角い顔が、尋常を欠いて見ゆる。

「動いた」

何が動いた。よもや品川にとどまる官軍が、談判を水にして攻めこんできたわけではあるまいな。

「的矢六兵衛が動いた」

どっと気が抜けて、隼人は敷居の上にへたりこんだ。ついでにあくびが出た。

「そりゃあおまえ、人間だもの動きもしよう」

「いや、首を回したの尻を掻いたのという話ではない。御玄関の時計が子《ね》の刻を打ったとたん、上番《じょうばん》したのだ」

上番。わけがわからぬ。要するに宿直《とのい》部屋を出て、御書院番士の持場である虎の間にて勤務についた、ということであるらしい。

隼人は駆け出した。西洋軍服に着替える暇などなく、襦袢《じゅばん》と股引の姿である。

べつだん何が起こったというわけでもない。だが、なぜかこの世にあらざる怪異が顕現したような気になった。

涯《はて》もなく続く闇の中をあちこち迷いながら駆け巡り、ようやく御玄関に通ずる表廊下に出た。そこだけはところどころに、常夜の行灯が置かれている。

虎の間の前には手燭や竈灯の光が行き交っていた。表廊下に面した横長の広座敷である。御玄関から入った者は、みなこの前を通らねばならぬから、御書院番士の詰所となっている。

板戸は開け放たれており、座敷を繞《めぐ》る虎の襖絵のただなかに、的矢六兵衛がどっしりと座っていた。

「さきほど小十人組《こじゅうにんぐみ》の夜回りが板戸を開けたところ、こうした次第になっておった」

実に怪異でも語るように、田島小源太が言うた。

「つまり何だ、上番の定刻になったゆえ、宿直部屋から表座敷に出てきた、というわけだな」

あれこれ考えるのもばからしいとは思うのだが、表廊下をきっかりと見据えるそのまなざしには、いかにも曲者《くせもの》は逃さじという気魄《きはく》がこもっているのである。背うしろの襖に描かれた二頭の虎までが、六兵衛に随《したご》うているように見えた。

「騒ぐほどのことではござるまい。おのおの持場に戻られよ」

隼人が言うと、野次馬どもはいそいそと闇の中に消えて行った。手灯りの光がなくなれば虎の絵柄も暗く沈んで、表廊下の置行灯がほのかに照らす六兵衛の姿があるばかりである。

雨音が耳に伝ってきた。段上がりの敷居に腰をおろして、隼人は六兵衛に語りかけた。

「恨み重なる官軍が御城に乗っこんで、襦袢袴下のまんま持場の敷居に座りこんだぞ。上番中の御書院番士が物言わぬはずはあるまい。どうだ、六兵衛」

誘いには乗らぬ。隼人は黙りこくる六兵衛を見据えて続けた。

「お仲間の多くが、鳥羽伏見にて討死されたそうじゃの。まして上様は、そうした忠義な御家来衆を戦場にうっちゃられて、さっさと江戸に逃げ帰られた。あげくの果ては不戦開城じゃ。拙者も武士ゆえ、おぬしの気持ちはわからんでもない」

ウンでもスンでもなく、六兵衛は闇を見つめている。

「しかしのう、六兵衛。いささか大人げないとは思わぬか。いよいよ御城明け渡しと決したからには、潔く矛を納めて恭順するか、さもなくば上野のお山に上がって戦うか、二つに一つであろう。そのどちらも選ばずに、黙りこくって御城内に居座り続けるなど、拙者には稚気《ちき》としか思えぬ」

今さら聞く耳持たぬは当たり前だ。勝安房守はじめ諸役人が、入れ代わり立ち代わり同様の説得を試みているにちがいなかった。

話を少し踏みこんでみた。

「勝安房守殿の談判については、御城内にもさまざまの意見があるようじゃの。おぬしも了簡できぬひとりであろうよ。だが考えてもみよ、六兵衛。八百八町の町人どもにいったい何の罪がある。武家の面目のために、江戸を焼き無辜《むこ》に犠牲を強いてどうする。安房守殿の真意はそれひとつじゃぞ」

六兵衛のまなこがわずかに動いた。蔑むように隼人を見つめ、またじきに元の闇に戻ったのである。わずかな反応ではあったが、もう一押しじゃと隼人は勇み立った。

「のう、六兵衛。実にここだけの話じゃが、拙者は薩摩でも長州でもないのだ。ほれ、お国訛りとて何もあるまい。正体は尾張の市ヶ谷屋敷に生まれ育った江戸前での。さよう、おぬしと同じ江戸ッ子じゃよ。齢は二十九になるがの、名古屋のご城下を踏んだためしはつごう三度しかない。二度は参勤道中のお供をつかまつり、一度は女房を親類に披露するために連れ帰った。その嫁とて江戸定府役の娘じゃによって、名古屋を見たは初めてであった。そうした出自の拙者にしてみれば、勝安房守殿の談判はまことありがたい。ふるさとを焼いて喜ぶ者など、どこにあろう」

答えはない。しかし隼人の話は意外であったとみえて、石仏のごとき顔にいくらか情が通うたように思えた。

「おぬしがこうして踏ん張っておる限り、開城談判は成ったとは言い切れぬ。いや、おぬしひとりの稚気によって、江戸が戦場となるやもしれぬのだ。そのあたりをよう考えろ。了簡するというのなら、おぬしの向後《こうご》については拙者が悪いようにはせぬ。ともかく、このような大人げないことはただちにやめられよ」

六兵衛の鼻の穴から、フンと息が洩れた。鼻で嗤《わろ》うたのだ。

了簡せぬ、という返事か。心を尽くした談判が決裂したような気がして、怒りがこみ上げてきた。

「お頭、何を言うたところで無駄じゃ。ほっとけ、ほっとけ」

小源太に促されて、隼人は立ち上がった。御城明け渡しの勅使到着までには、まだたっぷりと間がある。今から腹を立ててどうする。

そう思うたとたん、隼人の頭にある仮定が閃《ひらめ》いた。居ずまいが正しく、齢も分別ざかりのこの侍が、意地や面目でこんなことをしているはずはない。

六兵衛は斬られようとしているのではないのか。開城談判が成ったのであれば、ただちに官軍の物見がやってきて城内を検《あらた》める。その物見が怒っておのれを斬れば、恭順を誓うている旗本たちもまさか黙ってはおるまい。そもそも城内には、御目付の本多左衛門のように、勝安房守を快く思うていない者もいるのである。

斬り合いになればどうなる。わずか三十人ばかりの俄《にわ》か官軍は皆殺しとなる。忍びに忍んでいた忿懣が爆発すればとどまるはずもなく、勝安房守とその同腹はたちまち成敗される。上野のお山の脱走どもが迎え入れられる。江戸八百八町を枕とした籠城戦である。

加倉井隼人は闇に目を凝らして、虎の襖絵を眺めた。なるほど、虎の尾を踏ませようという算段か。

だとすると、実に殆《あやう》いところであった。もしこの物見役が自分ではなく、いくらか短腹《たんぱら》な誰かしらであったとしたら、早くも六兵衛の思う壺に嵌《は》まっていたやもしれぬ。

「小源太。向後こやつは見えても見えぬふりをせい。みなにもよう伝えておけ。よいな、こやつは虎の尾じゃ」

そう耳元で囁くと、武骨者と見えてあんがい頭のよい田島小源太は、さして考えるまでもなく肯いた。

「なるほど、虎のしっぽか――」

読み切った。ひたすら無視し続ければよい。

隼人と小源太は了解を声に出さず、むしろ困惑の溜息などを装うて左右に別れた。

底知れぬ闇に歩みこみながら、斬られるつもりで虎の間へと動いた六兵衛の落胆を思うた。武士として立派な気構えではあるけれど、その手には乗らぬ。

さしあたって考えねばならぬことがあった。六兵衛が虎の尾ならば、虎がどこかにいる。

三

明くる三月十七日の朝まだき、加倉井隼人は御茶坊主の声で目覚めた。

「御使者様へ。安房守様のお召しにございまする」

柔らかな蒲団にくるまって、妻子の夢を見ていた。やや子をあやしながら、満開の花を映してほほえむ妻の横顔が美しかった。

市ヶ谷屋敷の御庭には、御泉水を繞《めぐ》ってみごとな枝垂桜《しだれざくら》が咲いた。戸山御殿から奥方様がお出ましになって、江戸定府《じょうふ》の侍たちを家族ともども労《ねぎら》うことが恒年の習いであった。

参勤交代が廃せられると、やがて奥方様も国元に戻られ、そのうるわしいならわしも絶えてしまった。ましてや江戸定府の勤番が多忙になり、家族と花を見る機会もなくなった。陰暦三月のなかば、今年は御泉水の枝垂桜も知らぬうちに散ってしもうた。

来たるべき新時代も、世の趨勢ならば仕方あるまい。だが市ヶ谷屋敷の四季のうつろいを思いうかべるにつけ、何ごともなるたけ変わらずにあってくれればよいと思う。父祖の人生がそうであったように、おのれも生まれ育った市ヶ谷屋敷で老いてゆきたい。叶うことなら、妻子もそうであってほしい。

御茶坊主は余分な口をきかぬ。床から起き上がってふと見れば、音もなく開いた板戸から、羽織袴の一式が差し入れられていた。

「お召し替えを」

さて、どうしたものかと迷いもしたが、ともかく筒袖の西洋軍服とダンブクロは窮屈でならぬ。べつだんの他意もあるまいと思うて、着替えようと決めた。

明るい砥茶《とのちゃ》の小袖に仙台平《ひら》の袴、羽織は無紋の黒縮緬《ちりめん》である。着負けはせぬかと不安になるほど上等の品であった。

廊下で行き会う役人たちは、みな立ち止まって道を開けた。

「加倉井様、お通りィ」

御茶坊主の声を受けて、廊下を隔てる杉戸が次々と開いてゆく。苗字のあとに続く官名のないことが気恥かしかった。役人どもはみな、成り上がり者と知るはずである。

昨日と同じ御用部屋で、勝安房守は見知らぬ侍と談笑していた。さほど偉そうな人物とは見えぬが、妙に親しげである。

「やあ、おはよう、加倉井さん。ゆんべは六兵衛めが動いたそうだの」

安房守が笑うと、侍も喧《けたた》ましい声で大笑した。

「無礼者」

加倉井隼人は見知らぬ侍を見くだして叱った。官軍将校の威を損うてはならぬ。しかし勝安房守から隼人の正体を聞いているとみえて、侍はべつだん畏れ入るわけでもなかった。いくらか膝を回し、苦笑しながら「これはこれは、御使者殿」と、小馬鹿にしたように言うた。

色白で、賢《さか》しげな顔をしている。齢は隼人と同じほどであろうか。

「加倉井さん、朝っぱらからそうとんがりなさんな。実は的矢六兵衛の件について、あんたひとりじゃあどうにもならんだろうから、この人に加勢してもらうことにした」

勝安房守は頼もしげに侍を見つめながら続けた。

「この人はまァ、いわゆる天才というやつなんだがね。才を恃《たの》んであれこれやろうとするもんだから、器用貧乏をしておるのだ。人間ひとつのことをやらなけりゃ、結局は何も物にはならんよと、今も説教を垂れていた」

侍が笑いながら言い返した。

「そう申されながら、またぞろ面倒を言いつけるんだから、勝さんもお人が悪い」

安房守を相手に、まるで五寸《ごすん》の口のききようである。しかしどう見たところで、物言いにふさわしい貫禄はない。

「くどいようだが俺は、西郷さんと固く約束した。不戦開城が気に入らんというなら、上野のお山に立てこもるのも奥州に奔《はし》るのも勝手だが、断じて御城内にて悶着を起こしてはならぬ。力ずくでどうこうしようとすれば、必ず力で抗わんとする者が現れて大騒動にもなりかねぬ」

「そこが今ひとつわかりませんなあ」

と、侍が腕組みをして言うた。実は隼人も同感なのである。

「拙者もようわかりませぬ」

隼人は侍のかたわらに座った。並んでみると妙な近しさを感ずるのは、つまり分《ぶ》限《げん》が同じほどなのであろう。

二人に睨み据えられた安房守は、困惑したように総髪に手を当てた。

「仕様がないのう。それでは、ここだけの話——」

二人の顔を招き寄せて、勝安房守は思いもかけぬことを言うた。

「開城のあかつきには、天朝様《てんちょう》がここに玉体《ぎょくたい》を運ばれる。すなわち、遷都だ。御所となる場所は清浄でなければならぬ。刃傷《にんじょう》沙汰など言語道断」

知らぬ同士が顔を見合わせた。

「聞いたか」

「おお、聞いた」

にわかには信じられぬ。天朝様が京を離れて、江戸にご動座あそばされるというのである。

「どうせ担ぎ出されるのなら、薩摩屋敷でも長州屋敷でもよかろう。なにゆえ江戸城に入られる」

「さよう。尾張の市ヶ谷屋敷でもかまうまい。ご幼少の天朝様をこの御殿に担ぎこもうなど、いかに薩長とて度を越しておろうぞ」

二人は口々に反論した。

「まあまあ、大声は出すまいぞ。ともかくそうしたわけじゃによって、あんたら二人で知恵を絞ってな、あのわけのわからぬ侍を御城の外に出してほしいのだ。よいか、力ずくはいかんよ。六兵衛が二本の足で歩って、西の丸の大手門から出て行かなくてはいけない。西郷さんが申されるには、現人神《あらひとがみ》たる天朝様をお迎えするには、新木《あらぎ》の御殿を建てねばならぬそうだが、新政府に余分な金はないから、せめて西の丸御殿の穢《けが》れは払うてほしい。汚れではなくて、穢れだ。すなわち、恨み、つらみ、不満、諍《いさか》い、といった人間の醜い感情は禁忌なのだ」

ばかばかしい、と思いもしたが、天朝様が人間ではない神様であるとしたら、そういう理屈もあろう。あるいは、それくらいの理屈をでっち上げなければ、千年の都を遷《うつ》すことはできぬ。いずれにせよ、官軍の大将がそう言うたのだから順《したご》うほかはないのである。

「ところで――」

加倉井隼人は妙に息が合うてしもうた侍を、横目で睨みつけた。

「おぬしは誰じゃ」

本人のかわりに勝安房守の饒舌が答えた。

「ああ、百人芸の八十吉《やそきち》といえば殿中で知らぬ者はない。もとは長崎の蘭方医の倅《せがれ》だが、蘭語と仏語と英語を自在に話す。ために遣欧使節にも二度加わった。そのうえ根が遊び人だから世事に明るい。何でも今は、西洋流の瓦版を新聞と名付けて、毎日刷り出してやろうと企てておるらしい。もっとも、八十吉というは通称で――」

侍はそこで初めて、背筋を伸ばし隼人に向き合うた。

「外国奉行支配通弁《つうべん》、福地源一郎《ふくちげんいちろう》にござる」

四

下谷広小路には雨上がりの青空が豁《ひら》けていた。

しかし、沿道はてんやわんやの大騒ぎである。開城談判は成ったものの、了簡できぬ旧幕臣たちが立てこもる上野のお山が戦場になるというわけで、雨が上がったとたんに商家の避難が始まった。

広小路から東に一町入れば、御徒《おかち》の組屋敷がみっしりと詰まった御家人町である。戦が始まれば山の上ばかりではすむまいと考えたお店《たな》から、品物を山と積んだ荷車が続々と出てゆく。

それでも江戸ッ子とは妙なもので、あわただしく働く顔には不安のいろなどなく、むしろ喜々と高揚しているように見える。火事と喧嘩が華ならば、戦にまさる大輪はないとばかりの顔色であった。

その朝、加倉井隼人と「百人芸の八十吉」こと福地源一郎は、御殿の賄所《まかないどころ》で朝飯をかきこみ、善は急げとばかりに上野へと向こうた。的矢六兵衛なる侍の正体を探るためである。あわよくば御組頭《おくみがしら》なり御仲間なりを連れ帰って、説得に当たらせようというが二人の目論見《もくろみ》であった。なにぶんその姓名のほかには、「御書院番八番組番士」という肩書しかわかってはいない。

広小路随一の大店である松坂屋の店先《たなさき》は、黒山の人だかりであった。手代の呼び声に耳を澄ませば、「きょうばっかりは現金掛け値なしの店先売り」だそうだ。

源一郎が感心したように言うた。

「名古屋の商人《あきんど》というは、さすがに抜け目がないのう」

嫌味か、と思いもしたが、べつだん含むところはないらしい。

上野の松坂屋は、むろん尾張徳川家の御用達である。本店《ほんだな》は名古屋だが、百年も昔の十代将軍浚明院《いえはる》様の時代に江戸へと出て、下谷広小路に店を構えた。以来、徳川宗家と尾張大納言家の確執が、そのまま御用達の三井越後屋と松坂屋の競り合いになっていると言われていた。

「現金掛け値なしの店先売り、という文句は、越後屋の決め台詞《ぜりふ》だな。これは何とも面白い」

源一郎は懐から矢立《やたて》を取り出すと、帳面に何やら筆を走らせた。

「そんなことまで書き留めてどうするのじゃ」

「面白いからだ。パリイの新聞はの、そりゃあもう、どうでもよいような面白い話がいっぱい詰まっていた。この松坂屋の売り出しなどは、もってこいの種《ネタ》だよ」

広小路の先には、青空に隈取《くまど》られた上野のお山があった。日ごろはどうとも思わなかったのに、こうして見ればなるほど天然の要害である。

官軍はすでに東海道の品川宿と中山道の板橋宿に大軍をとどめており、甲州道中を攻め上ってきた一軍も、じきに内藤新宿に至るという話であった。

「そうは言うても、小高いだけで濠も塀もなし、せいぜい西に不忍池があるくらいじゃひとたまりもないさ。一戦するというのなら、御城に入りたいのは山々だろうよ。さらばこそ、御城内では毛ほどの悶着も起こしてはならぬ、というわけだ」

歩きながら源一郎は言うた。その口ぶりから察するに、やはり上野のお山に立てこもる彰義隊には同情しているのであろう。

正月の鳥羽伏見で一敗地にまみれたぐらいで、そののち戦らしい戦もせずに御城を明け渡すというのは、いくら何でも武門の沽券《こけん》にかかわる。旗本八万騎のうちのたった二千ばかりではあっても、いや二千ばかりだからこそ、人々は彼らに喝采を惜しまなかった。

地形は天然の要害と見えても、山上一帯は東叡山《とうえいざん》寛永寺の寺域である。源平の昔ならばいざ知らず、大砲を撃ちかけられたら山内に犇《ひしめ》く堂宇《どうう》など、紙のように燃え上がってしまうだろう。それにひきかえ、江戸城の総構えは健在なのである。

寛永寺の表参道でもある下谷広小路は、そのまま山上へと通じている。坂を上りきったところに黒門があって、陣構えを急ぐ侍たちの姿が遠目に望まれた。

麓には不忍池に通ずる流れがあり、広小路の幅に三本の橋が渡してある。そのあたりには逆茂木《さかもぎ》を組んだ鹿砦《ろくさい》が置かれ、弾よけの畳が立てかけられていた。こんなもので官軍を退けられるとも思えぬのだが、ともかくそこが前衛の陣地であるらしい。

「何か御用か」

剣術の胴の上に物々しい陣羽織を着た侍が二人を呼び止めた。

「おはようございます。拙者、西の丸御留守居役内藤筑前守様の配下にて、福地源一郎と申します。これなるは同役、加倉井隼人君です」

満面の笑みをうかべて源一郎は答えた。彼らに向こうて勝安房守の名は出せぬのであろう。さらりと出任せに答えて疑われぬのは、この男の人徳である。

「筑前守様のお下知《げじ》により、尋ね人をいたしております。御書院番士的矢六兵衛なる者をご存じないでしょうか」

源一郎は少しも臆さず、人懐こい口調で訊ねた。まるで瓦版屋の聞きこみである。

一方の陣羽織の侍は、あまり物を深く考えぬたちなのか、怪訝な表情をたちまち水にして答えた。

「はて、あいにく拙者は御先手組《おさきてぐみ》の者ゆえ、問われてもわかりませんなあ。御書院番衆ならば大慈院のあたりに詰めておるはずでござるゆえ、そちらでお訊き下され」

大慈院といえば、前《さきの》将軍家が謹慎なされているという寺である。近侍の士である御書院番は、この期に及んでも上様の警護をしているらしい。

「して、その大慈院はどちらに」

「お山の北の奥の、御霊屋《みたまや》のお近くじゃ」

聞くが早いか、源一郎は逆茂木の間をすり抜け、坂上の黒門に向こうて歩き出した。

「君はなるたけ物を言わぬがいい。もし正体が知れたら血祭に上げられるぞ」

よもや奥山まで足を踏み入れようとは思ってもみなかった。咽《のど》がひりつき、足も進まぬ。

「御城からの御使者様じゃ、お通しせよ」

背後から黒門へと声が通った。「西の丸御留守居役の配下」という肩書が効いたようである。二人とも黒羽織に半袴という出で立ちであるから、堂々と振る舞ってさえいれば偉い役人に見えるのであろう。

はたして黒門は開かれ、二人は戦仕度にあわただしい上野のお山へと入った。

きっと悪い夢を見ているにちがいない。きのうから何度もそう思うているのだが、目覚めを願う気持ちはいよいよ切実になった。

おとついの晩はいつに変わらず酒をくらい、門長屋の蒲団にくるまってぐっすりと寝た。それからの出来事を、紛れもない現《うつつ》だと思うには無理がある。

上野寛永寺の寺域は三十万坪余り、その広さは江戸城の内城域にほぼ等しい。山内には御本坊を中心としてあまたの塔頭《たっちゅう》が営まれており、また西の端には不忍池を望んで東照大権現《とうしょうだいごんげん》を祀り、北隅には将軍家六代の御霊屋が鎮《しず》まっていた。

黒門の先には二層の吉祥閣が聳《そび》え、空中回廊で繋がれた双子の御堂の向こうが天を衝くほどの御本堂である。左右には常盤木《ときわぎ》の松原が続いている。

「大きな声では言えぬが、彰義隊は慶喜公をお護りしているわけではないよ」

御本坊の濠に沿うて歩みながら、源一郎は声をひそめて言うた。

「この塀の中には、御門主の輪王寺宮様《りんのうじのみや》がおわすのだ。薩長が天朝様《てんちょう》を担ぎ出すなら、こっちは宮様を担げばよい。それで戦をすれば、勝ったほうが官軍、ということになる」

まさか、とは思うても理屈は通っている。もし彰義隊が輪王寺宮様とともに御城に入り、いまひとつの錦旗を掲げようものなら、それこそ「勝てば官軍、負くれば賊軍」という戦になる。

「二度も外国使節に随行してよくわかったのだが、幕臣というのは頭がいい。意地や体面で命を投げ出すものかよ。実はそういう起死回生の絵図を描いているのだ」

咽が渇いてたまらぬ。だとすると的矢六兵衛は、起死回生の秘策の一部かもしれぬではないか。つまり、西の丸に仕掛けられた爆弾である。そういう事情を知っておれば、誰も怖くて触れぬ。

濠に沿うてしばらく歩むと、松原に囲まれた広場に出た。小体《こてい》な門と番所があり、揃いの黒羽織を着た様子のよい武士たちが、いっせいにこちらを見た。

裁着袴《たつつけばかま》に草鞋《わらじ》ばきという出で立ちであるが、戦装束ではない。この先が上様のおわす大慈院ならば、これが御書院番士であろう。

源一郎はいかにも偉そうに、彼らを睨《ね》め回して言うた。

「ちと物を訊ねる。御留守居役内藤筑前守様のお下知により、御書院番八番組の的矢六兵衛なる侍を探しておる。どなたかご存じないか」

さすが矜《ほこ》り高き御書院番士たちは、そう聞いても畏れ入るふうがなかった。何を小癪《こしやく》な、とばかりにひとりが言い返した。

「鳥羽伏見の戦以来、番組はばらばらになってしもうたゆえ、一番も八番もないわい。おい、誰か存じておるか」

的矢といえば珍しい苗字であろうに、問われた番士たちから返事はなかった。

しかし少し間を置いて、人々のうしろから控えめな声が上がった。現れたのはいかにも付属《つけたり》の同心と見える白髪頭の侍である。

「それがし、元は八番組にござりまするが」

番士たちの顔色を窺うように、老いた侍は言うた。

御書院番は十組五百人、つまり一組が五十人であり、それぞれの組に三十人の与力同心が付属する。仮に同心であるとしても、たかだか総勢八十人ならば知らぬ人はおるまい。

加倉井隼人の胸は高鳴った。早くもあの的矢六兵衛の正体を知る人が現れたのである。

「番所をお借りできようか」

御書院番士は源一郎の需《もと》めに応じようとしなかった。

「われらは大慈院におわす上様のご身辺を警護いたしておる。その御書院番の詰所に、他者が立ち入るは相成らぬ」

というのがその理由である。まあ、そういう理屈もわからぬではないが、何とも底意地の悪いやつらだ、と隼人は思うた。

気の毒なのは老いた同心である。分《ぶ》をわきまえずしゃしゃり出おって、というような目を向けられて、すっかり肩をすぼめてしもうた。

隼人は小さな老人の俯《うつむ》いた顔を覗きこむようにして、「すまんのう」と詫びた。

同心はあくまで御書院番の付属であって、番士ではない。また、御目見《おめみえ》以上の旗本と御目見以下の御家人との身分には、天地のちがいがあった。

「あのお方が、どうかいたしましたか」

松原に向こうて歩き出すとじきに、老いた侍は不安げな顔をもたげて訊ねた。

「おぬし、六兵衛を知っておるのだな」

かかわりあいを避けたいのであろうか、ためらいがちに「はい」と答えが返ってきた。

こぼれ松葉の積もった地面は綿のように柔らかかった。番所から声の届かなくなったあたりに、ころあいの倒木があった。枯れているふうもないから、陣構えに使うつもりで伐り倒したのであろうか。あたりには挽《ひ》いたばかりの新木《あらぎ》の匂いが立っていた。

「おぬしに迷惑はかけぬ。名を伺うてよいか」

何を打ち合わせたわけでもないのに、隼人が訊ね、源一郎が書き留めた。

「八番組の付属《つけたり》同心、尾関孫右衛門《おぜきまごえもん》と申します。あの、わたくしはべつだん何の存念があるわけではなく、ただただ御番衆の向かうところに付いていっただけで――」

「わかっておる。けっしておぬしを責めておるわけではない。的矢六兵衛について知りたいだけだ」

孫右衛門は確かめるように二人の顔を見つめ、それからとつとつと、怖い話を始めた。

五

いいえ、滅相もございませぬ。みどものごとき同心ばらが、殿中のお役人様と同じ目の高さに向き合うなど。

いやはや参った。ではお言葉に甘えまして。

この黒松は御門前の堡塁《ほうるい》にするつもりで伐り倒したはよいが、重すぎてびくともせぬのです。

あとさき考えずと申しますか、気合ばかりで実《じつ》がないと申しますか、そもそも御番衆のみなさまは乳母日傘《おんばひがさ》で育った御旗本ゆえ、力仕事などはなされぬのです。よってたかって、面白半分に伐り倒してから、あとは頼んだと言われましてもなあ。

この大慈院にて上様をお護りしている御書院番の中に、付属の同心などは幾人《いくたり》もおらぬのです。そのうちのひとりも昨夜、山下の自宅に所用があるというて出たきり戻って参りませぬ。

しかし、こうして座りこんでみますと、なかなか居ごこちのよい腰掛けでござりまするな。かえすがえすも、分《ぶ》をわきまえぬ無調法をお詫びいたします。

改めて名乗らせていただきます。姓名は尾関孫右衛門と申しまして、齢は恥ずかしながら算《かぞ》えの五十四、一代抱えの同心ばらにござりまする。

世間がまだ穏やかであった文恭院様《じゅういちだいさま》の御代に、町方同心の三男坊として生まれまして な。部屋住みの厄介であったものが、何とか養子縁組の先も見つかり、またじきに一代抱えの果報にまで与《あずか》りまして、以来三十年近くもお勤めいたしおる次第にござりまする。

御書院番と申せば聞こえはよいが、番筋《ばんすじ》のなんのと資格を問われますのは旗本職の御番士までの話でございまして、その下の与力同心の多くは一代抱えの寄せ集めにござります。それでも御与力は騎士なのですが、同心は徒士《かち》でございますゆえ、いわば雑兵にござりまするな。

よって御番士のみなさまが面白半分に伐り倒した松の木を、どうにかするのは同心の役目なのですが、身分が低い分だけ目はしも利きますゆえ、すでにみな逃げてしもうた。

わたくし、でございますか。

さて、こんなところで知れ切った往生などしたくはないが、家内には先立たれておりますし、子もござりませぬし、後顧の憂いがないと申せば聞こえはよろしゅうござりましょうか。

正直を申しまして、おのれの責務だの、忠義の心だのは毛ほども持ちませぬ。無理をして生くるのが面倒なだけでございますよ。

さて、私事はともかく。お尋ねの儀について知るところをお話しいたしまする。御書院番八番組の御番士、的矢六兵衛様。はい、たしかによう存じておりますとも。ただし、ここにはおいでになりませぬ。ご謹慎中の上様をお護りしておるのは、たかだか数十人でござりますゆえ、まちがいはない。上野のお山と申されるのならここではのうて、ほれ、あちらでさかんに気勢を上げておる彰義隊に加わっておられるのではござりませぬか。

かたや開城降参を潔しとせずに、旧幕を脱走して上野のお山に立てこもった方々。こなた旧幕のお指図通りに、上様をお護りしておる方々。狭い山の上でどうなることやらと気を揉んでおりますけれど、そこはどなたにも父子代々にわたり徳川の御禄を食《は》んだ侍ゆえ、相撃つということはないようです。

実のところはわたくしだって、あっちかこっちかと迷いもしたのですよ。いえ、けっして上様に忠義だてしたわけではございませぬ。今さら脱走など、面倒でございましょう。ですからあちらにも、ずいぶん数多い御書院番士や与力同心が加わっておるはずです。

エッ。何と申されます。あっちでもこっちでものうて、的矢六兵衛がいまだ御城内にある。それも、詰所の虎の間に座りこんでおられる、と。

しばらく、しばらく。少々考えさせて下されませ。

ええと、上様が大慈院にお入りになられたのは、二月十二日。お供をせよとのお下知《げじ》を賜りましたのは、同日の早朝でござりました。

西の丸の山里《やまさと》御門にて衛士についておりましたところ、殿中より伝令が参りましてな、ただちに御書院門に集まれと。

御書院門は西の丸御殿前の御門でございまして、昔から御書院番士が護るゆえそう呼ばれているとの由、御番頭《ごばんがしら》様もその門続きの櫓《やぐら》に泊番《とまりばん》をなされます。

そういえばあのとき、何やら一悶着あったように憶《おぼ》えますな。六兵衛がどうしたこうした、かまわぬうっちゃっておけ、などというような。

しかし御番衆のやりとりに、同心が口を挟むことなどできませぬ。それよりも何よりも、上様が上野のお山にお成りゆえ、お供をするという急な話なのですから忙しゅうてなりませなんだ。

さよう、あわただしく御発駕《ごはつが》した行列の中にも、的矢様のお顔はなかったと憶えます。

ところで、わたくしはこれより、少々奇怪な話をせねばなりませぬ。この齢になっては嘘も大げさもござりませぬゆえ、どうか心を平らかにしてお聞き下されませ。

殿中の虎の間に座りこんでおるというその侍は、どのような風采でござりまするかな。

なになに、齢のころなら四十のあとさきと見えて、上背高くがっしりとした体つき、浅黒い顔に鼻筋が通り、眉目秀でて眼光が鋭い。

さよう。的矢六兵衛様にちがいござりませぬ。しかるに、その人物は的矢六兵衛ではござらぬ。

まあまあ、お鎮《しず》まりなされませ。ほかに言いようがないのだから仕方ござるまい。とまれ、虎の間にあるというその侍は、的矢六兵衛であって的矢六兵衛ではないのでござる。

なるたけ平明にお話しするゆえ、お聞き下されませ。

わたくしが、その六兵衛に初めて出会《でくわ》しましたるは昨年の正月、「御番始《ごばんはじめ》の儀」

の折でございました。御大名の新年参賀も一段落したあたりで、どのお役職も一同打ち揃うて仕事始めの儀を執り行いますな。御書院番は人数が多いゆえ、一番から十番までの各組ごとに、御書院門続きの御櫓に集まりまして、御組頭《おくみがしら》様より盃を頂戴するのです。

櫓の板敷に御番士が五十、与力同心の三十は土間に控えますが、年頭の儀式ゆえみな肩衣《かたぎぬ》を付けておるので窮屈で仕方がない。そろそろ御組頭様のご挨拶という定刻になりまして、あわや滑りこんできた番士があった。

「もし。こは八番組の御番始にござるぞ。おまちがえではござらぬか」

御番士のひとりがそう訊ねたのももっともなこと、三十年近くも付属同心を務むるわたくしですら、その侍の顔には憶えがなかったのです。

ところが、侍は「否《いや》」とひとこと言うたなり、委細かまわず空いている場所に座りこんでしもうた。何のとまどいもなく、あまりに堂々としておるゆえ、それからはみなさま訝《いぶか》しく思いながらも物は訊ねなかったのです。「あれは誰じゃ」「知らぬのう」などと、囁き合うだけでございました。

すでに御組頭様は着座なされていた。御書院番御組頭といえば一千石高の御旗本、風折烏帽子《かざおりえぼし》に布衣《ほい》という仰々しい出で立ちでござります。

「組頭が盃は御番頭《ごばんがしら》様が盃である。また御番頭様は先刻、畏れ多くも上様より御盃を頂戴なされ、日ごろの勤めご苦労であるとのお言葉を賜わった。おのおの、精進いたせよ」

ハハァ、と私どもは頭《かしら》を並べて平伏いたしました。それからひとりずつ名を呼ばれまして、御酒をいただきます。「何のなにがし」と添役が姓名を呼び、御組頭様が手ずから酌をして下さる。

もっとも、それは五十人の御番士に限ったこと、御目見《おめみえ》以下の御家人である与力同心どもは頂戴できませぬ。しかるにわたくしは、八番組でも随一の古株でございますでな、御番士の中にも気を遣うて下さる方があって、板敷のうしろのほうにかしこまっておりました。

「次、的矢六兵衛殿」

添役の声がかかった。とたんに、あの遅れてきた侍が満座の中にすっくと立ち上がったのです。おし殺したどよめきが起こりました。それもそのはず、みなの知る的矢六兵衛とは似ても似つかなかったのです。

番士たちは口々に囁き合いました。

「的矢殿は寝こみでもしたか」

「しかし、新年の御番始にまさか代役もござるまい」

「倅《せがれ》か、婿殿ではあるまいかの」

「いや、それにしては薹《とう》がたっておるではないか」

「弟御かの」

「似ても似つかぬわい」

　さよう。似ても似つかぬのですよ。わたくしの知る的矢六兵衛は、齢のころなら四十のなかば、御旗本としては如才ない感じのする侍で、体も小さいのです。ところがその男というたら、御櫓の中の薄暗がりにしろ、まるで別人とわかる。

　これには名を呼んだ添役も面食ろうたと見えて、手元の帳面から目を上げて今いちど、「的矢六兵衛」と言うた。すると件《くだん》の男もべつだん悪びれるふうもなく、「はい」と重ねて応ずるのです。そして、衆目の中を御組頭様の前に進み、背筋を伸ばして座った。

　肩衣の家紋も的矢でございましたよ。その苗字にちなむ、「丸に矢筈《やはず》」の紋所でございますゆえ見まちがいようもない。

「六兵衛、じゃな」

　御組頭様がそうお確かめになったのも、妙と言えば妙でございます。

「この一年、念を入れて務めい」

　ハハッと答えて侍は、盃をあけました。

わたくしの家は上野のお山下の、御書院番大縄地《おおなわち》でございます。なに、そこの車坂を下ってほんの一町ばかり、あのあたりから下谷広小路にかけてはずっと、御徒《おかち》組《ぐみ》やら御先手組《おさきてぐみ》やらの屋敷が大小みっしりと建てこんでおりましてな。で、わたくしども与力同心の大縄地のすぐ東側が、御番士のみなさまの御屋敷にござります。なにしろ総十組の御番衆が五百、付属《つけたり》の与力同心が三百、という大所帯でございますゆえ、拝領屋敷もほかに小日向だの赤坂だの浅草だのとあちこちにございますが、わたくしども八番組は定めて下谷稲荷町に住もうております。

敷地は同心といえども二百坪、御番衆となれば門長屋に御蔵まで備えた四百坪は下らぬ御屋敷となります。そうした次第ゆえ、同じ番組のお仲間とは申せ、そうそう近所付き合いをするわけではございませぬ。ましてや家内に先立たれ、子供もないままに絶家を待つ身のわたくしには、噂も聞こえては参りませぬ。

御城内での御番始の儀をおえて下谷の組屋敷に帰る道すがら、的矢六兵衛の一件につきましては話題にもなりませせなんだ。なにゆえか、と申されますか。それはまあ、わたくしども同心ばらにとりましては、話が重きにすぎるのでございますよ。

的矢という由緒正しき旗本のお家、御書院番士という矜《ほこ》り高き御近習の騎士の家が、その名と職とは従前のまま、人だけが入れ替わった。しかも、御組頭以下みなみなさまが、これほどのふしぎに遭うてどなたも咎めようとはなさらぬ。いったい何がどうなっておるのやらわからぬが、ともかく下役が軽々に口にする話ではござるまい。

しかし、屋敷に帰ってひとり手酌などやっておりますとな、どうにも気がかりでなりませぬ。考えこむほどに、何やらおのれひとりが夢でも見ておるのか、あるいは狐狸にでも化かされたのかと思い始めまして、まあ正月でもございますし、門長屋に住まう下女を呼び出しまして、膳の向こう前に座らせました。

そやつは名をおふじ、と申しましてな。ほんの子供の時分に雇い入れましてより、死んだ家内がたいそう可愛がって、四十になるまでとうとう嫁にも出さなんだ女でございます。

おふじならばあるいは、屋敷町の噂を何か知っておるのではないか、と思うたのです。

ハハ、真顔でご冗談を申されますな。おふじは死んだ家内が目をかけた下女、わたくしの妾《めかけ》などでありますものか。

四十になるまで嫁取りの話もなかったわけは、わたくしどもが手放しとうなかったからでございます。それと、頭がようて器量も悪くはないが、すこぶる内気なおなごでございましてな。まず笑うた顔を見たためしがない。武家の使用人と申すは、無口が一番でございます。

なにしろひとつ屋根の下に住もうておるのですから、夫婦仲も懐具合も知っている。さようなくさぐさを口外されたのでは、たまったものではございません。醜聞ひとつで御役御免とされ、小普請《こぶしん》入りだの甲州勤番だの、少しも珍しい話ではございませんよ。

さなる理由から、内気で無口なおふじは安心のできるおなごであったのです。

しかるに、長く勤めおれば女中仲間もあまたおりましょうし、口ではしゃべらなくとも耳にはさまざまの噂が入ってくる。むしろ無口な者ほどあれこれ知っておるのです。死んだ家内なども、おふじから他家の事情を聞いて、うまい具合に近所付き合いをいたしておったものでございました。

夜中に呼び付けて、いきなり他家の消息でもありますまいから、腹がへって眠れぬとか何とか申しましてな。茶を淹《い》れさせ、餅を焼かせて、ひとりではみじめじゃによっておまえも食えと、火鉢の向こう前におふじを座らせた。

庭の楠に巣をかけた鳥が、妙に鳴き騒ぐので雨戸を開けてみますと、知らぬ間に降り出した雪がうっすらと積もっておりました。

「おふじ――ちと訊ねたいことがある。わからぬことは何でもおまえに訊けと、家内も言うておったでな」

「的矢六兵衛様のお家の事情を、何か知っておるか」

答えがないので振り返ると、おふじは行灯《あんどん》のかたわらで俯《うつむ》いている。いかにも知っているが話しとうはない、というふうでございました。

「的矢様と申されますと、裏辻のお稲荷様のところの御屋敷でしょうか」

「ああ、そうじゃ。実はの、その的矢六兵衛様が――」

わたくしはその朝の御番始の儀に見たままを、おふじに話しました。

「旦那様、お風邪を召されても何です、どうぞこちらへ」

火鉢を挟んで座りますとな、形見とみゆる紬《つむぎ》を着たおふじが、若い時分の家内のような気がしまして、何やらしみじみといたしましたよ。ほんの子供のころから奉公しておるゆえ、物言い物腰まで家内に似ておるです。

茶の熱さ濃さといい、餅の焼きかげんといい、まったく家内の手癖そのものでございました。唯一ちがうところといえば、おふじは無口なのです。

その無口が、よほど腹に溜まっていたのか珍しく向こうから物を言うた。

「的矢の御殿様も奥方様も、じかには存じ上げません。女中さんの幾人かは見知っておりますけど。その下々の話を、旦那様のお耳に入れてもよろしゅうございましょうか」

「はい、何なりと」

的矢様の御屋敷は、わたくしども与力同心の大縄地《おおなわち》より二筋東寄りにあります。もとより御旗本と御家人は身分がちがうゆえ、同じ御番組にあってもごちゃまぜに住まうということはござりませぬ。ことに、御書院番士は気位も高うござりますれば、近所の辻で行き会うてもすれちがうなどもってのほか、わたくしどもは立ち止まって脇によけ、頭を下げねばなりませぬ。

使用人からの呼び方ひとつにしても、御旗本の御番士は「御殿様」、その妻は「奥様」でございますが、御家人は「旦那様」「御新造様《ごしんぞうさま》」ですな。

「おまえの知るところは、何でも忌憚《きたん》のう話してくれ。さもなくば、わしは明日から的矢様とどのような顔をして向き合えばよいのかわからぬのだ」

さよう。わたくしがとりわけ気がかりであったわけは、事情が切迫していたからなのです。その年は師走の勤番が正月明けまで続き、御番始の儀をおえた翌《あく》る日が月番の交代でございました。つまり、わたくしども八番組は翌日の朝に登城して西の丸の警護につくのです。的矢六兵衛であって的矢六兵衛ではない上司に、どんな顔で向き合うたらよいか。

的矢六兵衛に代わって、見知らぬ御旗本が着任したというのなら何の苦労もござりませぬ。しかし、お名前がそのままで似ても似つかぬ人物が、ある日ふいにおのれの上司となったらあなた、わたくしのような一代抱えの同心は、どうしてよいものやらわからぬのです。

おふじは知るところを語り始めました。

「的矢様のお女中から聞いた話でございますから、まちがいはないと思います。実はあのお家は代々の借金が積もり重なりまして、もはやにっちもさっちもゆかぬようになっていらしたのです。それも、相手が蔵前の札差《ふださし》ならばさほどの無理は申しますまいが、このごろ上方から参りました悪い金貸しに手を出してしまいまして、何でもその利息が十日に一割、月に三割という無体でございますから、どうにもなりませぬ」

話の先が見えぬ。きょうび台所が苦しいのはどこも同じだが、まさか銭金の苦労であれほどまで面相が変わるとも思えなかった。第一、仮にそうであるとしても、あの六兵衛はちっとも面窶《おもやつ》れなどしていない。それどころか、前の六兵衛よりずっと見映えのする偉丈夫であったのです。

「さようか。わが家も楽ではないが、食い扶持《ぶち》もおまえひとりゆえ、金もかからぬ。御旗本は体面も大切じゃ」

「はい。それに、御新造様はたいそう竈持《かまども》ちがよろしゅうございましたから」

死んだ家内が恋しいと見えて、おふじは俯いてしまいました。たしかに家内は倹約上手でございましたし、嫁に来てより病の床に就くまでずっと、夜っぴて手内職に精を出してもおりました。

「まあ、そういう話はよい。的矢様はどうなさったのだ。武士は体面を重んずるゆえ、懐具合などはけっして口に出さぬ。たとえ耳にしても噂に上《のぼ》せてはならぬというが暗黙の定めじゃ。よって的矢様のさようなご事情など、まったくもって初耳であった」

　おふじは瞼を拭い、洟《はな》をかんでから、話を続けました。

「師走のかかりのころでしたでしょうか。的矢様のお女中たちが、いよいよお暇を出されるかもしれない、と言い出しましてね。御番衆ともなれば、若党だの下男下女だので七人や八人の大所帯でございますから、これは大ごとだと。このご時世に放り出されましたら、雇い先などどそうそうはございませんし」

　わたくしは的矢家の事情をさほど詳しくは存じませぬが、御番士ならばまずご陪臣のひとりやふたりはおり、使用人も幾人かは抱えおるはずです。

　ご家族、ですか。

　はて、それはどうでしたでしょう。ご年齢からすると、大きなお子がいらしてもよいが、あいにく存じ上げませぬ。

　ああそうそう、達者なご両親がおいででございますよ。お二方ともずいぶんなお齢だが、たいそう仲むつまじゅうて、毎朝連れ立って東本願寺《おひがしさま》にお参りなさっておられましたな。わたくしはそのご隠居が現役の時分から知っておりますゆえ、道で行き会えばきっとお声をかけて下さるのです。やはり小柄で如才ない、御旗本の権《けん》柄《ぺい》を感じさせぬ方でございます。

つまり的矢家は、ご両親と奥様とお子様、そのほかにおふじの申しました通り、七人か八人かのご家来や使用人がいるはずでございます。女中と二人きりのわたくしなどからは想像もつきませぬが、さだめし物入りでございましょう。

おふじの話が続きます。

「ところが、十二月十三日の煤掃《すすは》きをおえまして的矢様のお女中たちが申しますのには、どうやら馘《くび》がつながったようだ、と」

「ほう。金の工面《くめん》がついたというわけだな。それはよかった」

「ところが、旦那様。少々話が妙なんでございますよ。いかに工面尽《づ》くと申しましても、ことのよしあしはございましょう」

「金貸しに頭を下げるくらいは仕方あるまいよ。しょせん武士が権柄尽くにどうとでもなるご時世ではあるまい」

「いえいえ。頭を下げるなんて、そんな当たり前の話ではございません」

よほど肚《はら》に据えかねているのでしょうか、日ごろ無口なおふじが堰《せき》を切ったようにまくし立てるのです。

「おふじはご奉公に上がった子供の時分より、御番衆は立派な御旗本なのだから、けっしてご無礼があってはならぬと御新造様に言い含められて参りました。粗忽《そこつ》はただのいちどもございません。御屋敷の御門前を通ります折でさえ、きっと腰を屈めます。その御旗本が、あろうことか借金のために御家を売るなど呆れて物も言えませぬ」

声を失うたのは、わたくしのほうですよ。

御家を売ると申しましても、拝領屋敷の売り買いなどはできるはずもございませぬ。つまり家屋敷ではのうて、的矢という旗本の家が売買されたということでしょうか。

御家人株の売買と申しますのは、べつだん珍しい話ではござりませぬな。しかるに、それはせいぜい御徒《おかち》衆や同心に限ったことで、由緒正しき御書院番士の株が売られたなど、まったくもって考えられませぬ。

もしやご両方は、その事実の詮議のためにお運びになられたのではござりませぬのか。御番士のみなさまもおそらくそう勘繰って、かかわりを避けたのだと思いまする。わたくしの知る限りのことは、どなたもご存じのはずですから。

ほれ、ご覧なされませ。孫右衛門の爺《じじ》いめ何をぺらぺらしゃべっておるのだと、みなさまこちらを睨んでおられますよ。

いえ、お気遣いは無用。世の中はひっくり返ってしまいまして、このさき旗本も御家人もありますものか。へたをすればあなた、わたくしどももこの上野のお山を枕にして討死でございますよ。今さら御番士のみなさまに何を言われようと、聞く耳も持ちませぬわい。

それよりも、的矢六兵衛のことでございます。付属《つけたり》の同心とは申せ、わたくしも御家人のはしっくれでございますとも。父祖代々の家を売って生き永らえようなど言語道断、にっちもさっちもゆかぬのなら、潔く腹かっさばいて仕舞いとすればよい。

そう思うたのは、おふじも同じであったのでしょう。わたくしの家とて借金がないわけではなし、家内とともに夜っぴて手内職に精を出したおふじにしてみれば、御家を売って行方をくらますなど、他人事とはいえ腹の虫がおさまらなかったのです。

「おわかりでしょうか、旦那様。きょう御番始の折に、御頭様からお盃を頂戴したのは、きっとその的矢六兵衛様にございますよ」

おふじは主人より頭がいいと思いましたな。わたくしはまだ事情が呑みこめずにおりましたゆえ。

「その六兵衛、とは」

「ですから、御旗本の株を買《こ》うた、どこの馬の骨ともわからぬ的矢六兵衛様でございますよ」

まこと信じられませぬ。だが、理屈は通っているのです。

「すると、使用人たちは従前通り、主人一家だけが入れ替わったということか」

「はい。おふじも覗いたわけではございませんが、たぶんそういうこと」

言いながらおふじは、腹の虫を宥《なだ》めるように音立てて茶を啜り、焼き餅を食らいました。こうしたとき、男はとうてい飲み食いなどする気にもなりませぬな。少しでも気を落ち着けようと、莨《たばこ》を喫《の》むがせいぜい。

「遠慮はいらぬ。いくらでも食うていくらでも話せ」

「はい、では遠慮のう――昨年の年の瀬は非番でございましたゆえ、みなさまゆるりと正月の仕度ができましたのは何より」

「そうであったの。もっとも、仕度をする女どもにしてみれば、亭主などおらぬほうが面倒はあるまいが」

「いえ、旗本の御殿様はどうか知りませぬが、御家人の御屋敷ではどちらの旦那様も力仕事をなされます。それに、暮の豆まきやらお歳暮の届け物など、御新造様がいらしたころはともかく、おふじひとりでいたしますのは出過ぎた真似でございますし」

そのようにあわただしい年の瀬の、いったいいつの間に的矢六兵衛とその家族は入れ替わったのでしょうか。

「それが、お女中たちも引越しの手伝いなど、何ひとつしなかったそうでございます。例年通り、暮の二十九日に御殿様が豆をおまきになられ――」

「ちょっと待て。その御殿様とはどなたじゃ」

「い、いや、もとの六兵衛様ですとも。まことと何ごともなく、例年通りに。で、翌る三十日の朝にお膳立てをいたしますと、お居間には見知らぬご家族が」

ぞっと鳥肌が立ちましたな。二十九日の晩のうちに、家族だけが入れ替わった。女中も使用人も気付かなかったというのですから、もとの家族は着のみ着のままで出て行ったのでしょう。

御書院番士の御屋敷と申せば、敷地が四、五百坪、建屋は京間坪で二百坪の上はございますな。座敷の数も二十は下りませぬゆえ、何が起ころうがなかなかわかりますまい。だにしても、薄気味悪い話でございますよ。

「見てきたように申しますが、噂でございますよ、旦那様」

うろたえるわたくしを励ますように、おふじはそう言うた。

昨年正月の御番始の晩にわたくしがおふじから聞きましたのは、あらましそのようなところでございます。

　もっと事細かな話もあるにはあるのでしょうが、所詮は女中仲間の噂にすぎませぬしな。興味本位に訊ぬるというのもいかがなものかと思いまして、それくらいにしておいたのです。

　いや、正直を申しますと胸が悪うなってしもうたのですよ。聞きたくもない猥褻《わいせつ》な話、むろんおふじにしても口が腐るような話でございましょう。

「あいわかった。しかるにこの件は御書院番の名誉にかかわる話ゆえ、向後《こうご》一切他言は無用ぞ。よいな」

　わたくしがそう釘を刺しますと、おふじももちろんとばかりに肯きましてな、襟に手を当ててホッと息をついた。

「承知いたしておりますとも。このようなこと、よそのどなたに話せますものか。旦那様のお耳には入れておかねばならぬと思うておりましたゆえ、ようよう胸のつかえが下りました」

　家内が達者な時分には、わたくしとおふじが直《じか》に話すということがまずなかったのです。おふじが見聞した話は家内が選別して、わたくしの耳に入れた。どこのお家でも女房の役目と申すはそうしたものですな。

　もしあの晩にわたくしがあえて訊ねず、おふじも言わなかったとしたら、翌る日からのお務めに障りがあったと思われまする。実に、聞く耳も話す口も腐る話ではございましたけれど、ともかく見知らぬ的矢六兵衛と上番《じょうばん》する気構えのようなものはできた。

さて、その翌朝――すなわち昨年正月の四日だか五日だかの話になります。八番組が月番交代で上番する朝でございますな。

わたくしども与力同心は六ツの鐘を合図に起き出しまして、大縄地《おおなわち》の冠木門《かぶきもん》のあたりに集合いたします。御旗本の御番衆に先んじて御城に向かうのです。与力と同心は身分がちがうのですが、御番組にあっては同じ付属《つけたり》の御家人衆という扱いで、分け隔てはございませぬ。馬上与力といえども馬には乗らず、むろん供連れもなく、三十人が一緒くたに登城いたします。そうして与力同心がこぞって出発したあとから、御番士のみなさまが三々五々、槍持、挟箱《はさみばこ》持、草履取などを引き連れて登城なされます。御書院番士といえばあなた、まさに御旗本中の御旗本でございますからな。

登城の道順は定まっております。わたくしども八番組は上野山下の大縄地を出ますと、下谷広小路をまっすぐに行って、明神下、昌平橋、神田橋を経て大手門、もしくは西の丸大手門へと至ります。矜《ほこ》り高き御書院番が大道のほかを歩きますものか。

しかるに、べつだん整斉《せいせい》と隊伍を組んで、というわけでもない。フランス人に調練された近ごろの歩兵隊でもありますまいに、ひとりひとり堂々と歩んでゆくが武士でござりまする。

夜来の小雪がちらちらと舞う、寒い朝でございましたな。神田橋を渡って、御大名屋敷が並ぶあたりまで参りましたところ、うしろから早足で駆けてくる馬に追い越されました。

朝っぱらから何ごとぞと思いまして、追い抜きがけの馬上を見上げますとな、これが件《くだん》の的矢六兵衛なのです。

いえ、もとの六兵衛ではのうて、昨日の御番始の折に突然現れた六兵衛ですな。それが御家来の若党と中間《ちゅうげん》どもを引き連れて、パカパカと走って行った。御番士が与力同心を追い抜いて登城するなど、尋常を欠いております。これには一同が唖然としたものでございました。

たちまち、おふじから聞いた薄気味悪い話が思い起こされましてな、まああれこれ考えても始まらぬから、これは見なかったことにしようと思いました。で、わたくしどもは何ごともなくまた歩き始めたのですが、それからのお仲間衆の沈黙が次第におかしゅうてならなくなった。

誰もがふしぎでならぬのですよ。しかるに付属の与力同心の分限《ぶげん》で、御番士の噂などはできぬのです。おそらくどこのお屋敷でも昨晩は、「的矢六兵衛様が入れ替わった話」で持ち切りであったにちがいないが、それは夫婦親子の間だから許される噂話でございます。

口には出せぬ分だけ、おかしみがこみ上げて参りましてな。なにしろ、禁忌の話のご本人が、あろうことかわたくしどもを追い抜いて行ったのですよ。それも、妙にむっつりとした顔で、早足の手綱さばきも鮮かに。

わたくしは歩きながら、思いついてこう申しました。

「おのおのがた、今し見たるはまぼろしでござる」

身分は同心でも長老にござりますゆえ、笑うならここで笑っておいたほうがよいと思うたのです。

その一声をしおに、わたくしどもはげらげらと笑い転げました。笑いごとではない。だからこそおかしさもひとしおなのです。

ちょうど神田橋を渡って、酒井雅楽頭《うたのかみ》様の御屋敷の裏手の、ひとけのないところであったのが幸い。もし町なかであったら、御書院番の威を損うところでございましたな。

そのときのことを考えまするに、どうやら与力同心のあらかたは、わたくしがおふじから聞いていたぐらいは承知しておったのでしょう。たぶん、前夜に女房殿の口から聞いたと思われます。

おふじに訊ねておいてよかった、としみじみ思いましたな。もし知らずにおれば、わたくしはひとりだけ笑うこともできずに往生しておったはずでございます。男やもめゆえ、と気の毒がられていたやもしれませぬ。

ところが、ふたたび真顔に戻って歩き出しますとじきに、若い御与力のひとりがわたくしの袖を引いたのです。「尾関さん、ちょっとよろしいか」と。

その御与力様はいまだ十七、八ばかりの、いわば右も左もわからぬ御仁でしてな。親御殿が急な卒中で亡《の》うなり、家督を継いだばかりであったのです。

「いったい、何がそれほどまでおかしいのじゃ。拙者にはわけがわからぬ」

つまり、もとの的矢六兵衛もよう知らぬゆえ、入れ替わったことにすら気付いていない、というわけですな。

さてどうしたものかと思いもいたしましたが、ひとりだけ事情がわからぬというのも不憫ゆえ、歩みながらかくかくしかじかと説明いたしましたよ。なるたけやんわりと、角の立たぬよう話したつもりでも、やはり穢《けが》れを知らぬ若侍がそうと聞けば腹も立ちましょう。

「許しがたい話じゃ。天下の御旗本が借金の抵当《かた》に御家の株を売るとは。笑いごとではあるまいぞ」

などといきり立つのを宥《なだ》めるがまず一苦労。どなたに訴えたところで、損を見るはおまえ様ひとりですぞ、と説得いたしましての。

ところで、あの御与力はとんと見かけませぬが、今はどうしておられるのでしょうな。

やはり、あちらか。

上野のお山に屯《たむ》ろして息まいておるみなさまは、それぞれにご不満をお持ちなのでしょう。

今こうして思い返しましても、あの朝の的矢六兵衛は颯爽《さっそう》たるものでございました。

六尺になんなんとする立派な体格でござりますゆえ、馬上にあってもまず見映えがする。それが舞い落つる小雪など物ともせず、肩衣《かたぎぬ》半袴の背をこう、すっくと伸ばしまして供を引き連れ、早足に御城へと急ぐのです。

本来は御番士はむろんのこと、御与力までが馬に乗るべきなのですが、このせちがらいご時世ではなかなか飼い切れるものではござりませぬ。よって与力はわたくしども同心と一緒くたの徒《かち》、御番士といえども供連れのみで馬には乗らぬ、というが今は当たり前でござりますな。ですからあのときは、若い時分に見た御書院番士の威風を思い起こして、何やら胸がすいたものでござました。

今だからこそ申せますが、わたくしが御役に就きましてよりこの三十年の間の諸物価の高騰というたらあなた、何でもかでも数倍でございますよ。しかるに御代物《おだいもつ》は従前通り、御書院番士の御禄三百俵にも変わりはない。これで昔のままの威を保てと申すがどだい無理な話で、質素倹約などという道徳はとうにお題目となっておいるのです。

ああ、そういえば、もひとつ思い出しました。あの朝の的矢六兵衛の馬には、面《おも》懸《がい》と鞦《しりがい》に紅白の緒が用いられておりましたな。そのことについては、おそらくこの爺《じじ》のほかは誰も気に留めてはおりますまい。

紅白の縦縞《たてじま》は、わたくしども御書院番八番組の徽《しるし》なのです。戦場にあっては、きっとこの紅白の指物を具足《ぐそく》の背に立て、紅白の幌を負うて目印とするのです。むろんそのような格好は遥かな昔話ではございますけれど、わたくしが若い時分にはその八番組の徽を、御手馬の面懸と鞦の緒にとどめておられた御番士が幾人もおいででした。

わたくしも六兵衛を笑いものにはいたしましたがの。笑いおえて歩き始めてみると、だんだんにそうした威風が思い起こされて、これはただごとではないと気付いた。

あれが旗本の株を銭金で購うた、いわゆる「金上げ侍」であるとは思えぬ。もしや、幕府のご威勢華やかなりし時分のご先祖様が、的矢六兵衛の名を借りて顕現なされたのではあるまいか。

おふじから聞いた話も薄気味悪かったが、その想像もまた、鳥肌立つ思いでございましたよ。

城中におけるお勤めぶり、でございますか。

さて、それはようわかりませぬの。わたくしども同心の務めは定めて諸門の警護、御番衆のみなさまはご承知の通り殿中虎の間に詰めますので、勤番中に出会うことはまずござりませぬ。

ましてや一ヵ月の上番中も、朝番、夕番、泊番《とまりばん》といった交替がござりますれば、同じ八番組と申しましても合わせる顔は定《き》まっておるのです。

食事を摂る際にも、御番士は虎の間の裏にある泊部屋にて弁当を召し上がられますが、わたくしどもは賄所《まかないどころ》にて頂戴いたします。

とまれ、御書院番士は上様の近侍、与力同心はあくまで付属《つけたり》という原則がござりますゆえ、身分のちがいはまこと截然《せつぜん》としておるのです。

さなるわけにて、慶応三年卯《う》の年の丸一年、続く今年の先《せん》二月十二日まで、的矢六兵衛を見かけたためしはそうございませぬ。その間、八番組は三年に一度の駿府定番《すんぷじょうばん》にも当たらず、上様御上洛の折にも、この正月の鳥羽伏見の合戦の折にもずっと留守居でございましたしな。

しかし、人間誰しも目の前の事実についての「慣れ」というがござる。初めのうちこそあれほど薄気味悪く思うた的矢六兵衛が、いくたびか目にしておるうちに見慣れてしまうのです。

ほれ、たとえば大火事の後などに、新しい建物ができて景色が一変すると、たちまち往時の町並みなど忘れてしまいますな。あれと同じで、人間の目というはじきに慣れてしまうのです。つまり、行方しれずとなったもとの的矢六兵衛様などは記憶にすらとどまらず、正体不明の俄《にわ》か六兵衛こそがほかならぬ的矢六兵衛じゃと、誰もが信じてしまう。

人間の心がそれくらいいいかげんなのか、あるいは現実というものが、それくらい威力を持っておるのか。

よって、先ほどお二方からふいに的矢六兵衛について訊ねられた折も、わたくしの頭にうかんだ顔はもとの的矢様ではのうて、あの六兵衛でございました。

ややっ。御番衆がお呼びじゃ。

これくらいでご勘弁下され。わたくしの知る限りはざっとお答えいたしましたし、ほれ、みなさま怖い顔でこちらを睨んでおられる。

しかしまあ、あの的矢六兵衛がいまだ殿中の虎の間に詰めておるとは。一体全体、何のつもりでござりましょうのう――。

六

加倉井隼人が西の丸に戻ったのは、いまだ春日もうららかな午下《ひるさが》りである。

六兵衛の正体などじきに知れよう、と高を括《くく》って出かけたのだが、たったひとりの同心から話の触りを聞いただけで、いささか食傷してしまった。

一方、「百人芸の八十吉」こと福地源一郎は、さあこれからじゃとばかりに勇み立った。上様を警護する御書院番士たちは取りつく島もなさそうだから、同じ山上で気勢を上げる彰義隊の中に六兵衛を知る者を訪ねる、と言い出した。

それぱかりはご免蒙《こうむ》る、と袂《たもと》を分かった。かりそめにも官軍の隊長なのだから、惜しむ命はないにしても、そこまで間諜《かんちょう》のような真似はできぬ、と言うた。

しかし実のところは嘘も方便、老いた同心の話を聞いただけで満腹なのである。

春空は青く晴れ上がっているというに、まるで隼人の頭上にだけ黒雲が垂れこめているような気分であった。どうにも腹がこなれぬ。このうえ別の話を詰めこもうものなら、霍乱《かくらん》してしまう。

御城に戻る道すがら、何もかもほっぽらかして逃げ出したいとすら思うた。そもそも江戸定府《じょうふ》の徒組頭《かちぐみがしら》にすぎぬおのれが、どうしてこんな大役を押っつけられねばならぬのだ。

だが、どれほど理不尽を感じたところで、おのれの不運を嘆くほかはなかった。甲州道中を押してきた官軍の先鋒が、尾張屋敷に入った。しかるにあらかたの尾張衆は帰国しており、何かしら御用を言いつかるとすれば定府徒組頭のおのれしかいなかった。たまさか勝安房守と西郷吉之助の談判が成り、江戸は不戦開城と決した。その江戸城に異変がないかどうか偵察してこい、というが官軍のお達しである。ところが、一見して平穏な城中に、まったく正体不明の侍が、かつ意味不明に座り続けていた。よって、その侍をけっして腕ずく力ずくではなしに、しずしずと排除せしめねばならぬ。なにゆえ力ずくはならぬかといえば、畏《かしこ》くも天朝様《てんちょう》がこの西の丸御殿を仮の皇居になされるからだそうだ。こうなると、大役というより難役である。

「ばかばかしい」

隼人はみちみち、いくどもそう独りごちた。しかし逃げ出そうにも、尾張屋敷の門長屋には女房子供が住もうている。まるで人質である。いかにばかばかしゅうとも理不尽であろうとも、この務めは果たしおえねばならなかった。

西の丸大手門より曲輪内《くるわうち》へと入る。隼人が名乗りを上げるまでもなく、門番どもは六尺棒を控えて片膝をついた。これがあの権高《けんだか》な御家人衆かと思えば気味もよい。おそらく上司から、官軍の御使者様にはゆめゆめ粗忽《そこつ》なきようにと厳命されているのであろう。

二重橋を渡り、御書院門を通って御玄関へ。ああ、またあの暗鬱な御殿に入らねばならぬのかと思えば一転して気が滅入った。

御玄関の遠侍《とおさぶらい》には、添役の田島小源太と徒組《かちぐみ》の幾人かが、西洋軍服の膝を窮屈そうに揃えていた。

「お頭、お早いお戻りですなあ」

隼人の顔色を窺いながら小源太が言うた。何を聞くまでもなく、幼なじみの不穏な胸中を察してくれたようである。

「一筋縄ではゆかぬぞ」

「そうでしょうなあ。こちらももう、足が痺れてしもうてかないませぬ」

小源太は膝立って腿の裏を叩いた。ほかの徒士《かち》どもも辛そうな顔をしている。洋服のダンブクロは正座に耐えぬのである。

「胡座《あぐら》をかけばよかろう」

「しかし、殿中にござる」

徒士どもの隣には、小十人組《こじゆうにんぐみ》の番士がずらりとかしこまっている。むろん羽織袴であるからどれも涼しげな顔で、ざまをみろとばかりの苦笑をうかべていた。小十人組は旧幕五番方のひとつ、世が世であれば尾張の徒衆《かちしゆう》など歯牙にもかけぬ御旗本であった。

「では、袴にするか」

「いや。官軍の体面がござろう」

小十人組の番士たちは二人のやりとりを聞いて、クックッと笑うた。まこと癪《しやく》な連中である。隼人は一計を案じた。

「よし。しからば腰掛けを用意させよう」

連中はギョッと真顔になった。「しばらく」とひとりが異を唱えた。

「御使者様に物申す。殿中にて腰掛けを用うるなど、言語道断にござりますぞ」

隼人は怯《ひる》まずに言い返した。

「そこもとらにとっては殿中でも、われらにしてみれば陣中である。戦場にあらば腰掛けを用いてもよかろう」

御旗本を叱りつけると、いくらか胸がすいた。よし、ちぢかまらずにこの調子でゆくとしよう。

何はともあれ、上野大慈院の門前にて御書院番同心から聞いた話を、勝安房守に報告せねばならぬ。謎はむしろ深まったが、とりあえずその謎の土台らしきところには手が届いた。

御玄関から続く表廊下を少し進めば、本来御書院番士の詰所である虎の間である。朝はそこに座っていた侍が、消えてなくなっていたらどれほど気分が晴れるであろう、と隼人は思うた。

旗本中の旗本たる御書院番士は、ある者は鳥羽伏見の戦で討死し、ある者は脱走して奥州の戦に奔《はし》り、またある者は上野の彰義隊に加わった。十組五百人の番士は今やちりぢりで、すでに軍隊の体容はない。そもそも、いないはずの勤番士がそこにいる、ということが奇怪なのである。

いた。やっぱり。

「お務めご苦労である」

六兵衛の真正面に立って、隼人は朗々と声をかけた。視野を遮られても、まるで目に入らぬかのように黙りこくっている。まなざしが下腹のあたりを貫くようであった。

「のう、六兵衛。おぬしが何者であるかはわかったぞ。いったい何が所望なのだ――というても、今さらかくかくしかじかと語る口もあるまいがの」

まるで暖簾《のれん》に腕押しである。ならばもう一押ししてやろうと、隼人は目の先に屈みこんだ。

「おぬしの体面にかかわることゆえ、そおっと訊ぬる。ぶっちゃけた話、おぬしは的矢六兵衛になるために払うた大金を、取り返したいのであろう。それならそうと、はっきり申せ。わしから安房守殿に取り次いでやる」

図星か。六兵衛のまなこがほんの少し動いた。しかし答えはない。

「よいか、六兵衛。幕府は虚《むな》しゅうなったとは申せ、旗本八万騎を養うてきた御金蔵が空になったわけでもあるまいぞ。どのみち官軍が進駐して参れば没収される金じゃ、おぬしがこうまでして所望するなら、熨斗《のし》つけてくれてやるもやぶさかではなかろう。どうじゃ、そういうことで手を打たぬか」

うまい調子で畳みかけたつもりであったが、六兵衛の沈黙はふたたび隼人の心を黒雲で被ってしまった。

「勝手にせい」

殴り倒したい気分を足裏にこめて床を蹴り、隼人は立ち去った。もはや六兵衛が腹立たしいのではない。勝手にさせおけぬおのれが悔しいのだ。

「なるほど。金上げ侍ときたか。しかし、あんたが水を向けても乗ってこない、と」

隼人の長話を聞いたあとで、勝安房守は総髪の髷《まげ》に両手を当てて考えこんだ。

この旗本が善であるのか悪であるのか、隼人にはわからない。ただ、小さな体に徳川家と江戸八百八町を背負わされてしまったことはたしかで、その務めを懸命に果たそうとする姿は信頼に足る。開城にあたり、ほかにもあまたの問題が山積しているであろうに、的矢六兵衛というばかばかしい存在についても、あだやおろそかにはしない。

御用部屋には書簡だの地図だの書類だのが、畳も見えぬほどにちらかっている。まるで勝安房守の胸の中に座っているような気がしてきた。

「ううむ。御家人株の売り買いというは、べつだん珍しい話ではないがね。それにしたところで、せいぜい御徒《おかち》衆か同心、二百俵の与力となったらなかなかに大ごとだ。よほど上手に運ばねば大目に見ることもできぬ。ましてや御書院番士の家の売買など、ありえぬと思うがなあ」

「ありえぬも何も、分別ある老役がそう言うておるのです。嘘をついたところで何の益もござりますまい。ともかく、あの的矢六兵衛は真の的矢六兵衛ではない」

「待て、待て」と、安房守は火鉢の灰を掻きながら虚空を見上げた。

「ことのよしあしはともかくとして、御書院番の株を納得ずくに買《こ》うたからには、偽《にせ》も真《まこと》もあるまいよ。話がややこしくなるゆえ、そういう言い方はやめよう。おとしの暮にすべてを売っ払ってどこぞに消えた侍など、もうどうでもよい。あやつこそ的矢六兵衛と決めてかからねば、何ひとつ進まぬではないか」

それはわかる。しかし同じ武士として許しがたい。矜《ほこ》り高き御書院番士の株を銭金で買うた卑しき侍に、今もこうして振り回されているのである。

「いいや、承服いたしかねる。かくなるうえは、拙者があやつを叩《たた》ッ斬る。のう、安房守殿。それでよかろう。そもそも金上げ侍などと申すは、武士の屑《くず》でござろうぞ」

隼人が思うままをぶちまけると、安房守は命の腐るような溜息をつき、それからいくらかためらいがちに言うた。

「あのな、加倉井さん。実は俺も本を正せば、その金上げ侍なのだよ」

「な、なんと申されるか」

隼人は思わず腰を浮かせた。同時にその一瞬、昨夜もたらされた本多左衛門の忠告が胸に甦った。

（勝安房守を信用なさってはなりませぬぞ。あやつはそもそも、出自卑しき軽輩にござる——）

小造りな顔には不釣合いに見える大口を真一文字に引き結んで、安房守は隼人の表情を注視していた。

かくも驚いたということはつまり、おのれも本多左衛門と同様に、「出自卑しき軽輩」を馬鹿にしたのである。そのうえ、「金上げ侍は屑」とまで言うてしもうた。

さて、この失言失態をどうしたものかと、隼人はうろたえた。

「そこまで驚く話でもあるまいよ。きょうび金上げ侍などは掃いて捨てるほどいる。あんた、こういう俗言を知っておるかね——与力千両、御徒《おかち》五百両、同心二百両」

いいえ、とひたすら恐縮して隼人は答えた。

「御家人株の相場だよ。つまり、それだけの金を用意すれば、誰であろうと天下の御家人様になることができるのさ。それも、今に始まった話ではない。わが家が晴れて侍となったのは曾祖父の代の話だ。むろん俺の知ったことじゃァないさ。ひい孫がちょいとばかり出世したからと言うて、今さら金上げ侍だの何だのと蔭口を叩くほうがおかしい。そうは思わんかね、加倉井さん」

はあ、と隼人は言葉をなくしたまま相鎚《あいづち》を打った。こうなると安房守の饒舌はむしろありがたい。

「金上げ侍の倅《せがれ》と知れば、俺はきっと目を掛けて取り立てもしたよ。なぜかはわかるかね。金持ちの倅はきちんとした教育を受けておるからさ。借金まみれで食うや食わずの家では、子も満足に育てられまい。そんな道理もわからぬ輩《やから》は、同じ金上げ侍の身びいきじゃ、などと言う。また、金上げ侍の倅は総じて優秀なばかりではないよ。懐に余裕があるゆえ、銭金の悶着は起こさぬし賂《まいない》も欲しがらぬ。おのれの務めを十全に果たす。そもそも幕府が腐れてしもうたのは、家柄ばかりを誇って中味のない馬鹿が政《まつりごと》を仕切り、見栄ッ張りの貧乏侍が賄賂を貪《むさぼ》ったからだ。そんなやつらに較ぶれば、金上げ侍のほうがよっぽど信頼できる」

これは饒舌ではのうて雄弁じゃ、と隼人は舌を巻いた。まさに西郷さんを説得した弁舌である。

勝安房守の言うところは理に適《かな》っていると思う。けっしておのれの出自を弁明しているとは聞こえぬ。しかしそうは思うても、武士の家が銭金で売り買いされるなど、隼人にはどうしても得心ゆかなかった。

「加倉井さん。あんた、算術の心得はあるかね」

ないわけではない。四ッ谷御箪笥町《おたんすまち》の寺子屋は武士の子も町人の子も一緒くたで、読み書きのうえに算盤《そろばん》帳付けまで教わった。ために女房を娶《めと》ってからも、家計のやりくりはおのれの務めなのである。

「ほう、そうかよ。感心、感心、一家の主はそうでなくてはいけない。武士は食わねど高楊子、なんぞと言うておったら、しまいには御株を売るはめになる。与力千両、御徒五百両、同心二百両――フム、銭勘定ができるなら話は早い。いいかね」

と、安房守は畳の上にちらかった紙を拾い上げて、文机《ふづくえ》の筆を執った。

「たとえば、御徒衆の御禄は一律に七十俵五人扶持、一人扶持《ぶち》は年に五俵だから、つごう九十五俵の年収だ。これを金に換算すれば、おおむね三十三両。五百両の大金を払うて御徒の株を買えば、年に三十三両の配当がある、と考えてみたまえ」

隼人は頭の中で算盤をはじいた。六分六厘という解である。

「さほど割に合わぬ、と思いますが」

「なぜだね」

「札差《ふださし》の利息の実勢は、年に一割五分でござる」

「ようご存じだの。さてはあんたも苦労の口か」

奢侈《しゃし》贅沢《ぜいたく》とはまるで無縁だが、ともかく江戸は物の値が高い。定府《じょうふ》の家来衆は幕府の御家人と同様に、借金が嵩《かさ》むのである。

「だがねえ、加倉井さん。金貸しなら取りっぱぐれもあろうし、相手が二本差しならば無体な取り立てもできまいよ。どだい一割五分の利息など、きちんと詰められるものかね。しかし、六分六厘は利息ではなく、御家人株に対する配当だ。それも給金として貰えるのだからまちがいはない。そのうえ苗字帯刀、肩で風切る武士に生まれ変わるのだから、勘定の合わぬ話ではなかろう」

隼人はふたたび頭の中の算盤をはじいた。与力の御禄ならば、まず銭金に換算して七十両というところであろう。すなわち「与力千両」の御株相場に対して、年に七分の配当と「御与力様」の名誉が付いてくる。これはうまい話かもしれぬ、と思うた。

庭に面していない御用部屋は、昼日なかというにほの暗く、欄間からこぼれ落ちてくるわずかな光だけが手許の頼みであった。

西の丸御殿はがらんどうであるはずなのに、どうして勝安房守はこんな座敷に詰めているのであろう。文机の脇には行灯《あんどん》がともっている。

「幕府が倒れねば、の話でござるな」

隼人の言葉に、安房守は然《しか》りと肯《うなず》いた。

「あんた、頭がいいな。江戸定府の徒組頭にしておくのはもったいない。俺が尾張大納言様なら、ただちに御側用人《おそばようにん》なり勘定方なりに引き立てるところだ」

的矢六兵衛という闇に、一条の光明が射したように思えた。

おととしの暮に、あやつは大金をはたいて的矢六兵衛となった。それまでの人生を捨て、家も姓名も御禄も、的矢六兵衛にまつわるすべてを買い取ったのである。

隼人はその当座の世相を思い起こした。何やら遠い昔のような気がする。十四代《じゅうしだい》様が急に亡くなられたのが七月、ために長州征伐は中止となったが、東照神君《とうしょうしんくん》の生まれ変わりと噂された慶喜公が十五代将軍に立たれて、むしろこれで徳川の天下は安泰じゃと誰もが考えた。

従来の政体は改革せねばならぬにせよ、天朝様《てんちょう》が国王で将軍家が諸侯連合の議長、それで新たな国造りとなれば、幕臣の株は買いにちがいない。

ところが、これは買いどきと考えて的矢六兵衛となったものの、わずか一年後には急転直下の大政奉還、それはともかくとしても、辞官納地となればまるであてがはずれた。天領を取り上げられたのでは、幕臣の御禄も払いようがない。飯が食えなくなるのではたまらぬ。

「あのな、加倉井さん。この正月の鳥羽伏見の戦は、実のところ上様の旗上げではないのだよ。糧道を断たれた旗本御家人が、米をよこせと兵を挙げたのだ。それに気付かれたゆえ、上様は大坂城からさっさと江戸に戻られた。兵を戦場にうっちゃって逃げたなどと世間は悪くいうが、まさか一揆の御輿《みこし》に担がれる慶喜公でもあるまい。あの戦には武家の大義も面目もなかったのだ。まったく百姓一揆と同様、われらの食い扶持《ぶち》を保証せよという言挙《ことあ》げにすぎなかった」

ああ、と隼人の口から息が洩れた。すべてが腑に落ちる。何を偉そうに言うても、人間とどのつまりはやはり金なのだ。

「まあ、それはさておくとして――」

勝安房守はしばらくおし黙って、欄間からこぼれる光を見上げていた。爺《じじ》むさい襦袢《じゅばん》を着こんだ腕を撫《ぶ》し、懐手をし、胸前で組み直す。なかなか落ち着かぬが、どうやら物を考えるときのしぐさであるらしい。

こうしてさまざまの懸案を、昼夜わかたずに思いめぐらすためには、行灯をともし続けるこの座敷が好もしいのであろう。

「さきの計算からすると、御書院番士の職禄は三百俵、すると少くとも千五百両の金が必要となる。しかし、それだけではすむまいなあ」

当然である。御目見《おめみえ》以上の旗本たる御書院番士と、御目見以下の御家人に過ぎぬ御与力では、まるで武家の格式がちがう。なにしろ、御大将の将軍家にお目通りできるかできぬかというちがいである。

「旗本株の公然たる売り買いなど、俺だって聞いたためしがないのだ。すなわち、千金万金積まれたところで売買などもってのほか、というのが旗本の権威というものさ」

「しからば、あえてその権威に価値を付加するとなれば、いくらになりましょうか」

「そうさなあ――」

と、安房守はふたたび天井を見上げた。いったい何を勘定しているのやら、形なき権威をあれこれ数に替えるようにして指を折っている。

「二千両、でいかがか」

長考に痺れを切らして隼人は訊ねた。

「いいや、とんでもない。御家人から旗本へと一躍出世を果たした俺の口が言うのだ」

「では、三千両」

「まだまだ。晴れて御旗本となって、登城の供揃《ともぞろ》えに槍が立ったときには、この権柄《けんぺい》嫌いの俺ですら嬉しゅうてたまらなかったのだ」

「では、ひと思いに四千両でどうじゃ」

「もう一声」

口で言うのはタダだが、先ごろ大評判となった湯島天神の富札の、前代未聞の一の富が千両である。

「ええい、五千両」

「まあ、そんなところだな」

口で言うのはタダでも、腰の抜ける思いがした。すでに損得の算盤がはじく高《たか》ではない。つまり、ありえぬ。

「よって、聞いたためしもないのだよ」

六兵衛の正体が、少しずつ焙《あぶ》り出されてきた。しかし、瞭《あきら》かになればなるほど捉えどころのない姿である。

折よく御茶坊主が、廊下から「もし」と声をかけた。目の前に運ばれてきたのは、思いもかけぬ重箱の弁当であった。

「昼飯はまだであろう。あんたの分もあるぞ」

鯔《ぼら》の塩焼きに豆腐、蒟蒻《こんにゃく》、牛蒡《ごぼう》の煮物。切干、荒布《あらめ》、梅干。浅蜊《あさり》と葱《ねぎ》の和え物。香の物――いやはや、昼の弁当とは思えぬ。

尾張屋敷での勤番の賄飯《まかないめし》といえば、塩握りに沢庵と決まっていて、たまに鰯《いわし》が付くと番士たちは大喜びする。

思えば昨夜の弁当も賄所《まかないどころ》の朝飯も、目を瞠《みは》るほど豪勢な献立であった。

「どうしたね、加倉井さん」

蜆《しじみ》汁を啜りながら勝安房守が言うた。

「拙者だけ格別ということもござるまいな」

「官軍の御使者様が格別では不都合かよ」

「拙者も配下の者どもも、さほど贅沢はしておりませぬ。このような接待をしていただいて、向後《こうご》口が奢《おご》ってしまうのもどうか、と」

「ほう。前《さき》の大納言様はご家来衆の躾《しつけ》がよほどよろしかったようだな」

先々代慶勝公が家督を継がれた嘉永の年の初め、尾張徳川家は百七十七万両という莫大な借財にまみれていたという。慶勝公はその実情を公表して、領内の商人や名主に援助を求めた。御殿様が百姓町人を御城内に呼んで、みずから窮状を訴えたのである。また一方、家中には節倹を徹底させ、ご自身も粗食に甘んじて紙一枚すら無駄にはなさらなかった。

そうした財政改革の中で育った隼人にとって、おのれの暮らしに過分なものはすべて罪悪であった。躾がよいと言われれば、そうかもしれぬ。

おそるおそる蜆汁を口にする。これはうまい。尾張屋敷にはありえぬ贅の味である。

「なあ、加倉井さん。俺は尾張様を裏切り者だなどとは思わぬよ。諸大名の米櫃《こめびつ》はどこも同じさ。そのことを真剣にお考えになった尾張様は、このままではならぬと確信なさったのだ。多年の怨恨から宗家に弓引くような小人《しょうじん》ではないよ。二百六十年も変わらぬ政《まつりごと》を壊さねば、国がなくなると思われたのさ。ところで——この弁当はあんたのために用意したわけではない。御城内の勤番士は、みな同じ献立だ。これこそ二百六十年の政だよ」

つまり、世の中がどう変わろうと、天下の旗本たる者はこれくらいの贅沢はする、という意味であろう。いや、おそらく贅沢を欲しているのではない。武士の体面、旗本の体面である。

参勤交代が正しく行われていた六年前までは、江戸の町は諸大名の陪臣で溢《あふ》れ返っていた。旗本御家人は彼らに対し、ことさら威を誇らねばならなかった。体面というはけっして見栄ばかりではなく、徳川の治世を保つための欠くべからざる道徳であった。幕臣が粗末な身なりをし、一汁一菜の飯を食ろうていたのでは政が疑われる。見端《みば》が悪いは恥、まずい食い物は毒、と決めつける江戸ッ子の道徳の根はこれである。

「まあ、そんなわけだから、俺のひい爺様が千金はたいて御家人の株を買ったのも、人情といえばそうだ。今さら恨みごとを言うても始まらんが、おかげ様でこのひい孫は、ひどい苦労を舐《な》めるはめになった」

ハハ、と勝安房守は力なく笑うた。いかなる出世を遂げようと、天下の終わりを背負わされたのではたまるまい。

しかし、鰡がこれほどうまい魚だとは知らなかった。煮ても焼いても食えぬなどと馬鹿にされる魚だが、御殿の料理人の手にかかればこうも化けるのである。

「ご無礼とは存ずるが、もし差しつかえなければ御尊家のいきさつをお聞かせ願えまいか」

飯を食うたとたんに力が出て、隼人は安房守にそう訊ねた。はたして安房守は、箸を置いて首に手を当てた。

「いやはや、そうきなすったか。わが家の恥を晒《さら》すようで気は進まぬが、あの的矢六兵衛をどうにかするためには、やはり聞かせておかねばなるまいね。かしこまらずに飯のおかずになさい。話すこっちもそのほうが気楽だ」

勝安房守は弁当を食いながら、他人事のように曾祖父の話を始めた。

「何でもその出自は越後の百姓での。生まれついて目が不自由であったと聞く――」

やがてその人は鍼灸術を修めて日本橋に開業し、貯えた金を元手に高利貸しを始めた。

「座頭も検校《けんぎょう》まで出世すりゃあてっぺんだが、どっこいひい爺様はそれに飽き足らず、御家人の株を買って息子を侍に仕立て上げた。男谷《おだに》という高百俵の家だ」

座頭の倅《せがれ》が侍になったのである。そしてどのようないきさつがあれ、武士の子ならば同格の武士と結縁する。安房守の父が婿入りした家が、小禄ながられっきとした三河以来の武士である勝家であった。

「――と、まあそういう次第だから、もとは金上げ侍と言われても仕方がない。しかしねえ、加倉井さん。まとまった銭金というのは、馬鹿ではこしらえられぬよ。借金まみれのまんま、やれ旗本でございの御家人でございのと言うておるのは、みな馬鹿だよ。利口が馬鹿に代わって政《まつりごと》をなすことがなぜ悪い。むしろ道理に適《かな》った話ではないか」

実にその通りである。利口が馬鹿に代わって江戸城の明け渡しを差配しているのだから、この先は妙な蔭口に耳など貸すまいと隼人は思うた。

ところで、勝安房守の話からは重大な事実が予測できる。すなわち、虎の間に居座り続ける的矢六兵衛は馬鹿ではない。それも五千両の大枚で御書院番士の株を買うたとなれば、相応の利口ということになる。

「利口には見えぬがのう」

蒟蒻の煮染《にしめ》を嚙みながら独りごつと、安房守が眉をひそめた。

「何だい、藪から棒に」

「あ、いやいや、安房守殿のことではござらぬ。六兵衛が利口には見えぬ、と」

「若いのう、加倉井さん。あんたも俺の齢までくればわかると思うが、人間うわっつらで善悪と馬鹿利口は判じかねるぞ」

「では、あやつをどう思われますか」

「さあて、まだわからぬのう。馬鹿ならば大馬鹿、利口ならば大利口、とまれ五千両の大金をはたいた男が、ああいう馬鹿げた真似をしているのだ。いよいよもって油断ならぬ」

とそのとき、廊下をばたばたと足音が迫ってきた。「ごめん」と一言いうて板戸を開けたのは、ただならぬ表情の福地源一郎である。

いったい何を聞き込んできたのかと勇み立ったが、とたんに源一郎が口にしたのは、まったく意外な報《しら》せであった。

「六兵衛が消えた。虎の間に座っていたはずが、小十人組《こじゆうにんぐみ》のご連中と弁当を食うておる間に、いなくなった」

安房守は片手を差し延べて言うた。

「あわてるな、諸君。浮き足立ってはならぬぞ。消えたのではなく動いたのだ。落ち着いて探せ」

六兵衛が消えた。しかし御城から出て行ったわけではない。御殿の出入りは御玄関と中之口《なかのくち》に限られているし、御門にしても御書院門のほかは鎖《とざ》されている。

隼人と源一郎は御用部屋を出ると、あてどもなく歩き出した。なにしろ総建坪六千五百余という広さである。昼日なかでも光の入らぬ大小の廊下に、まるで蜂の巣のごとく御用部屋が並んでいる。

「六兵衛！」

「的矢殿！」

そもそも呼んで答えるはずもないのだが、二人は口々に呼ばわりながら六兵衛を探し回った。そうこうしているうちに通りすがりの板戸が開き、「殿中でござるぞ、大声はお控えめされよ」と、偉そうな侍に叱られた。人の気配を感じて座敷を覗いてみれば、「無礼者！」と怒鳴りつけられる始末である。これでは探しようもない。

虎の間には配下の尾張衆と小十人組の番士たちが寄り集まっていた。六兵衛を見失うたのはどっちのせいだ、というような、今さらどうでもよい言い争いをしている。

隼人は人垣に割って入った。

「申しわけございませぬ。誰かしらは見ておったのですが、交代で弁当を食うて、ほんの少し目を離したすきに」

小源太が頭を下げた。そこまで聞けば、あらまし見当はつく。小十人組の番士と分け隔てをしてはなるまいという賄所の配慮から、例の豪勢な弁当が届けられたのである。節倹を旨とする尾張衆は、重箱の蓋を開けたとたんに舞い上がった。その騒ぎの一瞬を突いて、六兵衛が消えた。

「初めは、厠《かわや》に立ったのだと思うたのですが――」

そう思うたのだから、あえて探さなかったのであろう。つまりその間に、六兵衛は御殿の闇の奥深くに消えた。六千五百坪余、数百の部屋を無数の廊下が繋ぐ迷宮である。

小十人組の番士から険悪な声がかかった。

「官兵はたかが弁当に浮かれ騒いで務めを怠り申した。もし的矢六兵衛が刃傷沙汰でも起こさば、隊長殿はいかように責任をとられるおつもりか」

心外である。いったいいつの間に、六兵衛の監視が尾張衆の務めになったのだ。

西の丸御殿は広いばかりではない。取り残された幕臣たちの心の闇が、底知れず拡がっている。


六兵衛探しは困難を極めた。

本丸御殿も二の丸御殿も先年の火事で焼けてしもうたから、旧幕のすべてはこの西の丸御殿に詰まっている。部屋割りはよほど難しかったとみえて、御目付方や勘定所など事務が繁雑で手狭となった御用部屋には、梯子段で昇る二階が設《しつら》えられていた。

御城明け渡しが決まって、書類の始末に大童《おおわらわ》の部屋もあれば、何もかもうっちゃらかしてひとけのない座敷もある。面倒なことに、幕府はとうになくなっていても二百六十年間の殿中作法は健在であるから、廊下を走ってはならず、大声を出すわけにもいかない。

たとえば襖ひとつを開けるにしても、まずは廊下にかしこまって名乗りを上げねばならぬ。

「勤番中ご無礼いたす。拙者、官軍御先手を務むる加倉井隼人と申す。御用部屋を検分いたしたい」

いちいちこれであるから埒があかぬ。また、在室の者が下僚であるなら神妙だが、権高《けんだか》な御旗本であったりすると、ああだのこうだの襖ごしのやりとりをしなければならなかった。

八方手分けして探すとなれば、同じ部屋を二度三度と訪ねてしまう。当然、悶着の種となる。ことがことであるだけに、経緯の説明がまたたいそう面倒くさい。

殿中の勝手を知る小十人組の番士たちは、こぞって奥へと向かった。大奥には先《せん》の御台所《みだいどころ》にあらせられる静寛院宮《せいかんいんのみや》様をはじめ、薩摩から御輿入れになられた天璋院《てんしょういん》様などのお歴々がお住いである。万が一、そうした御方様を人質にとって立て籠られでもしたなら大騒動となる。

幸い大奥と中奥をつなぐ二本のお鈴廊下を渡った曲者《くせもの》はなく、一安心ではあったが、要領のよい番士どもはここが肝心要というて居座ってしまった。

たしかに要所にはちがいないが、あの六兵衛が今さらさような暴挙に出るはずのないことぐらい、誰もがわかっているのである。つまり、警護の番士とはいえひとりひとりが気位の高い小十人組の御旗本は、殿中の人探しなどというつまらぬ仕事はしようともしなかった。

そうした次第で、あわれ三十人の俄《にわ》か官兵どもは、御殿のあちこちで面罵《めんば》され嫌味を言われ、おのれ自身も迷子になりながら、それでも懸命に的矢六兵衛の行方を追った。

ついに発見したのは、火点《ひとも》しごろである。

大広間の帳台構《ちょうだいがま》え。俗にいう「武者隠し」の裏。これではそうそう見つからぬはずである。

六兵衛発見の報せを聞いていそいそと向こうてみれば、薄暮の光の中にもなお絢《けん》爛《らん》たる金泥《きんでい》の襖絵を背にして、源一郎がちんまりとかしこまっていた。

諸大名が将軍家に謁見《えっけん》する場である。征夷大将軍の御座所たる上段の間の、帳台構えの戸が引き開けられ、朱の房緒が御庭から吹き入る夕風に揺れていた。

源一郎はよもやと思うて勇を鼓し、その戸を開けたのであろう。そこに六兵衛を見つけて驚いたのではなく、御座所を踏んでしもうた無礼におののいて下段の間まで引き返し、遠目に見張っている、というふうであった。

大広間は上段の間と下段の間、そこから鉤《かぎ》の手に曲がって二の間、三の間、さらに曲がって四の間と続く。そのすべてが襖絵と折上格天井《ごうてんじょう》に囲まれた壮大な広敷《ひろしき》である。つまり、二の間以下に控えおる者には、将軍家のお姿すら見えぬ。

　加倉井隼人は大広間を一望するなり、思わず膝が摧《くだ》けて入側《いりがわ》に座りこんだ。御庭に面したその入側さえ、幅三間はあろうかという青畳の回廊であった。

　折しも吹上の森に沈まんとする夕陽が、あかあかと満ちていた。「ご無礼」と独りごちて、隼人は下段の間へとにじり上がった。

「今となっては咎める人もあるまいが、やはり畏れ多いなあ」

　そう言う源一郎の声は、不用意に聞こえるほど格天井に谺《こだま》した。おそらくは上段の間におわす上様のかそけきお声も、三の間、四の間まで伝わる仕掛けになっているのであろう。

　配下の徒士《かち》どもは大広間と知って近寄ることもできず、廊下の遥か先に寄り集まっていた。

　夕陽の茜《あかね》は上段の御座所まで浸している。武者隠しの襖の中に、まるで漆黒に描いた金蒔絵《まきえ》のような六兵衛の横顔があった。相も変わらずおし黙って闇を見据えたままである。そうして居もせぬ上様のご身辺に、耳を澄まし勘を尖らせているかのようにも見える。

　隼人は何やら切のうてたまらなくなった。

「のう、六兵衛。上様はの、もう二度とふたたび御城にはお戻りになられぬぞ。上野の大慈院にてご所行を悔いておいでじゃ。いずれ遠からず、ご実家の水戸に落ちられると聞く。おぬしの忠義はようわかった。もはやこれまでとせい」

頑固一徹。狷介固陋《けんかいころう》。

しかし理由も目的も不明なのだから、そうした言葉もそぐわぬ。

下段の間の隅にかしこまったまま、源一郎が堪忍袋の緒が切れたとばかりに怒鳴りつけた。

「おい、六兵衛！　そうやって子供じみた真似をしているのは勝手だがな、君も御書院番士ならば、この大広間がどれほど畏れ多い場所かは知っているだろう。将軍宣下《せんげ》をはじめ、御大名が列座する諸儀式はすべてここで執り行われるのだ。まさか這《は》い寄って帳台構えを開けてみれば、もしや万一と疑うて、御先祖様御歴代様にお詫びしいとは思ったよ。だが、このざまだ。やっぱりおぬしは金上げ侍だの。もとは百姓町人か、どこぞの奉公人かは知らぬが、ここがどこかわかっていないから、とんだ無礼を働くのだ」

なるほど、と隼人は源一郎の物言いに感心した。相方が宥《なだ》めにかかったから、強く出たのである。

さしもの六兵衛も売り言葉に買い言葉で怒鳴り返すか。

「やい、金上げ侍。おおかたおのれは、銭さえあれば買えぬものはないと思うていたのだろう。いいか、この大広間は儀式を執り行うばかりではないぞ。登城日にはの、そこの二の間が御大名の詰席になるのだ。それも、立派な国持ち大名の御殿様方だぞ。島津様だの伊達様だの細川様だの、おぬしはそうした御殿様の頭越しにずかずかと歩いて、そんなところに座りこんだ。無礼不作法にもほどがある。おい、聞いているのか六兵衛。千金万金積んで御旗本の株を買うたところでな、買えぬものは礼儀作法だよ。武士の品性というものだよ。少しは分《ぶ》を弁《わきま》えろ、この下郎めが」

下郎とまで罵られても、六兵衛は眉ひとつ動かさなかった。隼人は落胆した。格天井の谺が収まると、茜色に染まった大広間がむやみに広く感じられた。鉤形に曲がって見えぬ四の間まで、おそらく四百畳から五百畳はあろう。むろん京間の大畳であるから、天下一の広敷にちがいない。

力ずくで引きずり出し、思うさま殴る蹴るしたらどれほど爽快であろうことか。

「ともかく、その武者隠しの中というは不都合じゃ。せめてもとの虎の間に戻ってはくれまいか。探してわからぬところに隠れられたのでは、おぬしも飯の食い上げだぞ」

宥め続けるおのれも、相当に狷介固陋である。

やがて夕陽が吹上の森に沈みきり、大広間の絢爛は急激に耀《かがよ》いを失った。

「お蔀《しとみ》をォー、お閉《た》てェー」

廊下の先から声が通ると、大勢の御茶坊主が一列の摺《す》り足でやってきて雨戸を閉め始めた。どこかしらから暮六ツの御太鼓が聞こえてきた。

隼人と源一郎の膝元に手燭が置かれた。少し間を置いて、帳台構えの中にも火が点じられた。

御茶坊主は何につけても、物を訊ねることをしない。貴人にお伺いを立ててはならぬからである。そしてその気配りはひとつもはずれぬ。

茫々《ぼうぼう》と広いばかりの闇の中に、遠く離れた灯りが三つ。それでも壁と天井に張りめぐらされた金箔《きんぱく》が光に映えて、あたりはほの明るい。たとえば月夜の晩の凪《な》いだ海に、夜釣りの小舟が三艘浮いている、とでも言えば中《あた》っている。

まだ宵の口でもあるし、ならばいっそ風流をしてやろうと隼人は思うた。

「ときに福地殿。上野の様子はいかがでござったかの」

彰義隊を訪ねた源一郎が何か聞きこんできたのなら、本人の前で開陳してもらおうではないか。われらはかくれんぼに付き合うているだけではないのだぞ、ということを六兵衛にわからせてやろう。

隼人の目論見を了解して、源一郎はひとつ肯いた。

「開城談判が成ったことは、あらまし知っているようだ。ならばなおさらのこと、旗本御家人の面目にかけて一戦《ひといくさ》、と肚《はら》を括っている。ことのよしあしはさておき、御殿の中でかくれんぼをしている輩よりまともな武士であることはたしかさ」

帳台構えの中の六兵衛は小《こ》動《ゆる》ぎもせぬ。格天井に谺《こだま》する源一郎の声など、波の音に聞くような顔である。

「さして尋ね回る間もなく、八番組付の与力に出会った。先月末に脱走して彰義隊に身を投じ、今は東照大権現《とうしょうだいごんげん》のお宮を守備している、忌部《いんべ》新八郎《しんぱちろう》という若侍だ」

源一郎は懐から帳面を取り出した。同じ組の与力なら知らぬはずはないが、六兵衛の表情にはいささかの変化もなかった。

「討死すると決めた者に嘘はったりはあるまい。よって、この証言は信用に値する。おおい、六兵衛。異議があったなら口で言えよ」

夜釣りの舟に一声かけて、源一郎は語り始めた。

七

これはこれは。

西の丸御留守居役、内藤筑前守様のお下知《げじ》によるご訊問、と。

裏切り者の勝安房守やら官軍筋やらのお訊ねならば口にも錠前でござろうが、御留守居役様からは酒も兵糧も頂戴しておりますし、訊かれて語れぬ道理もござりませぬ。

たしかに拙者は、御書院番八番組付属《つけたり》の与力、姓名の儀は忌部新八郎と申します。生れ年は嘉永四年の亥《い》、在所は山下稲荷町の御書院番大縄《おおなわ》地内御組屋敷にござりまする。算《かぞ》え十八の若輩にござりまするが、父祖代々徳川家にお仕えする直参《じきさん》が家の当主、お仲間衆のお考えはいざ知らず、ここは勝ち負けにこだわらず一戦《ひといくさ》まじうるが武家の面目と心得て、お山に上がり申した。

父が一昨年の秋の末に、卒中で亡《の》うなってしまいまして、急な家督相続と相成りました。ですから、お勤めもわずか一年半、ようやく城中の作法を吞みこんだあたりで、幕府倒壊の災厄に見舞われたわけでござりまする。忌部家十八代、その間は泰平の世が続いたと申すに、なにゆえおのれの代に、と嘆いたところでいたしかたござりますまい。譜代の旗本御家人はどなたも同じ気持ちでござりましょう。

はい、尾関孫右衛門ならよう存じております。組付同心の分限《ぶげん》ではあっても、あの者に訊いてまず知らぬことはない。拙者もずいぶんと世話をかけ申した。

へえ、尾関さんと会ってこられたのですか。大慈院にて上様のご警護、と。まあ、あちらもお務めならこちらもお務めと思うておりますゆえ、べつだんどうということもござらぬ。いずれにせよ遠からぬうちに、上様は大慈院よりお出ましになられて、采配をお揮《ふる》いになられるはずです。

御本陣はやはり、この東照宮がよろしゅうございましょう。不忍池も向ヶ丘も一望でござるし、何よりも東照神君《とうしょうしんくん》の御稜威《みいつ》がみちみちている。

ところで、お訊ねの儀は何々でござりましょう。

ええ、的矢六兵衛様。むろん知った御方ではございますが、その的矢様がまた、何か。

ええっ、西の丸の殿中にて座りこみ。しばらく、しばらく。まるで話が見えませぬ。

そちら様もわけがわからぬゆえ、素姓をお知りになりたい、と——いやァ、参りましたなあ。あの的矢様が無念無想の座りこみ、物も言わねば梃《てこ》でも動かぬ。ハハッ、おかしい。それはおかしい。

物言わぬも何も、あのお方はもともと口数が少ないのです。そのかわり、見た目がたいそうよろしゅうございましょう。こう、身丈が高うて胸板も厚うて、なかなかの男前。笑うた顔など見たためしがござりませぬ。

もっとも、御番士と与力では分限がちがいますゆえ、さほど親しいはずもござりませぬよ。ですから、知っていることというてもなあ。なにしろ的矢様は壮年の御番士、拙者はご覧の通りの若輩にござります。そのうえ、たいそう強健であった父に突然死なれたものですから、御役の引き継ぎなども一切いたしておらず、右も左もわからぬまま家督を襲《と》ることになり申した。何もかも見よう見まねで、ともかく粗相のないよう一所懸命でござりましたゆえ、あたりに目配りする余裕もござりませぬ。

昨年正月の御番始《ごばんはじめ》の儀。はい、拙者も列席しておりました。五十人の御番士衆が板敷に座りまして、与力と同心は土間でございます。何をするにつけても、御旗本の御番士と御家人の与力同心の間には、きっぱりと分け隔てがあるのです。

そういえばあのとき、的矢様をめぐって少々ごたごたがあったと憶えます。しかし、なにぶん拙者も師走に家督相続をおえたばかり、何が何やらさっぱりわかりませなんだ。御番士衆には相続のご挨拶すらすませていなかったので、誰が誰やらもわからぬのです。しかしあのときは、あちこちから「的矢様が」「六兵衛殿が」というような囁き声が耳に入りましてな、その御方が噂になっているのだと知りました。

いえ、ごたごたというても、べつだん何があったというわけではござりませぬ。ただそれだけのことです。もっとも、拙者はその御番始の儀が初登城でございましたゆえ、すっかり上がってしもうて心ここにあらずの有様でございましたが。登城する与力同心を、ご出勤途中の的矢様が御馬にて追い越して行かれたのは、その翌る朝でしたろうか。何でもかでも簡略にすます昨今、馬上に陣笠を冠って肩衣《かたぎぬ》半袴、槍持、挟箱《はさみばこ》持、草履取、といった供連れもものものしい御姿は、まことに格好がよかった。

ところが、感心しておるのは拙者だけ。ほかの与力同心はくすくすと笑うのでござるよ。ハテ、何がおかしいであろうかと、首をひねった。

ああ、その朝のことはすでに尾関さんからお聞き及びでござるか。しからば二度は申しますまい。できれば口にしたくもない話でござりますゆえ。とまれ、尾関さんから事情を聞いて、胸糞が悪うなりましてな。ましてや、それを笑いぐさにするお仲間衆は、腐れ切っていると思うた。

そもそも御書院番士と申すは、たかだかの武功やら学問やらで手に入るほど安い御役ではない。多くは慶長元和《げんな》以来の世襲であり、新規に御番入するにしても、由緒正しき番筋の家でなければなりませぬ。よって、常に君側を護る御書院番士なのでござる。それを銭金で売り買いするなど、御番士はむろんのこと、付属《つけたり》の与力同心ですら許されるはずはござりますまい。たとえ由緒だの家柄だのというお堅い話は抜きにしても、どこの馬の骨とも知れぬ輩が御書院番士に変じて、殿中の御用を仕《つかまつ》り上様のお近くに侍るなど、あってはならぬことでござりましょう。

そうぶちまけますと、尾関さんに諌《いさ》められましてな。マアマア、上の話にどうこう文句をつけても始まりませぬ、お静まり、お静まり、と。それにしても、いまだに得心のゆかぬ話でございますよ。

その的矢六兵衛様が、今も無念無想で御城内に座りこんでいると思えば、話は皆目見えぬけれど何やら無性におかしゅうてなりませぬ。もしや拙者も、腐り始めたのではござりますまいか。

そののち――ハテ、そののちと申せば何がござったかな。

そうそう、みんなしてあれほど笑いぐさにしたのに、正月の上番中は絶えて話題にはならず、むしろ拙者には、それがかえってふしぎでならなかったのです。かと言うて、みなが口にせぬのならこちらから訊ねるのも妙じゃと思いましてな。それに、拙者だけは株を売っ払った的矢六兵衛様を知らぬのですから、年末年始の間に突然人が入れ替わったなどという話の奇怪さもない。ただ、御番士の株が売買されたという事実を、怪しむばかりなのです。

正月明けに下番して屋敷に帰りますと、何はともあれ門長屋に住まう叔父を訪ねまして、かくかくしかじかと打ち明けました。四十に近くなっても入婿の口がなく、いわゆる厄介部屋住みの叔父ではござりまするが、武術はからきしのくせに読み書き算盤がめっぽう得意で、拙宅の門長屋にて寺子屋を開いておるのです。

　この叔父はとにかく博識で頭も切れる。も少し行状がまともで欲でもあれば、新規お召し出しの声がかかってもよかりそうなぐらいのものです。しかるに厳格な父とは似ても似つかぬ。寺子屋の子供らを帰すと、日の高いうちから酒をくろうて、夜ごと三味線をつまびきながら清元を唸《うな》る、といった御仁でございます。もっとも、父から厳しゅう育てられました拙者にとっては、子供の時分からのよき遊び相手でございますが。

「その話なら俺もちょいと耳に挟んでいるがね。御書院番の株を買うとは、まあ大それた話もあったものだの」

「むろんお咎《とが》めがござりましょうな」

「さあて、それはどうかな。俺の知る限りでは、御徒士《おかち》や御先手組《おさきてぐみ》の同心には珍しくも何ともない話だぞい。今さら御与力ゆえどうの、御旗本ゆえどうのという理屈は通るまい」

「しかし、矜《ほこ》り高き御書院番士ですぞ」

「だからよ、その矜りとやらに何の意味があるのだ。御家が由緒正しければ正しいほど、借財も嵩《かさ》んでいるのだぞ。慶長以来の御番筋などという御家は、二百六十年もの借金と利子に圧《お》し潰されて青息吐息だ」

叔父は道楽でこしらえている瓢簞《ひょうたん》の棚を手入れしながら、そんなことを言うのです。つまり、これまで長きにわたって御家人株の売買は黙認されてきたのだから、旗本株が売られたところで取締る法も理屈もないというわけです。

拙者はたまらなく不安にかられましてな。これは他人事ではないと思いまして。亡き父は御役の申し送りさえして下さらなかったのですから、わが家の懐具合など何も知らぬのです。

「忌部の家は大丈夫でしょうか」

「さあな。厄介者の俺がどうこう言えた義理ではないが、兄上も父上も倹約家であったゆえ、よそよりはよほどマシだろうよ。それにしたっておまえ、向後《こうご》お切米《きりまい》のお下げ渡しの折には、おまえが蔵宿まで出向いて頭を下げねばならぬのだぞ。このびの利子はこれくらいでご勘弁、ひとつよしなに、とな。まあ、案ずるな。しばらくは俺が手本をするゆえ、よう見ておくがいい。今のご時世、商人《あきんど》との達引《たっぴき》が武士の戦だ」

忌部の屋敷は三百坪の広さがござりまして、家族のほかに郎党がひとりと奉公人が四、五人。物心ついてからずっとそんなものでしたゆえ、蔵前の札差《ふださし》に借金があるなど、考えたためしもなかったのです。

叔父はそれから、長屋の縁側に座って番茶を淹《い》れ、御家人株の売買について知るところを語り始めました。

貴公はすでにご存じでござろうか。え、何も知らぬ、と。

なるほど、文久元年と慶応元年の二度にわたってヨーロッパにご遊学。いやはや見上げた御仁だが、それでは世事に疎《うと》くて当たり前にござりまするな。

ややっ、先ほどからのお書き取りも、外国語で。いや、そうではなく日本語をそのように書いている、と申されるか。漢字がないゆえ楽で、書くにも速い。ほう、そんなものでござるかの。

もし万々が一、命永らえましたのなら、ぜひともその筆法をご教授願いたい。実は拙者、たいそう不器用でござって、書が苦手なのでござるよ。その筆法ならば、うまいへたもござりますまい。

さて、叔父は寺子屋の先生でござるゆえ、説いて聞かせるはお手のもの。

「まさか大っぴらに売った買ったとやるわけではないさ。買い手が養子として入るという立前だ。売買代金は婿なり養子なりの持参金、ご先代が隠居と称してどこぞに消えてしまっても、さほど不自然ではない」

「しかし叔父上。入婿ならば家格を問われましょうし、養子を取るにしても赤の他人はご法度のはずですが」

「婿取りや養子縁組を、誰がいちいち調べるものかね。いとこだのまたいとこだの、爺様の庶子の縁筋だの、もっともらしゅうでっち上げればそれでよいのだ」

御株売買の種明かしはこれでございますよ。御組頭《おくみがしら》やお仲間衆は知っておるのでしょうが、あすはわが身かと思えば知らんぷりをする。縁組届を受けた御目付様も、食うや食わずの御家人よりはよほど安心できるゆえ、怪しいとは思うても調べはしない。こんな話は今に始まったわけではなく、遠い昔からの慣例みたようなものだ、と叔父は申しました。

「しかし、的矢様の件は少々度を過ぎているようだの。養子縁組の手順を踏むなら、御組内にお披露目くらいなければ嘘だし、いや何よりもある日突然ご家族だけがそっくり入れ替わったなど、まるで狐狸に化かされたような話ではないか」

さよう。養子でも婿取りでもないのです。御書院番士的矢六兵衛が入れ替わった。これは面妖《めんよう》。

叔父の寺子屋は繁盛いたしております。

教場は立派な御与力屋敷の門長屋でございますし、先生もそこいらのご隠居や浪人ではのうて、その御屋敷の部屋住み。博学な叔父は手習いや論語の素読《そどく》ばかりではなく、算盤も帳付けも、お武家の行儀作法までも教えますので、めっぽうな評判となり申した。ために近在の与力同心の子らはもとより、広小路のほうからも商家の子供や丁稚《でっち》などが通うて参りましてな。ぶち抜きの六畳二間に、三十人もおりますでしょうか。かく申す拙者も、かつてはその寺子のひとりでございました。

欲のない叔父は、手元に酒代《さかて》を残して月謝のあらかたを母に渡してしまいます。それも恩着せがましゅうはなく、「義姉様《あねさま》、お家賃」などと言うてさりげなく井戸端かどこかで。

いえ、御旗本の子息は寺子屋などに学びますものか。朝から連れ立って撃剣の道場に通い、昼にはいったん屋敷に戻って飯を食うてから、名の通った学塾に行くのです。御書院番士の子といえば、ひとめ見てもそうと知れる若様ですからな。

いったいに、御番士と与力の間には壁があるのです。与力と同心の間にもそれはないわけではないが、御目見《おめみえ》以上か以下かという身分のちがいはことさら大きい。

たとえば稲荷町の大縄地《おおなわち》にいたしましても、与力と同心の屋敷は混在しておるのです。三百坪の敷地に長屋門の付いた与力の屋敷と、板塀を繞《めぐ》らした百坪ぐらいの同心屋敷が、昔からたがいちがいに建ち並んでおります。一方、御番士衆の拝領屋敷は大縄地の東ッ側、御門も壁も広さも、まるで様子がちがいます。

もともと御旗本は徳川家が直率《じきそつ》のご家来衆、与力は御家人中の上等ではございますが、合戦の折に馳せ参じた騎士、よって昔は「寄騎」と書いたそうです。同心となれば、その郎党か足軽みたようなものでございましょう。

将軍家の近侍たる御書院番は、五十の番士に与力が十騎、同心が二十人、これでひとつの御番組となります。頭でっかちでござりますゆえ、そのぶん身分のちがいも歴然たるものでございますよ。


少々話が長うなっておりまするが、よろしゅうござるか。

いえ、拙者はかまいませぬ。ただいま、東照宮の西側に防塁を築いておる最中ですが、あらましは部屋住み厄介の寄せ集めでござっての。齢は若いが現役の与力と申せば、どなたも一目置いて下さるのです。ましてや、町方与力などの役方とは同じ与力でも貫禄がちがい申す。戦をするが務めの五番方が一、御書院番与力でござるよ。


叔父、でございますか。騒動などどこ吹く風で、相も変わらず寺子屋の先生をしております。まかりまちごうてもお山に上って一戦、などと考えますものか。

他家様《よそさま》では部屋住みが刀を執って武家の面目をほどこし、当主は屋敷でじっとしているか、何ごともなく御役についている、というふうが当たり前です。まこと情けない話にござりましょう。おのが家を存続せしめるために策を弄するなど、至誠に悖《もと》りまする。よって忌部の家は、当主たる拙者が脱走してお山に上り、討死した際には叔父が家督を継ぐ、ということで話がまとまりました。どう考えても、そのほうが理に適《かの》うておりますゆえ。

私事はさておき、的矢六兵衛様の話でございました。

「のう、新八郎。いまだ若輩のおまえが、御番士の噂をするなど災いの種だぞ。的矢様については、ともかく見ざる聞かざる言わざる、まるで知らんぷりをしておるがよい」

というのが、叔父の忠告でございます。浮世ばなれのした人ではござるが、そのぶん観察眼に秀でていて、言うことにまちがいはないのです。

幸い拙者は、もとの的矢六兵衛様を存じ上げぬのだから何の苦もない。今の的矢六兵衛様だけをそうと思うていればよいのです。

さて、その的矢六兵衛様と初めて面と向き合いましたのは、御番始よりほどないころ、御城内における跡目相続の儀の折でございました。

父が亡うなりましたのが前年の秋も末、また的矢様が的矢様になられたのが前年の暮、というわけで、その相続の儀を同日に執り行うことになったのです。

西の丸御殿の虎の間の裏にある、御書院番士の泊部屋でございました。身を固くして熨斗目麻裃《のしめあさがみしも》の礼装でかしこまっていると、やがて的矢様がお見えになった。

ご存じの通り的矢六兵衛様は六尺豊かな大兵《たいひょう》、面構えも立派で実に押し出しが利く。それが藍の小袖に白勝ちの霰小紋《あられこもん》の肩衣の、こう、うんと肩の張り出したやつを召されましてな。その見てくれだけでも、御番士中の御番士というふうでございましたよ。

ところで、この家督相続の儀、妙だとは思われませぬか。

拙者は父親に死なれての跡目ゆえ、当然の儀式ではござりまするがの、では的矢様はどうかと考えれば、ふと首が傾《かし》ぐのでござるよ。相続と申せば、あくまで先代が亡うなっての跡目、または先代が老耄《ろうもう》や病にて隠居しての家督、しかるに的矢六兵衛様は人が替わっても名が変わってはいない。まさか役者でもあるまいに、「的矢六兵衛」が世襲の名跡であるわけもない。

だとすると、顔が入れ替わっても周囲からは同一人物とみなされているはずで、それがどうして相続の儀をいたすのだと思えば、まるで腑に落ちぬのです。

そうこう考えているうちに、目の前の大きな背中が人間ではない何物かのように思えて参りましてな。肩衣に染め付けられた、丸に矢筈《やはず》の御家紋までが、何やら鬼か物怪《もののけ》の徽《しるし》みたような、気味の悪いものに見えてきた。

泊部屋でござるゆえ、ほかの勤番士もしきりに出入りいたします。相続の儀と知れば、祝いの言葉のひとつもかけてよかりそうなものを、どなたも何も言わぬ。

やがて朝四ツの御太鼓が鳴りますと、じきに御坊主が迎えにやって参りました。御与力忌部新八郎殿は菊の間へ。御番士的矢六兵衛殿は菊の間へ。

「これよりご案内申し上げまする。御番士的矢六兵衛殿は躑躅《つつじ》の間へ」

御旗本と御家人では分限《ぶげん》がちがいますので、むろん儀式も同席はありえませぬ。また、同じ与力でも抱席《かかえせき》の家柄ならば、御番頭《ごばんがしら》様の役宅にて行儀いたします。忌部の家は御譜代席ゆえ、殿中での行儀が許されているのです。立会人は月番の若年寄様、御書院番頭様、御組頭様、といった面々で、まず一世一代の儀式にござります。ことに若年寄は御大名職ゆえ、与力ふぜいが直《じか》にお声を賜るなど一生に二度はございませぬ。

堂々と御廊下を進まれる的矢様のあとから、拙者は震える膝頭をどうにか欺し欺し従《つ》いて参りました。

菊の間は御中庭を挟んで松の御廊下の反対側にございまして、平生《へいぜい》は大番頭様、御書院番と御小性番の両番頭様の詰席でございます。よって御書院番士の相続の儀は、ここに若年寄様がお出ましになって行われます。

一方の躑躅の間は格下で、こちらは御《お》先手頭《さきてがしら》や御徒頭《おかちがしら》などの詰席です。そのほかにも多くの武方《ぶかた》が出入りするので座敷も広く、まん中に細長い囲炉裏が切ってありました。

若年寄様以下はまず菊の間にて的矢様の相続の儀を執り行い、次に躑躅の間へとお回りになります。今か今かと待っておりますうちに、すっかり気が逆上《のぼ》せてしまいまして、もう的矢様のことなどは頭から消えておりました。

必要なる書式一切は、すでにお届けしてあります。家族の名簿やら父の死亡届やら、葬儀法要の始末やら跡目願書やらと、まあずいぶんたくさんの書類でしたが、親類やお仲間衆に骨を折っていただいて、無事に提出をおえておりました。むろんそれらを、どうこう詮議するわけではございませぬ。お励ましのお言葉ぐらいはかかるだろうから、ひたすら恐悦《きようえつ》しておればよいという話でございました。

やがて御廊下に、御茶坊主の声が響きました。

「出雲守《いずものかみ》様ァ、お通りィー」

月番の若年寄は筑後三池の御殿様、立花出雲守様でございました。齢はお若いが幕閣中にかの人ありと知られた利《き》れ者にございまする。

ひたすら平伏しておりますと、衣ずれの音が聞こえまして、何人かの御方がずっと前のあたりに着座なさる気配がしました。

「これなるは御書院番与力、忌部弥五郎が嫡男にて、新八郎と申す者にございまする」

と、これは耳に憶えのある御組頭《おくみがしら》様の声。

「ちこう。面《おもて》を上げい」

たぶん、御番頭《ごばんがしら》様のお指図。しかし「ちこう」は膝を形ばかり進めるだけ、「面を上げい」は額をこころもち上げるだけ、とお仲間の与力衆から教えられておりました。

するとようやく、出雲守様のお声がかかった。

「跡目相続を許す。念を入れて勤めい」

ハハッ、と答え、これで終わったと胸を撫で下ろしました。しかし――。

「ところで、忌部とやら。そちにちと訊ねたき儀がある。的矢六兵衛についてのことであるが」

出雲守様の予期せぬご下問に、肝が縮みました。

こんな話は聞いていない。相続の儀は若年寄様のお声ひとつで終わるはずなのです。それがどうしたわけか重ねてのご下問、しかもあの的矢六兵衛様について訊ねるという仰せなのですから、冷汗がいっぺんに噴き出るほど狼狽《ろうばい》いたしました。

叔父の忠告が甦りましてな。「的矢様については、見ざる聞かざる言わざる」という。しかるに若年寄様のご下問を、どうして知らんぷりなどできましょう。

上目づかいに様子を窺うておりますと、御祐筆《ごゆうひつ》かどなたかでしょうか、黒漆の盆に載った書式を若年寄様のお膝元に運んできた。

「どうにも腑に落ちぬ――」

　ご下問の内容とはこのようなものでございました。

　立花出雲守様がかつて大番頭《おおばんがしら》をお務めの折、上方在番の大御番衆を率いて東海道を上られたことがあった。道中駿府《すんぷ》に一泊したのだが、そのときたまたま接遇にあたったが、駿府定番《じょうばん》についていた御書院番八番組の番士衆であった。とりわけ気配りをしてくれたが「的矢六兵衛」という御書院番士で、まことによう働いてくれるゆえ無礼講の酒席も共にし、褒美まで出した。そののち江戸に帰参して若年寄にご昇任されてからも、殿中で行き会えば親しくお声をかけたりもした。

　要するに、出雲守様ともとの的矢六兵衛は顔見知りであったのです。身分も勤め方も異なればまず知り合うこともございますまいが、出張先での出来事と申せば、さもありなんというところでございましょう。

　御書院番士は各組が交代で三年に一度、駿府定番を勤めまする。思えば拙者の父なども、駿府出張から帰るとさまざまのみやげ話を披露したものでした。どこそこの御殿様にご褒美を頂戴しただの、何々の守様からお盃を賜っただの。まあ、似たような話でございますな。

「しかるに、今しがた菊の間にて見《まみ》えた者は、その的矢六兵衛と似ても似つかぬ。御届書によれば、先代が病を得て隠居につき、縁者にて家督相続とある。しからばなにゆえ同じ六兵衛を名乗るのか、諱《いみな》までもが同じであるのかと訊ねても答えがない。番頭も組頭も知らぬ存ぜぬと申すゆえ、そちに重ねて訊ぬるのだ。知るところあらば答えい」

よほど思い余ってのことでござりましょう、上司二人の頭ごしにそう仰せられるのです。拙者はもう、生きた心地がいたしませぬ。

むろんこちらは、こう、手をつかえて平伏したままでござりますよ。上司の顔色を窺おうにも、せいぜい膝頭までしか見えぬ。

御番頭様はお膝の上で両の拳を握ったり緩めたり、その下座の御組頭様は扇子の柄を思わせぶりに、とんとんと畳についている。そのわずかなしぐさを、口封じであろうと読んだ。

もし叔父から、「見ざる聞かざる言わざる」の忠告を受けていなければ、そこまでは読めなかったと思いまする。

立花出雲守様は幕閣のうちで最もお若く、三十かそこいらと聞き及びます。一方の御番頭様、御組頭様とは親子ほども齢がちがいましょう。そのあたりをいささか舐《な》めてかかったか、あるいは何かしら手ちがい行きちがいがあったのか、ともかく利れ者として知られる出雲守様は、たとえ儀式といえども事実を看過なさらなかった。

しばらく冷汗をかいておりますと、御番頭様が痺《しび》れを切らしたように言うた。

「そうは申されましても出雲守様、こやつは急な病にて父親を亡くしたばかり、ましてや与力の分限《ぶげん》にござれば、番士衆のことなどは何も知りますまい」

声の終わらぬうちに、出雲守様が叱りつけた。

「そこもとに訊いておるのではない。黙りおれ」

若年寄は五人も六人もあって、月番交代にて勤番なされますが、あのときもしほかの御方であったのなら、相続の儀は何ごともなくすんだはずでございます。しかし出雲守様はけっしてなおざりにはなさらなかった。

筑後の御領分では、さだめし明君の誉れ高き御殿様でございましょう。外様大名の御分家というお立場ながら幕閣に起用されるほどの御方は、やはり物がちがうのです。

「お答え申し上げます。御番頭様のおっしゃる通り、みどもは御用向きにつきまして、いまだ何ひとつ存じませぬ」

何も上司の立場を慮《おもんぱか》ったわけではございませぬ。叔父の忠告に順《したご》うたのです。知るところをありていに語れば、災厄はわが身にふりかかると思いましたゆえ。のちになって、保身のために真実を口にしなかったおのれを恥じ入りもいたしましたが、やはり上司の立場やお仲間の平安を考えますと、わが身ひとつの話ではござりますまい。それでよかったのだと、今は得心いたしておりまする。

出雲守様はそのさき何も仰せにならず、御番頭様を従えて躑躅の間から退出なされました。

そもそも若年寄が与力ふぜいに物を訊ねるなど、あってはならぬのです。的矢様と上司二人のだんまりに業を煮やして、下僚の与力まで問い質そうとなさったが、それも知らぬ存ぜぬと答えられたのではもはやどうしようもない。

老中若年寄の幕閣は、しょせん幾月か幾年かで交代する御大名職なのです。しかしその支配下とは申せ、御書院番士のほとんどは譜代世襲にして終身の旗本職でござりますゆえ、知らぬと言う者を無理強いに詮議することなどできますまい。

躑躅の間には御組頭様が居残りまして、「苦にするなよ」と拙者を労《ねぎろ》うて下さりました。

はい、さようでございます。御書院番八番組の御頭、秋山伊左衛門《あきやまいざえもん》様。この御方ならば直《じか》に言葉をかわしても無礼にはあたりませぬ。むろん、こちらは両手をつかえたままですが。

御組頭様と二人きりになることなどめったにはない。そこで、この際だから胸の蟠《わだかま》りを晴らしておこうと思い立ちまして、率直にお訊ねしました。

「出雲守様のご疑念はごもっともと存じます。同じ名前で家督を襲《と》られ、あまつさえ殿中にて相続の儀を執り行うなど、いったいどうしたことでござりましょうや」

秋山様は千石格の御旗本ながら、少しも権高《けんだか》なところのない御方で、御番士衆の信望も篤い。そのときも若い与力の僭越を叱るどころか、拙者の耳近くまで、こう、お顔を低うなされましてな。話は他聞を憚《はばか》るのでございますよ。

「本人がたっての願いじゃ。晴れて旗本になったのだから、ぜひにも御城内にて相続の行儀をいたしたい、とな。まあ、こうしたものはべつだんの面倒もない儀式じゃによって、本人が望むのであればそれもよかろうと、御番頭《ごばんがしら》様も仰せになった。まさか出雲守様がかつての六兵衛をご存じとは思いもせなんだよ。いやァ、肝を冷やしたぞ。そのうえ、おぬしにまでご下問とはのう。とまれ、ようやったぞ新八郎。亡きお父上も、さぞかしあの世でご満悦であろう」

そういういきさつであったか、と思いもいたしましたが、やはりわかったようでわからぬ話ではございますな。

言うだけ言うて御組頭《おくみがしら》様はすうっと背を伸ばし、「苦にするなよ」と労うて下さったのです。

こちらには何の落度もないのですから苦にはならぬにしても、胸の蟠《わだかま》りが晴れたわけではない。

　そこで、下城いたしますと屋敷内での祝宴もさておき、殿中における出来事を物知りの叔父に伝えたのです。

「そりゃあ、おまえ、わかり切った話だぞい。秋山様は金を摑《つか》まされたのだ。で、半分を御番頭様に回してだな、こうまでして相続の儀を望んでいるのだから、ひとつよしなに、と。いったい御番士の株をいくらで買うたかは知らぬが、金なら唸《うな》るほど持っておるのだろうよ。しかし、若年寄様から物言いのついたときには、みんなしてさぞかし青ざめたであろうの。おまえはようやった。そうして腹を立てていても、肝心の折に知らぬ存ぜぬと言うたは大したものだ。蔭で文句を垂れながら声にも色にも表さぬところは父親譲りだの。いや、感心、感心」

　さすがは叔父上。こんがらがった糸が、いくらかほどけた気がいたしました。

　つまり、こういうことです。

　あの的矢六兵衛は金に飽かせて御旗本の家を乗っ取ったはよいものの、周囲からは冷ややかな目で見られていた。ここは何としてでも、おのれこそ的矢六兵衛であると認知させねばならぬ。そのためには、ぜひとも殿中にて相続の儀を執り行いたい。そこで御組頭の秋山様に相談したところ、まあおぬしの心がけ次第ではできぬ話でもない、と水を向けられた。

　そもそも通り一遍の儀式にすぎぬ。ましてや御公辺はあわただしゅうて、閣老の席も定まらぬ。しかし、いざ儀に臨んでみれば、あろうことか月番の若年寄が、も、との的矢六兵衛と面識のある立花出雲守様――。

「ま、大禍あるまい。おまえが余計なことを言いでもしたのならどうなるかわからぬところだったが、若年寄様とて今は御旗本の人事などに心を煩《わずら》わせている場合ではないのだ。まずよう辛抱した。感心、感心。これでおまえも、向後《こうご》はご上司の覚えめでたかろう」

叔父の申すところはわからぬでもないが、こんなことで上司の覚えがようなるなど、おのれの良心が潔しとはしなかった。ああ、こうしておのれは腐れてゆくのかと、情けない気分になったものです。かく言う叔父は、もしやそうした武士の性根に嫌気がさして、養子の口を断わり続けているのではないか、とも思いました。

笑いごとではござりませぬな。

あの的矢六兵衛様が、殿中にて座りこみ。誰に何と言われようが答えもせず、あくびもまばたきもせず。

さきほどは笑うてしまいましたが、こうして語ろうておるうちに、ちっとも笑い話ではないように思えて参りました。

常に将軍家の御馬前にあり、大坂の陣にては赫々《かっかく》たる武勲を立てた御書院番も、今やちりぢりになってしまいました。正月の鳥羽伏見にて討死した人は数知れず、奥州に奔《はし》った人もあり、御組屋敷にて動かざる人もおり、また大慈院におわす上様を警護なさっている人も、こうして彰義隊に身を投じた者もあり申す。

思うところがさようまちまちであるのなら、柳営《りゅうえい》の護りこそわが務めと信じて、じっと座りこんでいる御番士のひとりくらいあったところで、何のふしぎもござりますまい。元和偃武《げんなえんぶ》よりこのかた、御書院番の務めはまさしくそれであったのですから。

はあ、そんなきれいごとではない、と申されるか。あてのはずれた金上げ侍に、それほど殊勝な考えなどあろうはずはない、と。

では、そこもとはどのように思われるのか。

なるほど、それがわからぬゆえ、こうして苦労しておいでになる。ごもっともでござるの。

それにしても、よいお日和ですなあ。叶《かの》うことなら遠からず甦《たお》るるその日も、このような上天気であってほしいものだ。

もしや、これはどうでござるかの。

武士の魂は人に宿るのではなく、家に宿っておるのだ、と。よって金上げ侍であろうが何であろうが、的矢の家を買うた限り、御書院番士的矢六兵衛は、彼をおいてほかにはいない。もとの六兵衛は家禄や拝領屋敷とともに、父祖の魂までも彼に売ったのだ、と。

そう思えば、かの人が意地も私欲もなく、ただひたすらわが務めと信じて殿中に居座っておられるとしても、道理にござりましょう。

なにゆえ拙者がここにこうしているのか。それはおのれが決めたことではない。忌部家の当主たる拙者の、胸のうちなる父祖の魂がそう命ずるのです。だから父祖の魂まで買い取ったあの御方も、同様であろうと思われまする。

御留守居役様から頂戴した兵糧《ひょうろう》の分だけ、ご報謝をさせていただきました。では、これにて。

八

「話はまあ、こんなところだ」

福地源一郎は帳面を懐に納めると、相も変わらず帳台構《ちょうだいがま》えの奥に座り続ける六兵衛に顔を向けた。

「証言をした忌部新八郎は、与力の身分ながら別格の御譜代席、君もまんざら知らぬ人ではあるまい。ましてや、跡目相続の儀は同日に行うたというではないか。御書院番士の株を買うたうえ、組頭に金を摑《つか》ませて殿中にて行儀をいたすとは、世間を舐《な》めているのか、それとも度胸があるのか、ともかく呆れて物も言えぬわ。どうだ、六兵衛。言い分があるなら聞くぞ」

手燭の炎に焙《あぶ》り出された六兵衛の表情は微動だにしない。夜釣りの舟べりで、じっと浮子《うき》を見つめるかのようである。

「反論をせぬところをみると、事実その通りなのだな。まちがいないのだな」

源一郎は執拗に畳みかけた。これはなかなかうまい戦法だと隼人は思うた。組付の与力ごときにこうまで暴露されたのでは武士の体面もあろうし、また少なからず彼なりの言い分もあるはずであった。ここはだんまりの口を開かせることが先決なのである。

よし、と思い立って隼人も声を上げた。

「よいか、六兵衛。われらはけっしてあきらめぬぞ。おぬしの事情は、この先いくらでも暴いてやる。恥を晒《さら》してやる。降参するならば、早いうちのほうが傷も浅いぞ」

まるで聞こえぬふうである。溜息まじりに源一郎が言うた。

「加倉井さん。どうやらこいつは、もともと武士ではないようだな。おそらく、よほどあくどい真似をして銭儲けをした百姓町人なのだろうよ。だから恥も見栄もないのだ。そういう輩なら、叩けば埃《ほこり》も出るだろう。だとすると結末は、盗みか欺しかの廉《かど》でお縄を打たれ、あわれ八丈送りか私財没収のうえ江戸所払い、へたをすれば磔獄門《はりつけごくもん》だ。もっとも、そのほうが手っ取り早いか」

揺すぶる。揺すぶる。しかし当の六兵衛は、いささかも揺れぬ。

人の気配を感じて振り返ると、蔀戸《しとみど》を閉《た》てた入側《いりがわ》の薄闇に御茶坊主が座っていた。

「夕餉《ゆうげ》をお持ちいたしました」

わしは食うたと答えれば、御茶坊主はこともなげに頤《おとがい》を振った。

「いえ、御番士様の分にござりまする」

まったく、厄介にもほどがある。こうまで人騒がせをしているというに、けっして城中にて悶着を起こすまじという勝安房守の厳命により、的矢六兵衛には三度の飯が届くのであった。

御茶坊主は岡持《おかもち》を胸前に捧げ持って膝行《しっこう》してきた。そう丁寧にすることもなかろうとは思うのだが、殿中儀礼ならば仕方がない。

「待たれよ」

隼人は御茶坊主を制止し、岡持の蓋をはずして中味を検《あらた》めた。

塩握りが二つに、昆布の佃煮と梅干。少しでも贅沢な献立であったら賄所《まかないどころ》に怒鳴りこむつもりであったが、これでは文句もつけられまい。

「急須の中は」

「白湯《さゆ》にござりまする」

匂いを嗅いでみた。これも酒か茶であったら突き返すところだが、白湯では咎めようもない。

御茶坊主は大広間の薄闇を滑るように進み、上段の間の端に上がって、帳台構えの中の六兵衛に声をかけた。

「御番士殿へェー、夕のおぜんンー」

まさか六兵衛に敬意を表しているわけでもあるまい。二百六十年のしきたりがそう言わせているのである。

「ごゆるりとォ、お食い召せェー」

岡持ごと帳台構えの中に納め、御茶坊主はまた甲高い声でそう言うてにじり下がった。実に奇妙なならわしだが、挙措はあくまで優雅である。

隼人と源一郎は息を詰めて六兵衛を注視した。飯を食らうとなれば、ついに体を動かすはずなのである。生身の人間が動くのは当たり前なのに、目を瞠《みは》りかたずを呑んで待望するのだからおかしい。

帳台構えの金襖は膝高になっているので、六兵衛の手元は見えぬ。蠟燭の灯に照らし上げられた胸から上が、襖の向こう闇にすっぽりと納まっているという図であった。

動いた。

六兵衛は膝元の岡持に向こうてわずかに頭《こうべ》を垂れ、それからおもむろに握り飯を摑み取ると、一口を嚙みしめるようにして食い始めた。

「おお」

隼人と源一郎は異口同音に感嘆の声を洩らした。生きんがために飯を食らう。腹を満たすのではなく、そうとしか思えぬ所作であった。

六兵衛のまなざしは闇の一点を見据えたままである。

一夜が明けた慶応四年三月十八日の早朝、市ヶ谷の尾張屋敷から伝令がやってきた。

癪なことには官軍の土佐兵ではなく、隼人もよく知る江戸詰の尾張衆である。たまたま宿直《とのい》にでも当たっていたのであろうか。若侍が二人、むりやり着せられた西洋軍服に決死の覚悟の白鉢巻なんぞを締めて、御玄関先につっ立っていた。

御殿様が登城の折でさえ、家来衆は大手前の濠端で待たねばならぬのである。それが官軍のなりをさせられ、伝令と称して御殿の玄関まで罷《まか》り通るというのだから、生きた心地もするまい。

彼らの周囲を、あの意地の悪い小十人組《こじゅうにんぐみ》の番士どもが取り巻いていた。五番方の中では格下の小十人組といえども、ひとりひとりは立派な御旗本である。隼人の配下たちも面と向こうて文句はつけられず、式台のあたりから遠目に窺うているばかりであった。

「ああ、加倉井様」

伝令は地獄で仏に会いでもしたように顔を綻《ほころ》ばせた。隼人は小十人組の番士どもを睨《ね》めつけた。

「おぬしら、手出しはしなかったであろうな。軽輩とは申せ官軍の伝令ぞ。無礼であろう」

番士たちはせせら笑うた。呟きが洩れ聞こえる。

「俄《にわ》か官軍め」

「尾張の組頭《くみがしら》ごときが」

「何を偉そうに」

どうやら二晩を過ぎて、隼人と配下たちの正体は知れ渡ったようであった。

伝令は片膝をついて、官軍からの下知《げじ》を伝えた。

「加倉井様には直《じか》にお伝えしたき儀あり、ただちにおひとりで御屋敷にお戻り下されよ」

口達《こうたつ》はまたひとしきり小十人組の笑いぐさとなった。命令ならば文書にて下達するが武家の習いである。これではいかにもおのれが軽んじられているようで、笑われても仕方がなかった。

「犬じゃな、まるで」

きつい一言が耳に入ったが、叱る気力もない。火急の戦場でもあるまいに、来いと呼ばれて行くのでは、まさしく犬と同じであろう。しかもその伝言を持ってきた者どもは、ひとめでそうと知れる俄か官兵であった。

「御三家筆頭ともあろう侍が、外様の田舎侍に御屋敷を明け渡したうえ、呼ばれれば尻尾を振ってワンか」

腹の立てようもなかった。小十人組の嫌味は、けだしごもっともなのである。

それにしても、ただちにひとりで戻ってこいとは、いったい何の用件なのであろう。

御用部屋で身仕度を斉《ととの》えながら、隼人はあれこれと考えた。ついつい悪い想念に捉われてしまう。たとえば、勝安房守と西郷吉之助の間で交わされた開城談判が何かの事情で覆って、江戸総攻めが蒸し返されたのではあるまいか。

品川の薩摩屋敷に入っているのは、東海道先鋒軍であると聞いていた。東征大総督府はずっと西の駿府にとどまっているはずである。西郷の独断が裁可されなかったとしても、ふしぎは何もない。さらには、三月十四日に談判が成ってよりきょうは四日目の朝、使者が早馬を継ぎ立てて駿府を往還するには、ちょうど日数も合う。

「おや、お召し替えなどなされて、御公用でござるかな」

隣り座敷を隔てた襖がわずかに開いて、御使番《おつかいばん》の栗谷清十郎の顔が覗《のぞ》いた。この旗本と目付の本多左衛門、つまり登城の折に桜田御門まで迎えに出た二人の重臣は同腹のように思える。隼人の部屋を両隣りから襖一枚で挟みこみ、聞き耳を立てているような気がする。

「なになに、家内が産気づいたというから、ちと様子を見て参ろうと思うての」

口から出任せに言えば、栗谷は肥り肉《じし》の首を傾げて訝しげな顔をした。

「べつだん官軍の軍服にお召し替えなされずともよろしかろう」

「そうも参りますまい。出た格好で戻らねば、貴公らに籠絡されたかと疑われる」

赤熊《しゃぐま》の冠り物を左手《ゆんで》にかざして御用部屋を出たとき、ハテ、勝安房守には言うておくべきかどうかと迷うた。しかるに、やはりおのれの行動を逐一報告する理由はないのである。

安房守はひとかどの人物だと思うた。少しも偉ぶるところがないのに、自分はいつの間にか彼を上司のように考えている。本多左衛門や栗谷清十郎などは物の数ではないが、安房守に籠絡されているといえばそんな気もしてきた。

官軍将校の徽《しるし》たる獅子頭の権威は絶大である。左手にかざして御廊下を歩めば、行き会う誰もが足元にひれ伏した。

「じきに戻るゆえ、あとは頼んだぞ」

田島小源太に命じて、御玄関から大広間へと続く表廊下を振り返った。留守中の気がかりといえば、的矢六兵衛ひとりである。

西の丸から尾張屋敷へと帰るみちみち、幾組もの官兵と出会ったのは意外であった。

二日前には御家人衆が護っていた四ッ谷御門も、洋式軍装の官軍に入れ替わっているのである。

談判が覆ったかという悪い想念は払われた。不戦開城という結論が伝わったからこその、かくなる次第なのであろう。おかげで御門を通る折も、獅子頭をなびかせて馬上にあればよかった。

加倉井隼人はふと、おのれはこのまま官軍将校になるのだろうか、と思うた。少くとも江戸定府《じょうふ》の尾張衆には、御三家筆頭の陪臣という気構えがあって、いざ戦となれば敵するは薩長じゃと、理屈も何もなく考えていた。だからこそ、俄か官軍を命ぜられたときは仰天したのである。

四ッ谷御門の枡形で、官軍将校と馬上にて言葉をかわした。因州《いんしゅう》鳥取は池田様の御家来衆というその将校は、お国訛りもないところから察するに、かつては隼人と同様江戸定府の侍だったのであろう。おそらく偶然ではなく、江戸の地理に詳しく訛りもない者が、当然のなりゆきとして先遣されたと思われた。

「ほう。御城明け渡しのお先手とは、難儀なお役目にござるのう」

因州の侍はいかにも気の毒げに隼人を見つめた。さほど馬術が達者ではないのか、その間にも口取りの官兵がしきりに馬を宥《なだ》めていた。

「手前どもは東山道軍と諏訪で別れ、甲州道中を上って参ったのですが、勝沼のあたりで旧幕軍と戦になり申しての。勝つには勝ったが、これでは先が思いやられると思うておったところ、この通り江戸は静かなものでござった」

新選組の近藤勇ひきいる大軍が、甲州口に出陣したという噂は聞いていた。しかし勝沼あたりで官軍と交戦したなど、まったくの初耳である。

四ッ谷御門を出て外濠ぞいに緩い坂道を下れば、谷を挟んだ向こう丘に、壮大な尾張屋敷の緑青《ろくしょう》の甍《いらか》が望まれた。そこは隼人にとって父祖代々が仕えた主家であり、生まれ育ったふるさとであり、今も妻子が住まう自宅であった。

甲州で官軍と干戈《かんか》を交《まじ》えた旧幕が、平穏に御城を明け渡すなど無理なことではあるまいか、と思えてきた。あの権高《けんだか》で陰湿な旗本たちが、腹の中で何を考えているかはわからぬ。もし彼らが糾合して巻き返せば、尾張屋敷は官軍の孤塁になるやもしれなかった。

悪い想念がまたしても隼人を苦しめ始めた。

驚いたことに、市ヶ谷の尾張家上屋敷は数千の官兵で溢《あふ》れ返っていた。あらかたは土州《どしゆう》と因州の藩兵であるらしい。つまり、甲州街道を上ってきた軍勢が、勝沼で旧幕軍を蹴散らしたのち、内藤新宿でも大木戸でも止まらずにここまで進んできたのである。

いくら何でも御城に近すぎる。東海道軍は品川と高輪の線で進軍を止めており、東山道軍は中山道の板橋にある。甲州道中をたどった軍勢だけが、御城を指呼《しこ》の間にする外濠ぞいまで突出してしまったことになる。

こうなると、官軍の急な呼び立てなどさておき、気がかりは妻子の身であった。まさか大名屋敷で狼藉《ろうぜき》もあるまいが、官兵は長旅のうえに一戦《ひといくさ》をした連中である。

「わしじゃ、今帰った」

門長屋の戸口でそう呼ばわれば、じきにしんばり棒がはずされて、女房が顔を出した。

「あら、まあ。お帰りなされませ」

姿形は十人なみだが、この女房の取柄といえば肚《はら》の据わっているところである。よしんばそこに亭主の骸《むくろ》を載せた戸板があったとしても、まったく同じ表情で、「あら、まあ。お帰りなされませ」と言うに決まっていた。

「どうだ、変わりないか。長太郎《ちょうたろう》も無事か」

隼人が腕を引き寄せて訊ねれば、女房はうすぼんやりとした顔で答えた。

「どうだこうだとおっしゃったって、おとついのきょうの話でございますよ」

それもそうである。何年ぶりかで帰宅したような気がするのは人情だが、女房からすれば勤番明けの亭主が戻ってきたとしか思えぬはずであった。

いつもうすぼんやりした女房の顔が、きょうはわけても美しく見えた。そこで、思い余って抱きしめれば、この二日間の出来事などみな夢としか思えなくなった。

「あれェ、どうなされました。まだ日も高いうちから」

女房は聞き上手ゆえ、日ごろお務めの愚痴などをついついこぼしてしまうのだが、これればかりは口にできぬ。西の丸御殿の様子や御旗本たちの有様などはどうでもよかった。隼人の胸の中には、的矢六兵衛が居座っていた。

あの侍にも愛しき妻や子がいるはずなのだ。ならばなにゆえ、物も言わずに座り続けている。

九

「東山道総督府参謀、乾《いぬい》退助である。御城内物見《ものみ》のお役目、ご苦労にござる」

尾張屋敷表御殿の白書院には、甲州道中を押してきた官軍の将校たちが勢揃いしていた。まっさきに名乗りを上げたのは、隼人よりいくつか年かさと見ゆる侍である。

武士の身なりならばおのずと漂い出る貫禄から上下《かみしも》はわかるものだが、どうもこの西洋軍服はいけない。しかるに総督府参謀と称するからには、この乾という侍が一軍の大将格なのであろう。

「加倉井隼人にございまする」

と遅れて名乗れば、乾はあんがい気さくな口調で返した。

「何もそう鯱《しゃっちょこ》張らんぢゃちえいぜよ。御殿様じゃないきに。まっと近う、近う」

錦旗を奉じてはいるが、きっと元は自分と同じ分限《ぶげん》の侍なのであろう。乾には偉ぶるところがなかった。

白書院は御殿様が政務を執られる場所である。乾をはじめとする官軍の将校たちは、みな下段の間にあり、上段の御座所には錦旗が立てられていた。

面《おもて》を上げると、隼人は初めて見る錦の御旗にまず目を奪われた。緋赤の地に金の菊紋を織り出した、新たなる兵馬の大権を示す昇旗《のぼりばた》である。

「御城内の様子はいかがか」

乾に訊ねられて、隼人はゆっくりと膝を進めた。にじりながら考えた。さて、的矢六兵衛の件は報告すべきか否か。いったい重大なことなのか、取るに足らぬことなのか、判断がつきかねた。

「勝安房守殿のご差配により、おおむね平穏にござる」

「おおむね、がかえ」

ここで六兵衛の件を持ち出せば、話が長くなる。嘘にならぬ程度に報《しら》せておくが賢明であろう。

「御城明け渡しに得心ゆかざる者のあるは、けだし当然でござるが、それらとて面と向こうて不平を申すわけではござらぬ」

「面倒を申すやつばらは斬って捨てい」

おや、これは意外な文句。東海道軍の西郷吉之助とはまるでちがうではないか。

隼人は背筋を伸ばして乾に向き合うた。錦旗から目をそらしさえすれば、この侍とは上も下もないはずである。尾張大納言家の威信にかけても、対等に物を言わねばならぬ。

「尾張衆は誰も彼も偉そうじゃのう」

そんな声が聞こえても、隼人は怯まなかった。

「御城にはいずれ天朝様《てんちょう》がお出ましになられる由にて、悶着はいっさい起こしてはならず、斬って捨てるなどもってのほかにござる」

乾はしばらく眉根を寄せて考えるふうをした。頬のこけた細面ではあるが、引き結んだ薄い唇は剛直である。利かん気の性と見た。

「おぬしがさよう考えたわけではあるまい。勝安房と西郷さんが、そう申し合わせたか」

「いかにも」

将校たちはどよめいた。西郷が、薩摩が、という声が耳に入って、隼人は勘を働かせた。

諸国から寄せ集めた官軍が、一枚岩であろうはずはない。

「のう、加倉井殿。薩摩は天璋院《てんしょういん》様を質に取られちょるきに、腰が引けちょるがじゃ。今さら何が何でも江戸総攻めとは言わんけんど、旗本八万騎を相手に悶着を起こすな、暴力は罷《まか》りならんぢゃち、虫のよすぎる話ぜよ」

この侍たちは江戸に愛着がないのだ。そもそも勝安房守と西郷の談判を快く思てはいないのであろう。江戸を攻め取るつもりで甲州道中を押してきたうえ、勝沼ではすでに干戈を交えているのである。

「乾殿にお訊ねいたす。ただいまのところ、東海道軍は品川にて、東山道軍の本隊は板橋にて兵をとどめおり申す。しからば甲州道中を進んでこられたそこもとらも、四ッ谷大木戸の外、内藤新宿にとどまって下知《げじ》を待つが道理でござろう。それが何のわけあって当家市ヶ谷屋敷まで乗っこまれたのか」

乾はハハッと笑うて往《い》なしたが、その表情に兆《きざ》した一瞬の動揺を隼人は見逃さなかった。

「拙者は江戸の地理はまっこと知らんきに、さよう言われてもわからんぜよ。けんど、大木戸とこの尾張屋敷はほんの目と鼻の先じゃ。そうとんがる話ぢゃちないがじゃえ」

隼人は乾の左右に居流れる官軍将校たちをぐるりと睨みつけた。西洋軍服の中に、何人かの陣羽織と裁着袴《たっつけばかま》も混じっている。土佐と因州ばかりではあるまい。そのうちのひとりの袖に、家紋を徽《しる》した四角の布が縫いつけられていた。諏訪梶《すわかじ》の御紋。

信州高島の侍である。

「これだけ多くの幕僚がござって、どなたも江戸の地理に疎いはずはござるまい。ましてや諏訪衆は甲州道中の案内役でござろう」

諏訪の侍は答えずに目をそらした。

それからしばらく、緊密な沈黙があった。

加倉井隼人はこう考えたのである。

薩摩の西郷は不戦開城と決めたが、土佐の乾は江戸総攻めを望んでいる。よって兵を四ッ谷大木戸の外にはとどめず、市ヶ谷の尾張屋敷にまで進めた。なにゆえ御三家の筆頭がここに屋敷を構えているのかといえば、江戸城の要衝だからである。市ヶ谷台はその位置からしても高さからしても、曲輪《くるわ》外の西の砦であった。東流れの江戸の地形から鑑みて、江戸城の死命を制する高台なのである。乾退助はそれを承知で、麾下《きか》の大兵《たいへい》を尾張屋敷まで進めたにちがいなかった。

遠国の外様大名である土佐や因州には、江戸を知らぬ者もあるであろう。しかし、信州高島の諏訪家は近国譜代の小大名であるから、生涯国詰めという御家来衆もそうはおるまい。ましてや諏訪因幡守《いなばのかみ》様は、多年にわたって幕閣に参与なされ、老中若年寄までお務めになられた。むろんその間、御家来衆の多くは江戸詰めである。

肝心が今ひとつ。市ヶ谷屋敷に生まれ育った加倉井隼人は、甲州道中を往還する参勤行列を知っていた。幼い時分には親の目を盗んで、内藤新宿や大木戸のあたりまで見物に出かけたものであった。

三百諸侯のうち、甲州街道を行き来する大名はわずか三家であった。道中が険しいのか、沿道のあらましが御天領であるからか、あるいは甲府のお金山《かなやま》があるゆえか、諸説あって定まらぬがともかく中山道よりよほど近回りであるはずの甲州道中は、信州の三家しか往還が許されていない。そのうちの一家が、高島を領分とする諏訪様であった。だから隼人は諏訪梶の御家紋まで知っていたのである。

あくまで江戸総攻めを期する乾退助を、諏訪衆《まつろ》が市ヶ谷の尾張屋敷まで導いた。だとすると乾は、東海道軍にも東山道軍にも服わぬ武力討幕の急先鋒なのかもしれぬ。

「加倉井、やめおけ。おまえが物申すは僭越ぞ」

いつの間にか隼人の背うしろに座していた留守居の御用人が、おろおろと囁きかけた。

たしかにこれ以上の異議を唱えてはならぬ、と隼人は思うた。命が惜しいわけではない。主家が官軍に与《くみ》したからにはおのれも官兵のひとりなのである。

「ご無礼つかまつった」

黙りこくる乾に向こうて、隼人は頭を下げた。

「それはさておき、そこもとを呼びつけた本題じゃがな」

乾退助は強いまなざしを隼人に据えてから、いくらかくだけた口調で語り始めた。

「お公家様方は西郷さんの言いなりじゃきに、そう気を揉まいでもかまんぜよ。みんなあ戦争ぢゃちしとうはないろうきのう」

隼人は胸を撫で下ろした。どうやら不戦開城の約束が覆ったわけではないらしい。酷薄そうな唇のひしゃげかたから察するに、乾は不本意そうである。

「まあ、おいおい御城にも使者が向かうじゃろうけんど、話が話だけに加倉井さんには一刻も早う知らせちょいたほうがよかろうと――」

乾が目配せを送ると、かたわらの将校が隼人の膝前《おんもと》に一通の書状を置いた。

差出人は西郷、宛名には「板垣参謀殿御許」とある。

「板垣、とはどなたでござるか」

「ああ、わしじゃ。もともと御公辺のお尋ね者じゃきに、名前もあれこれ持っちょるぜよ」

書面から字の躍り出るような達筆である。一瞥して隼人は息を呑んだ。そこには大総督府が決定した江戸城明け渡しの段取りが、箇条書きに記されていた。
一、東海道先鋒軍総督橋本実梁《さねやな》卿並ニ副総督柳原前光《さきみつ》卿御入城ハ四月四日　同日

田安亀之助殿ニ勅旨伝奏之事
一、四月十一日迄ニ御城明渡之儀 無滞《とどこおりなく》相済可事《あいすますべきこと》
一、東征大総督有栖川宮《ありすがわのみや》様御入城ハ四月二十一日 万端無怠御《おこたりなくご》無礼無様《ぶれいなきよう》相務《あいつとむ》
可事《べきこと》

早すぎる。勅使入城までわずか半月しかないではないか。上野のお山には前《さき》の将軍家がいまだ謹慎しておられ、その周辺では彰義隊が気勢を上げている。御城内にも勝安房守を快く思うていない旗本たちが多々あり、何を目論んでいるかわからぬ。いや、そうした大勢はとうていわが領分ではないにせよ、あの男をどうする。勅使入城となれば、御座所となるは西の丸御殿の大広間にちがいない。上段の間に勅使が着座なされ、徳川宗家の家督を襲《と》ると決まった田安亀之助様が下段に控えられて勅旨伝奏を承り——ああ、その折の帳台構《ちょうだいがま》えの中に、あの的矢六兵衛がむっつりと座っていたらどうなる。

ふいに吐気を覚えて、加倉井隼人は口を押さえた。もうひとりの小さな六兵衛が、おのれの胃の腑の中に座りこんでいるような気がしたのである。

「いかがいたした。もしや御城内に、何か重大な懸念でもござるかな」

そう訊ねる乾退助の顔が、獰悪《どうあく》に見えてきた。この侍は江戸の町を焼き払い、御

城を攻め落として旧幕府の勢力を根絶やしにしたいのだ。もし御城内にいささかでも不穏な動きがあるのなら、それを口実にして一気に乗りこみ、西郷と勝安房守の開城談判を水にするつもりと見た。

江戸を力ずくで攻め取りたい連中が、東山道軍と袂《たもと》を分かって甲州道中を押してきた。それを阻まんとする旧幕府軍を勝沼で蹴ちらし、騎虎の勢いに乗じてこの尾張屋敷に入ったのである。

そこまで読み切ると、隼人は真向から乾退助を睨み据えてきっぱりと答えた。

「伝令を立てて拙者を呼びつけたるは、御城内の事情を詳しくお知りになりたいからであろうが、あいにく乾殿のお手を煩《わずら》わせるほどの懸念はござらぬ。勅使をお迎えする仕度は、拙者ひとりにて十分でござる」

静まり返った官軍将校たちの中から、脇差の鯉口を切る音が聞こえた。「やめい」と乾が制した。

「やれやれ。ここは尾張衆にしてやられたようじゃ。のう、御留守居殿。この加倉井殿は、たまたま手の空《す》いちょった御組頭《おくみがしら》などではあるまい。さては西郷さんからの密書でも受け取っちょったがかえ」

御用人は俯いたまま黙っていた。風雲急を告ぐる江戸上屋敷の留守を任されたほどの人物である。温厚な老臣だが、知恵は働く。偶然と見えて、隼人は御留守居の重臣たちから選ばれたにちがいなかった。

「いや、さようなことは」

と、御用人はささめくように言うた。

「一本取られたのう。尾張衆の勘働きか、西郷さんの機転かは知らんけんど、今さら官軍のお先手《さきて》を入れ替えるわけにもいかぬし」

用事は終わった。隼人は敷居のきわまでにじり退がってから、丁寧に頭《こうべ》を垂れた。

「向後《こうご》のご予定はしかと承った。ただちに西の丸へと戻り、勅使をお迎えする仕度にかかり申す。ごめん」

選ばれたのだという自覚が、隼人の背を支え上げた。こうとなったらあの的矢六兵衛を、何としてでも大手の外に連れ出してみせる。

十

西の丸御殿に戻ると、御玄関に御茶坊主が待っていた。

ただちに勝安房守様の御用部屋にお運び願いたし、と言う。すわ何ごとぞ、と気は急《せ》くのだが、「ただちに」というわりには殿中儀礼をあだやおろそかにせぬ。例によって「シィッ、シィッ」と妙な声で人払いをしながら屈め腰に回した片手を蝶のごとく振り、ほの暗い廊下を先導するのである。

安房守は畳も見えぬほどに散らかった帳面や書類と格闘していた。総髪は乱れており、表情には疲れがにじんでいる。

「やあ、ご苦労さん。尾張屋敷に呼びつけられたそうだの」

どうであったか、と聞かぬのは見識である。安房守はたがいの立場をよく弁《わきま》えている。

そこで、こちらから市ヶ谷の様子をありていに伝えた。

「なあるほど。その乾退助という土佐の参謀には、西郷さんも頭を悩ましているふうだったな。官軍の中には、何が何でもお江戸を戦場にしたい輩が少なからずいるのだ。そいつらが甲州道中に分かれたと聞いたから、俺もちょいと泡を食って近藤勇を差し向けたんだがね。あやつの威名は轟《とどろ》いているし、実に肚《はら》の据わった男でもあるから、話し合うにしろ一戦まじえるにしろ、官軍は止まると読んだのだ。よもやああもアッサリ負けるとはなあ」

不戦開城を前にして、新選組という厄介者を江戸から追い払いたかったのもたしかであろう。口には出さなかったその理由を加えれば、けだし妙案というところか。

「だにしても、一気に尾張屋敷に入るとは思わなかったよ。まあ、めったなことはするまいが、あれじゃあ西郷さんに対する面当てだ。ところで――」

と、安房守は机上に置かれた書簡をつまみ上げた。「勝安房守殿御許《おんもと》」と書かれた雄渾《ゆうこん》な筆跡には憶えがある。

「読まずとも存じております。同様の書簡を御屋敷にて拝見いたしました」

安房守はひとつ肯《うなず》いた。

「西郷さんは決断こそ遅いが、いったんこうと決めたら動かさぬぞ。俺は俺で半月の間にやっておかねばならぬことが山ほどあるが、あんただってあれやこれやと忙しゅうなる。たいへん、たいへん」

勝安房守が言うた通り、その日から加倉井隼人はたいそう忙しくなった。

勅使入城までわずか半月、そうと聞いて慌しく働き始めたのは二人ばかりではなかった。城中に勤番する誰も彼もが、突然目覚めたように動き出したのである。

二百六十年余も続いた政庁が明け渡される。その後始末のすべてを半月でせよ、という話であった。しかも、実務を知悉《ちしつ》した役人が揃っているわけではない。いや、武方役方にかかわらず、城中に残っている侍はよほどの律義者か不得要領で、つまり早い話が逃げ遅れた幕臣たちであった。

そうした連中が積もり重なった書類を整理し、あるいは武具を矢の一本まで算《かぞ》え検《あらた》めねばならぬ。城を明け渡すというは、城内にぎっしりと詰まった歴史のすべてを清算し譲渡するという、気の遠くなるような作業であった。

殿中儀礼も何もあったものではない。御旗本から茶坊主小者に至るまで、みながみな足音を蹴立てて走り回った。たとえば朝の魚河岸が御城内に引越してきて、昼夜わかたず大繁盛しているとでも言えばそうである。

数日が経つと、御城の曲輪《くるわ》内から幾筋もの煙が立ち昇って町人どもをあわてさせた。

わけのわからぬものは片ッ端から燃やしてしまえということになり、幸い本丸御殿も二の丸御殿も過年の火事で焼けてしもうているから、火を焚く場所には困らなかった。しかし焼けども焼けども、二百六十年余のわけのわからぬ帳面や武具に際限はなかった。

そうした大騒動のただなかに動かざるものといえば、御庭の石灯籠と的矢六兵衛ばかりであった。西の丸御殿の大広間の帳台構《ちょうだいがま》えの中に、六兵衛は相も変わらず面白くもおかしくもない顔で、じっと座り続けていた。

もっとも、そのころになると人々の目も慣れてしもうて、たとえば帝鑑《ていかん》の間の襖に描かれた高祖太宗の絵姿と、さほど変わりがなくなっていた。殿中の一風景という意味では、いよいよ御庭の石灯籠と同じであった。

帳台構えの金襖は、開いているときもあれば閉まっているときもあった。誰かがそうするのか、あるいは六兵衛がみずから開け閉《た》てするのかは知らぬ。荷を抱えて廊下を通り過ぎる者は、みなその姿を見るたびにふしぎな安息を覚えた。

変わらざる景色は人心を安んずるのである。

加倉井隼人は六兵衛ばかりをかまっていられなくなった。勅使を迎えるにあたり、在番者の名簿を作って提出せよと、尾張屋敷にある乾退助から命じられていた。

お安い御用と承知したはよいものの、いざ始めてみればこれがなかなかに難しい。名簿と称するからには、姓名、諱《いみな》、役職、禄高、詰所、などの記載が必要だが、大奥の御女中や雑用の小者まで算えれば、千人を優に超える。気の遠くなるような仕事である。

幸い御殿の通用門である中之口《なかのくち》御門の番所に、旧幕時代の名簿があった。ただし、慶応二年十二月付のもの、すなわち今は上野にてご謹慎中の十五代様が将軍職にお就きになった折の名簿で、何もないよりはましであるがあてにはならぬ。大奥はさておき、この一年数ヶ月の間に表御殿の人事はそっくり入れ替わっているはずであった。

配下の尾張衆の中から、人当たりのよさそうな者を十人ばかり選《え》り出して聞きこみに当たらせ、隼人は御用部屋で名簿作りに励んだ。なにしろ御勅使に届け出る名簿であるから、あだやおろそかにはできぬ。

記載の順序が、また厄介であった。たとえば勤番者の第一に、「勝安房守義邦前陸軍総裁」と記したところ、襖ごしに様子を窺うていた本多左衛門が異議を唱えた。殿中の格式からすれば、「内藤筑前守正恒　西之丸御留守居」のほうが上だ、と主張するのである。

そもそも御留守居とは、将軍家がご不在の折に御城を預る栄職で、本丸と二の丸が焼けてしもうた今では、たしかに内藤筑前守が筆頭なのかもしれぬ。だが、本多左衛門の口ぶりには、成り上がり者の勝安房守を軽侮するふうがあった。

「よろしいか、加倉井殿。武門の上下《かみしも》と申すはの、戦場における序列ゆえ、まこと肝心なのじゃ――ややっ、おぬし舌打ちをしおったな」

思わずチェッと舌が鳴ってしもうた。戦にも出ず交渉事にも当たらぬ腐れ役人が、どの口で物を言う。

「いちいち文句をつけるのなら、そこもとがなさればよい。そのほうがよほど早かろう」

「何と、尾張の徒組頭《かちぐみがしら》ごときが図に乗りおって。官軍の指図を旗本が受けられるものか」

「おのれ、いつまで本家づらをするつもりじゃ」

万事がこの調子であるから、仕事の捗《はか》が行くはずもなかった。

十一

日ごとに風のぬるむこのごろである。

しかるにきょうもまた夜来の糠雨《ぬかあめ》が残って、気鬱な空模様であった。三月も末、いくら何でも梅雨には早すぎよう。

当節流行の蝙蝠《こうもり》傘を阿弥陀にかしげて、福地源一郎は下谷広小路の空を見上げた。開城がなされて官軍がやってくれば、上野のお山が戦場になるという。商店はみな雨戸を閉ざし、幕の落ちたあとの書割のように、嘘臭く並んでいた。

これがあの殷賑《いんしん》をきわめた江戸であろうか。動くものといえば、風にそよぐ柳の若葉と、餌を探してさまよう野良犬ばかりである。

せめて話相手でもいればよいが、加倉井隼人は在番者の名簿作りにてんてこ舞いであった。ひとけのない広小路はいっそう長く広く、彼方に煙る上野のお山も、歩けどいっこうに近付いてはこなかった。

官軍に提出する書類も必要にはちがいないが、あの的矢六兵衛よりも重大であるとは思えぬ。なにしろ勅使を迎えんとする西の丸御殿に、正体のいまだわからぬ侍がじっと座りこんでいるのである。しかも伝奏の儀が執り行われる大広間の、帳台《ちょうだい》構《がま》えの中だというのだから始末におえぬ。

出がけに声をかけた。

「お早うござる、的矢殿。拙者はこれより、下谷稲荷町なるご尊家をお訪ねするが、ご家族に何かご伝言でもござるかの。そこもともご勤番が長きにわたり、身辺にご不自由もござろう。お召し替えだの、新しい褌《ふんどし》だの、必要ならば拙者が承って参るが、いかがか」

やはり答えはなかった。一家の主にとって、女房子供は最大の弱みである。その家族を楯に取るは卑怯《ひきょう》と思うていたが、いよいよ辛抱たまらなくなった。要すれば女房子供を西の丸に伴うて、説得に当たらせるもやぶさかではない。すでに卑怯のどうのと言うている場合ではなかった。

六兵衛が眉ひとつ動かさなかったところをみると、稲荷町の屋敷はすでに蛻《もぬけ》の殻《こ》かもしれぬ。大枚をはたいて旗本の株を買うたほどの金持ちならば、別宅のひとつやふたつは構えておるであろう。

あるいは――ふと悪い想像をめぐらして、福地源一郎は歩みながら怖気《おぞけ》をふるった。

六兵衛の覚悟を惑わせぬために、家族がみな自害して果てている、というのはどうだ。

ありえぬ、と福地源一郎は頤《おとがい》を振った。

かつて二度にわたり、通弁として渡欧している彼は、ウィリアム・シェークスピアに心酔していた。あまりに熟読を重ねたあげく、どのような出来事についても悲劇的な結末を想像するようになった。

畢生《ひっせい》の夢といえば、新聞を発行して庶民の公論を喚起せしめること、それに加えて今ひとつ、シェークスピアを歌舞伎の台本に焼き直して、上演することである。どちらも政治や司法にまさる大業だと信じているのだけれど、口に出して語れぬ夢ではあった。

それにしてもあの六兵衛。シェークスピアも考えつかぬ舞台の上に立っている。いや、座りこんでいる。いったいその胸のうちには、どのような筋書が誂《あつら》えられているのであろうか。まったく想像ができぬゆえに、無限の想像が可であるという点において、あの男はもしやシェークスピアを超える才子なのではないかと、源一郎は考え始めていた。

感心している場合ではない。六兵衛の謎をあばくのだ。もしおのれの知恵で六兵衛を動かせぬのなら、贔屓《ひいき》の役者にシェークスピアを演じさせるなど、とうていおぼつかぬ夢である。

黒門のあたりには葵御紋の昇旗が幾旒《いくりゅう》も翻っていた。ぐるりを繞《めぐ》る鹿砦《ろくさい》は数日前よりずっと厚くなっているが、官軍の大砲に抗えるとは思えぬ。

三枚橋のあたりに群れる御家人たちはずいぶんと殺気立っているようなので、手前を右に折れて御徒《おかち》の大縄地《おおなわち》を行くことにした。ここもしんと静まっている。いよいよ歩みの進まぬ悪い夢の中にあるような気分になった。

蝙蝠傘をもたげれば、左手に小高く上野の森がつらなっていた。常緑の木々がわさわさと風に撓《たわ》み、毒のような沫《しぶ》きを巻き落としてきた。

やがて沿道の屋敷の間口が広くなり、町の佇《たたずま》いが変わった。矜《ほこ》り高き御書院番の大縄地である。御徒との格のちがいは空気にすらも感じられた。

お山の持場に通うのであろうか、組付同心と見ゆる若侍に行き会った。西の丸らの使いを名乗ると、若侍は的矢家のありかを懇切に教えてくれた。

言われた通りに、いよいよ悪い夢の小路へと歩みこむ。入り組んだ裏辻に目星の稲荷が鎮《しず》まり、黒塀ぞいに行くと立派な門構えの御屋敷があった。

御書院番御番士、的矢六兵衛が屋敷である。

職禄三百俵高という身分は、格別の大身《たいしん》とは言えぬ。しかしこの屋敷構えを見れば、誰もが千石取りの御旗本と思うであろう。つまりこれが武家の格式というものである。

門扉は開かれているが、番人の姿はなかった。福地源一郎はしばらく声もかけずに御屋敷を観察した。人を呼んでしまえば、じろじろと眺めることもできまい。

敷地は五百坪を下らぬ。門の左右には白壁の長屋が延びており、北の角に櫓《やぐら》のごとき蔵がある。糠雨が長屋の腰壁を黒く染め、壁の白をきっぱりと際立たせている。雨降りの江戸の町がとりわけ美しく見えるのは、町並のあらかたを占める武家屋敷が黒と白との二色だからであろう。水気を含めば漆喰の白はなお白く、桟瓦《さんがわら》や腰壁や御門の黒はなお黒くなるからである。

門長屋には七つ八つの部屋があると見た。それだけの郎党や奴《やっこ》を抱えていることになるが、体面を保つためには致し方ないとしても、さぞかし物入りであろうと思えた。こうした御旗本の株を買うなど、苦労を買うようなものではないかと考えるのは下衆《げす》の勘ぐりであろうか。

「どなたさんでござんしょう」

頭上からふいに声をかけられて、源一郎は蝙蝠傘をもたげた。門長屋の桟窓に人相のよからぬ奴《やっこ》の顔があった。

「御城からの使いじゃ。お取り次ぎ願う」

畏れ入るかと思いきや、奴《やっこ》は不敵にも「ケッ」と嘲《あざけ》った。昼ひなかから酒を食ろうているのか、撥鬢《ばちびん》の頬が赤い。

「うちの御殿様がどこでどうなすっておいでかは存じやせんがね、お客人はいっさい通すなと奥様から言いつかっておりやすもんで」

「おぬしは的矢六兵衛殿が奉公人であろう」

「へい。そうでなけりゃ、ここにこうしているはずもござんせん」

奴《やっこ》はまた「ケッ」と一声嘲った。お家の事情は難しいのであろうが、いくら何でもこの態度は腹立たしい。

「御門は開けっ放し、門番が長屋の窓から客に物を言うなど、横着も度を過ぎておろう。しからば御城に戻って、ありのままをおぬしの主人に報告いたすが、それでもよいか」

すると奴《やっこ》は、不貞腐《ふてくさ》った相を急に改めて答えた。

「てことは、うちの殿様は御城にいらっしゃるんで。上野のお山じゃあなしに」

無頼な奴《やっこ》だが、御《ぎょ》しやすい男と見た。その顔色から察するに、肚《はら》のうちは大方こんなところであろう。

主人の的矢六兵衛はほかの御番士らとともに、上野のお山にいる。上様のご身辺を警護するにしろ、脱走して彰義隊に加わっているにしろ、近々官軍が攻めてくれば討死である。そうとなればむろん、奉公人の奴《やっこ》などは飯の食い上げとなる。しかし、御城内にて従前通りのお役についているというなら、話はべつだ。

「いや、なに、私《あっし》ァ横着をしているわけじゃあござんせん。きのうからちょいと風邪《かざ》っ引《ぴ》きなもんで、養生しいしいこの長屋の窓から、御門を見張っておりやす」

おのれの生きる道もつながった、と思うたのであろう、奴《やっこ》は掌を返したように愛想がよくなった。

「しからば、御屋敷に取り次いでくれ」

「いや、ですから、お客人はお断わりせえと言いつかっておりやすんで」

この奴《やっこ》でも用は足りる、と源一郎は思うた。長屋住まいの奉公人のうちでも、門近くの部屋にあるは古株と決まっている。この屋敷の主が突然入れ替わった経緯を、知らぬはずはなかった。

「べつだん的矢殿から何を言告《ことつ》かったわけでもない。ちと伺いたいことがあるだけじゃ」

「だったらなおさら、お取り次ぎするわけには参りませんや」

奴《やっこ》は水を向けているようである。源一郎は懐に手を差し入れて微笑みかけた。

「ご家族に無理強いはせぬ。拙者もいくらか風邪っ引きゆえ、門長屋にて般若湯《はんにゃとう》で
もふるもうてくれ。たまたま通りかかった旧知の部屋住み、ということでよかろう。

養生代ははずむぞ」

奴《やっこ》は待ってましたとばかりに、窓辺から姿を消した。じきに草履の音を立てて御門の向こうに駆け出てきた。屋敷内に谺《こだま》しそうな聞こえよがしの大声で奴《やっこ》は言うた。

「ややあ、お久し振りでござんす。よかったら上がっていっておくんなさい」

何もそこまで芝居がからずとも、と思うてふと見れば、御玄関の脇に盆栽を手入れする老夫婦の姿があった。

「御隠居様、こちらさんは私《あっし》の父親《てておや》が奉公していた御屋敷の若旦那様でござんしてね。いやァ、会いたかったお人がたまたま通りすがるなんて、お稲荷様の冥加《みょうが》でござんす」

老夫婦は奴《やっこ》の声に振り返ると、門前に立つ源一郎を見つめた。

あの的矢六兵衛の父母であろう。御玄関脇の軒下に雨を避けて、みごとな黒松の盆栽を二人して愛でていたらしい。夫は鋏《はさみ》を手にしており、妻は片襷《かただすき》を掛けていた。いかにも仲睦まじい御隠居夫婦であった。

「福地と申します。突然ご無礼をいたしまする」

と源一郎が名乗れば、御隠居様はひとつ肯いて応じた。

「的矢でござる。お気遣いのう、ごゆるりとなされよ」

おかしい、と源一郎は思うた。物言い物腰は明らかに町人ではない。それも相当に威丈高《いたけだか》で、御書院番の隠居といえばまことその通りなのである。

あの六兵衛が的矢家を乗っ取ったのは、おととしの暮も押し詰まったころであった。本人はともかくとして、六十の峠もとうに越えているであろうこの老父母が、わずか一年と幾月かの間にこれほど武家の物言い物腰を身につけることができるであろうか。

一方の妻は、髷《まげ》を被っていた手拭を取り、深くも浅くもなくころあいの会釈をした。これも百姓町人にはありえぬ科《しな》である。奉公人が親しく声をかけるのだから、せいぜい御徒衆の部屋住み、と踏んだにちがいなかった。

「新助や。若旦那様を門長屋などにお上げして、ご無礼はないのかえ」

「いえいえ、大奥様。この福地様は、私《あっし》とァ兄弟同然に遊んだ仲でござんすから、どうぞお気遣いなく」

などと、この撥鬢の奴《やっこ》は見かけによらず小才が働く。

男やもめの門長屋に源一郎の背中を押しこむと、新助は中からしんばり棒を下ろした。

「旦那、こちとら寒い思いをして話をするんだ。駄賃ははずんで下さいましよ」

顔は笑うているが、悪相で凄《すご》めばまるで恫喝《どうかつ》である。源一郎は巾着から二分金をつまみ出して新助の大きな掌に落とした。

「ややっ、こいつァ果報だ。よろしいんですかい」

「果報の分だけ話してもらう」

新助は意味ありげな苦笑を返した。この暮らしぶりを見る限り、捨てるものも失うものもあるまい。果報はこっちだ、と源一郎はほくそ笑んだ。

十二

むさくるしい長屋でございんすが、どうぞお楽になすっておくんなさい。

私《あっし》ァ新助と申しやして、この御屋敷のご奉公は足掛け七年になりやんす。今のご時世、法被《はっぴ》の背中に同じ看板を七年も背負《しょ》う中間《ちゅうげん》なんざ、そうそうございんせん。見かけによらず、それだけ働き者だてえこって。

いや、そうじゃあねえか。供連れの奴《やっこ》は何たって見端《みば》でございんすからね。六尺二十貫目、この撥鬢《ばちびん》がはったりじゃあなくって似合う奴《やっこ》は、探したって見つかりますめえ。

ご登城の折にァ、ご馬前の槍持でござんす。二十四の齢に両国の口入れ屋の周旋で、一年限りの奴《やっこ》に雇《やと》っていただいたんだが、その一年のうちにたいそうな評判になりやしてね。御殿様おんみずからのお声がかりで、本雇いてえことになりやした。あ、御殿様てえのは、ご先代様でござんす。へい、さいです。ご当代様じゃあなしに、ご先代の的矢六兵衛様。むろんあの御隠居様でもござんせん。いやァ、てっきり上野のお山に上がっておいでだと思ったんだが、御城にご勤番中とは知らなかった。そういう果報なら、御隠居様にも大奥様にもお知らせしておこうと思ったんだが、そちらさんのお訊ねごとが見えねえもんだから、今さっきはやめておきやした。

どうです、旦那。顔に似合わずいい勘でござんしょう。こんな飲んだくれで用が足りるなんざ、どだいまともな話じゃあござりますめえ。官軍に御城を明け渡して降参するてえときに、正体のわからねえ御旗本が勤番していたんじゃあうまくねえ、ちょいと探ってこいてえ――どうです、図星でござんしょう。

何を今さらとは思うが、まあ、ようござんす。とんだところで手に入る百両、とまでは見得を切れねえにしろ、二分金たァ畏れ入りやんした。私《あっし》の知る限りは何だってお話しいたしやす。

だがね、旦那。私《あっし》ァ銭に目がくらんで主人を売るわけじゃあござんせんよ。前の御殿様にはよくしていただいたが、今の的矢六兵衛様にだって忠義立てはいたしやんす。洗いざらいお話しするのは、けっしてご両人の損にはなりますめえ。だったらこれも忠義のうちさ。

安酒だが一杯《いっぺえ》おやんなせえ。おたげえ素面《しらふ》じゃあねえほうがいいぐれえの話ですぜ。

どうです、旦那。ずいぶんと立派な御屋敷でござんしょう。

足掛け七年もご奉公していりゃあ、奴《やっこ》だって御屋敷の隅々まで知っておりやす。敷地は五百坪の上、母屋の建坪だって二百は下りますめえ。

口入れ屋の周旋で初めて上がりましたときにァ、今さっきの旦那みてえに御門前でぼうっとしちまったもんです。蔵米取り三百俵の御番士にしちゃあ大きすぎる、千石取りの御頭様じゃあねえのかって。

それまでは牛込払方町《はらいかたまち》の御徒《おかち》屋敷に上がっていたんですがね、いや旗本と御家人とではこうもちがうものかと思いやした。

前の御屋敷だって、放り出されたわけじゃあござんせん。旦那様から直々に、もう奴《やっこ》など食わせられんからと腹を割られましてね。そんなご時世だから、町なかは食いつめた奉公人で溢《あふ》れ返っておりやして、マァこうしていたって埒もあくめえから、房州の里に帰って漁師でもやるかと思っていた矢先の果報でござんす。そんなくすぶりの目にはなおさらのこと、立派な御屋敷に見えたんでござんしょう。

こいつァまちがったって粗忽《そこつ》があっちゃならねえ、と心を引き締めてお勝手口へと向かい、土間に這いつくばって奥様にお目通り。ところがそのとき、「ご新造様《しんぞうさま》へ」と申し上げたらいきなり叱りつけられた。御家人のお内儀は「ご新造様」だが、御旗本は「奥様」だそうで。

ああ、その奥様は今の奥様じゃあござんせん。先《せん》の奥様でござんす。

今の奥様なら、そんなことに腹をお立てにはなりません。たぶんにっこりとお笑いになって、「これこれ、そうじゃあないわ」と嚙んで含めて下さるに決まってますさあ。

もっとも、先の奥様は大番《おおばん》筋のお姫様でござんして、番町のご実家にもいくどかお供をさせていただきやしたが、これがマァ、さもありなんてえ御屋敷でござんしてね。五番方のうちでも大番士てえのは、わけても権高《けんだか》なんです。なにしろ奥様がお暇《いとま》なさるまで、私《あっし》ァ御玄関先で挟箱《はさみばこ》を担いだまんま、お供の女中はお召し替えをくるんだ風呂敷包みを抱えたまんま、半日もかしこまっていなけりゃならねえ。そ

れが大番の家風だてえんだから、こちとらたまったもんじゃあござんせんやね。これ

的矢の御殿様にお目通りいたしやしたのは、幾日かのちだったたと思いやす。これも御家人なら「旦那様」だが、御旗本は「御殿様」でござんす。蔵米取りだから采地《さいち》があるわけでもなし、御家来といえば親戚筋の若党がおひとりきり、使用人もせいぜい七人か八人てえところに、「御殿様」たァちょいと大げさな気もいたしやしたがね。したっけこちとらも、てめえの主人をそう呼ぶのは、いかにもご大身《たいしん》に奉公しているようで気分がよござんした。

お目通りまで日があいたのは、御殿様が御勤番中だったからです。八ツ下がりの御下番てえ話で、若党と奴《やっこ》どもは大手までお迎えに上がったんだが、まだお目通りの叶っていねえ私《あっし》ァ御屋敷の掃除でした。

こんなたいそうな御屋敷を構えている天下の御書院番士なんだから、こう、お手馬に跨《また》がって颯爽とお戻りになると思っていたんだが、あんがいのことに拍子抜けでござんしたな。御門前を掃いておりやすと、そこの稲荷の辻からわいわいがやがやと話し声が聞こえて参りやして、馬に乗っているどころか足並を揃えているわけでもねえ。肩衣《かたぎぬ》を付けていなさらなけりゃ、どれが御殿様だかわからねえぐれえのものでござんした。

このごろはみなさま黒羽織でご登城なさいますがね、七年前には裃《かみしも》に半袴と定《き》まっておりやした。どうも着るもののお定めが緩くなってから、幕府のご威光てえのも怪しくなったような気がいたしやす。何だってそうだが、見栄だの張りだのてえのは、あんがい大切なものでござんしょう。

ちょいと拍子抜けだったが御殿様だとわかりやしたんで、奥に向かってご帰宅を告げてから御玄関先にかしこまりやした。じきに奥様がお迎えに出られましてね、たしかそのときも、「もそっと早う知らせよ」と叱りつけられやしたっけ。

奥様がそんな口やかましい人でござんしたから、御殿様はどんなだろうとビクビクしておりやした。ところが、これがまた呆気《あっけ》ない初お目見えでして。

若党が「新入りの奴《やっこ》にござります」と言うたのだが、御殿様は「さようか」とひとこと仰せになったきり御玄関に上がってしまった。足をお止めになるでも、「面《おもて》を上げよ」でもねえ。

後ろ姿をちょいと拝見したんですがね、これがまた私《あっし》の考えていた御殿様じゃあなかった。お体が小せえうえに猫背で、ずいぶんと貧相な侍に見えたんです。

最初に出会うたときの勘働きてえのは、だいたい当たりでござんしょう。

その伝でいうなら、私《あっし》の勘は正しかったんで。初めて会うた御殿様の背中からは、何やらこう、不吉な煙《けむ》が立ち昇っているように見えたんです。

しばらくして奉公にも慣れて参りやすと、愚痴や噂が耳に入ります。たいていは口やかましい奥様と、主人気取りの女中頭への不満でござんす。そんな話が耳に入ったときにァ、へたにお追従を言っちゃいけません。ようやっと三度の飯にありついた果報を大切にしたけりゃ、耳が聞いたって口で物を言っちゃぁならねえ。

したっけ、そのうち聞き捨てならねえ話が耳に入るようになった。御屋敷のご内実が左前だてえんです。

盆暮の掛け取りがやってきても、払いがままならねえらしい。

若党と札差《ふださし》の手代が、しょっちゅうごたごたと揉めている。

まあそのうち、奉公人の口べらしもあるだろうよ。つるかめ、つるかめ。

よしんば酔った勢いにせえ、そんな話を聞かされたら冗談とは思われませんや。世の中は様子が悪くなる一方で、ようやっとありついた奉公先をおん出されちまったら、まず先はござんせん。

「のう、新公。もしそうとなれァ、新入りのおめえがまっさきだぜ、覚悟しときな」

なんぞと言われますと、もう来月もねえような気になっちまいましてね。髪結に行って、この撥鬢《ばちびん》をおっ立てたのもその時分のこってす。新入りのうえに大飯食らいでござんすから、ここはよっぽどしゃんとしねえことにァ、馘《くび》がかかると思ったんです。

マァ、撥鬢のおかげでもござるめえが、若党に呼ばれて槍持をせえと言われたときァ、まったく誠がつながったような気がいたしやした。しかも寒《さぶ》いことにァ、私《あっし》に手代りした槍持の奴《やっこ》が暇を出された。

べつだんそいつに不行跡があったとも思われなかったんだが、悪い噂は本当《マブ》だったんです。

ところで、旦那は私《あっし》のしゃべったことをいちいち書き留めておいでだが、よもやこれを証拠にうちの殿様をどうこうしようてえおつもりじゃあござりますめえの。もしそんな肚積《はらづも》りなら、今からだって遅くはあるめえ、開かずの蛤《はまぐり》になりやすぜ。こんな飲んだくれの奴《やっこ》にだって、一丁前《いっちょめえ》の忠義心はござんす。酒代《さかて》に目《めえ》がくらんで主人を売ったとあっちゃあ、口を拭ってご奉公を続けるわけにも参りやせん。

ナニ、そうじゃあねえ、と。ご勤仕《ごんし》なさっている御旗本のお家の事情を、調べ直してらっしゃるか。

なるほど、そいつァわからんでもねえが、公方《くぼう》様が降参なすって神妙に御城を明け渡すてえ段になって、そこまでなさるんですかい。

旦那もご存じの通り、天下の御書院番も今はちりぢりでござんすよ。表向きは上野のお山で公方様をお護りしているてえことになっちゃいるが、そんなお方はほんのひとつまみさ。あらかたは脱走しちまったか、さもなくば仮病を使って御屋敷の奥に穴熊を決めこんでいる。だったら、元の持ち場に勤仕なすっているてえうちの御殿様は、見上げたもんじゃあござんせんか。どうしてその殊勝なお侍を、あれこれお調べになるんですかね。

第一あなた、勤番中のご本人をさておき、留守宅を訪ねて事情を探ろうなんて、行儀が悪すぎる。せめてほかの御番士方から聞けばよかりそうなもんだが――もしや旦那は、薩長の回し者じゃあねえんですかい。そうじゃあねえとおっしゃるんなら、ここまでするわけを聞かしておくんない。了簡できなけりゃ、この先は開かずの蛤だ。

え。ちょいと待った。

ええっ、何ですそりゃあ。御城内に御書院番士はほかにひとりもいないって。うちの御殿様がたったひとりで座りこみ。物も言わなきゃ身じろぎもしねえって、本《マ》当《ブ》ですかい、そりゃあ。

待て、待て。ええい、酔いもいっぺんに醒めちまった。

ウーン。考えてみりゃあ、さもありなんてえ気もいたしやす。ともかく、奥様や御隠居様に聞かせられる話じゃあねえや。イヤ、今さっきはめったな口をきいちまってごめんなさいよ。そういうことなら、こっそり私《あっし》に訊ねて下さったてえ旦那のお心配りには、痛み入りやす。

かしこまりやした。それじゃあ、話の続きを。

ご奉公に上がってじきに、御屋敷の台所が苦しいてえのはわかりやした。だがね、そんな事情はどこも同しなんです。頂戴する御役料はそのまんまで、物の値段ばかりがどんどん吊り上がっていくんだから、当たり前《めえ》のこった。だから私《あっし》ァ、盆暮の掛け取りがせっつこうが、札差の手代が談じこもうが、べつだんどうとも思っちゃいなかったんです。

だって、どこの御屋敷も似たものでがしょう。御書院番士の給金は、年に三百俵のお蔵米と定《き》まってるんだから。

それにしたところで、きのうきょうに始まった話じゃあねえや。親子代々、長い間に積もり重なった借金や買掛けが、きれいになるはずもねえんです。

こたびはこれくらいで了簡せい。へい、かしこまりやした。

お武家様と町衆とのやりとりてえのは、まあそういうものです。むろん向こうも商売だから、毎度すんなりと引き下がるわけじゃあござんせん。いい返事を聞くまではお店《たな》に帰《けえ》れねえと、台所に居座っちまうやつもいるし、夜討ち朝駆けで日参する律義な野郎もいる。だが、ねえ袖は振れねえてえのは承知しているんだから、おたがい意地の張り合いみてえなものでござんすよ。

先にご奉公していた御徒《おかち》屋敷では、旦那様か御新造様が応対してらっしゃいましたがね、さすが御旗本ともなると、まちがったってそれはござんせん。掛け取りとの達引《たつぴき》は、御家来の若党か女中頭の役目です。むろん話は通っているんでしょうけれど、殿様や奥様が直《じか》に商人《あきんど》と口をきくなんてこたァ、あるはずもねえんで。

そもそもお侍にとって、銭金は不浄なものでござんすからね。何かちょいと買物をするときだって、てめえの手で巾着を拡げるのは、まず田舎大名のご陪臣か部屋住み厄介と定まっておりやす。御旗本はむろんのこと、御家人と名の付くお侍ならば、御徒衆だって町方同心だって財布ごと相手に渡しやす。商人はその中から代金を抜き、「たしかに頂戴いたしました」と言ってお返しする。それくらい銭金を卑しむお侍の、わけても権高な旗本の御殿様が、借金の催促に応じたりするものですかね。

そんなわけだから、私《あつし》も御家の事情があれほど切羽詰まっているとは思いもしなかった。ただただ、誡にならねえよう励んでいたくれえのもんで。

それでも、先《せん》の御殿様は根が気さくなお方でござんした。

へい。その御城内でだんまりを決めこんでいなさる的矢六兵衛様じゃなしに、前の的矢六兵衛様。ええい、いちいち話が面倒臭くっていけねえ。

ともかくその六兵衛様は、御旗本らしい武張ったところがなかったのだ。体もお小さいし、そのうえ猫背で、あれじゃあまず剣術《ヤットウ》なんかもからっきしだったんじゃあござんせんかね。

何でも、上にはすこぶる出来のいいお兄上がいらしたそうで。ところがその兄様が、家督を襲《と》られる前に流行《はや》り病で急に亡くなっちまいまして、六兵衛様がご相続となった。部屋住み厄介の性が抜け切らねえといえば、まあそんなところでしょうか。

奥様にはてんで頭が上がらねえんです。私《あっし》もご奉公してからしばらくの間は、入り婿にちげえねえと思っていたくれえのもんです。なにしろ先の奥様てえのは、大御番士の権柄《けんぺい》がそのまんま髪を結って、鉄漿《かね》をさしたようなお人でしたからねえ。

大御番士と御書院番士じゃあ、同じ五番方でも格がちがうのかと思ったら、実は同格どころか御書院番士のほうが上だってェじゃあないですか。御禄までちがうって。もともと大番は戦の先駆けだが、書院番は上様のお近くにあるから格上なんだそうです。

それじゃあ、格上のお家に嫁入りした奥様が、どうして御殿様をああも尻に敷いちまってたか、てえとね――ああ、ちょいと口が滑っちまったい。いくら何でもしゃべくり過ぎだ。

そこまでしゃべって貝の口じゃあ後生が悪い、と言いなさるか。へい、ようがす。滑りついでに話しちまいましょう。そうじゃあねえと、つながる話もつながらねえ。

幾年ものちになってから知ったんですがね。的矢のお家は奥様のご実家から、ずいぶん借金をしていたそうで。それも、持参金だ何だという話じゃなしに、何代も前からたびたび用立てていただいた金が、にっちもさっちもゆかぬまんま積み上がっていたらしい。

嫁取り婿取りをくり返してきた親類だから、今度てえ今度は、しっかり者の娘に遣《や》り手の女中頭をつけてよこし、的矢家の台所を仕切ったてえ次第でござんした。

こんなことまでしゃべっちまって、口が腐るぜ。

まあ、そんなわけでござんすから、殿様は御屋敷にいらっしゃるときのほうが、かえって気が抜けなかったんじゃあねえかな。

ご登城の朝なんか、奥様に見送られて御門を出るまではたいそう鯱《しゃっちょこ》張っていなさるんだが、そこの稲荷の辻を曲がったとたん、ほうっと息をついて私《あっし》らお供に話しかけてきなさる。それがいかにも、お縄を解かれた科人《とがにん》みてえでしてね。

お戻りのときも同じでござんす。気さくな殿様が、稲荷の辻を曲がると石仏みてえになっちまう。初めのころは、いくじのねえ亭主もいたもんだと思ったが、お家の事情を知るうちに何やらお気の毒になりやした。

御城の行き帰りには、槍持と挟箱持と草履取の三人の奴《やっこ》がお供いたしやす。昔はきっと馬に乗ったそうだが、私《あっし》がご奉公に上がった時分はどの御番士も徒《かち》でござんした。馬を飼うにァ銭がかかるし、口取りの奴《やっこ》もいなけりゃなりやせん。それで、どこの御屋敷も厩《うまや》はあるが馬はいなかったんです。

御書院番はもともと御本陣をお護りする騎馬武者なんだから、馬を持たねえてえのも妙な話でござんすがね。泰平の世が続くうちに、ご通勤のときだけ乗る馬なんざ、いつの間にか節約されちまったてえことでしょう。

お子様、ですかい。

その話はちょいと切ねえなあ。年端《としは》もいかねえ若様とお姫《ひい》様が、今ごろどこでどうしていなさるかと思いやすとね。

さいです。お子様は元服前の前髪も取れねえ坊ちゃんと、三つ齢下のお嬢さんのお二人でござんした。

ヤレ、酒がまずくなった。

考えてもおくんない、足掛け七年のご奉公てえことは、育ちざかりをずっと見ているんです。若様なんざ、私《あっし》の肩車がお好きでござんしてね。しょっちゅうこの門長屋に顔を覗かせて、「新助、新助」とまとわりついたものでござんす。

殿様は子煩悩でらっしゃった。ありゃあ、奥様がやかましかったせいでしょうか、お子様も父親《ておや》のほうによくなついてましてね。殿様があんなふうにお子様をかわいがるなんてえのは、よそのお家じゃあまずござりますめえ。

うちの殿様と奥様は、前世《ぜんせ》じゃお役目が逆だったんじゃねえかなんて、みんなして噂していたもんでござんすよ。


こいつァ尋常じゃあねえぞ、と勘づいたのはおととしの夏でしたか。

盆の掛け取りが一息ついたころに、奥様のお里から兄様がお見えになった。番町に御屋敷を構える、大御番士の兄様でござんす。

奥様は末娘てえ話で、兄様といっても父親に見えるくれえ齢が離れていなすった。そのうえ、いかにも徳川が先陣を承る「大番」てえ風情の武張ったお侍だ。供揃えもものしく、いかめしいお顔で御門前に立ったときにァ、ただごとじゃあねえぞと思ったもんでござんす。

それまでにも、奥様がご実家を訪《おとな》われるのはたびたびでござんしたが、先さんがこちらにお越しになったためしはなかったんです。しかも何の先触れもねえふいのご訪問でござんしたから、殿様も奥様もずいぶんお慌てになっているご様子でした。

御屋敷の奥居で、一刻も談じこんでおられましたかね。時節は盆の物入りでござんすから、これァ銭金の話にちげえねえと勘ぐりやした。そこでお供衆の中の見知った顔を、この門長屋に引っ張りこんで脅かし半分に訊いたんです。

「おう、まかりまちがやァ、こちとら縅のかかる話だ、聞かせてくんねえ」

こう見えても「矢筈《やはず》の新助」と言やァ、江戸中の奴《やっこ》で知らねえ者はねえ。矢筈てえのは私《あっし》が法被《はっぴ》に背負《しょ》った御家紋だが、的矢の家名は知らなくたって、その二ツ名は知れ渡っていまさあ。

「へい。したっけ新兄ィ、ここだけの話にしといて下さいましよ。縅がかかってるのはこっちも同しなんだ」

嘘もハッタリもございますめえ。奴《やっこ》の話を聞いて、私《あっし》ァ仰天いたしやした。ずいぶんと見栄を張っちゃいるが、ご実家の台所も火の車。借金を詰めてもらわにァ、こっちの身代《しんでえ》が保《も》たねえ、てえんです。

先にもお話ししましたけど、銭金はお武家様にとって不浄のもの、手を触れるのだって穢《けが》らわしい。天下の大御番士がその銭金の話をおんみずから提《ひっさ》げてきたてえんだから、よっぽど切羽つまっているのだ。

「そう言われたっておめえ、ねえ袖は振れめえ」

「そんなこたァ、うちの殿様だって百も承知の上です。返せねえのなら、借金証文を掛け取りに回しちまうほかはねえそうで」

どうです、旦那。寒《さぶ》い話でがしょう。

借金証文をべつの払いに回すてえのはよく聞く話だが、どだい堅気の札差や商人が受けるはずはねえ。そういうものは、阿漕《あこぎ》な高利貸しだの掛け取り請負いのやくざ者が使う手でござんすよ。

世事に疎い大番士に、いってえどこのどいつがそんな知恵をつけたのかは知らねえが、借金を払えねえのなら回り証文でもいいと、仕掛けた悪者がいるてえこった。

「で、うちの殿様はお宅から、どれくれえの金を借りているんだえ」

「そんなこたァ知りませんや。知らねえけど、幾代にもわたるご親戚でござんすからねえ。きょうお持ちになった証文だって、挟箱の蓋が被《き》せられねえぐれえのもんです。ちらりと見た限り、醬油で煮しめたみてえに古いやつもありましたぜ」

御旗本の借金なんて、私《あっし》らにァ見当もつきませんや。したっけ、この五百坪の御屋敷と大勢の使用人を抱えている身代《しんでえ》だ、百両二百両のしけた金じゃあござりますめえ。それも代々嵩《かさ》んだ末といやァ、千両二千両だってふしぎじゃあねえ。

うちの殿様より御禄の低いご実家が、どうしてそこまで面倒を見ることができたかと申しやすとね、何でも多摩のどこかしらに昔からのご采地《さいち》を持っていらっしゃるそうで。知行高《ちぎょうだか》なんてのは、マアいいかげんな勘定でござんしょうから、ずいぶん実入りがよろしかったんじゃあなかろうか。

ところが、ここ数年来の凶作でその上がりがなくなった。無作といったって百姓どもにはお情けを賜わらにゃならねえし、むろんご采地を売るなんてご法度だ。とうとう的矢家に談じこむほかはなくなった、てえ筋書きでござんしょう。

さて、長《なげ》えこと談じ合うた末に兄様はお帰りになったんだが、御玄関先でみなさんの顔色を窺ったとたん、ああ、こりゃあだめだと思いやした。

殿様も御隠居様も、もう気の毒なくらいしおたれておられましての、実の妹の奥様だけが、いつものキリッとしたお顔で兄様をお送りした。

「どうぞ、ご随意になされませ」

奥様は御玄関の式台にかしこまって、頭も下げずにおっしゃいました。

「そうさせていただく。ご縁も金輪際じゃ」

冷や水を浴びせかけられたような気がいたしやした。こいつァ大変なことになると思ったからね。

御屋敷のぐるりを繞《めぐ》る楠に油蟬のやかましく鳴く、暑い午下《ひるさが》りでござんした。

それからしばらくの間は何ごともなく過ぎやして、秋も盛りのころだったでしょうか。

へい、さいです。おととしの秋、慶応二年寅《とら》の歳の秋でござんす。ちょうどきょうみてえに、長雨がしとしとと降る日のことでござんした。

門番の奴《やっこ》が押問答をしてやがるから、内職の手を休めてそこの桟窓から覗いて見ると、御門前に番傘が四つ五つも並んでいる。傘の看板は揃いの三角印だったもんで、日本橋の白木屋だと思ったんです。このあたりから近《ちけ》え大店《おおだな》といやァ下谷広小路の松坂屋だが、御書院番士の御屋敷に出入りするのは白木屋と決まっておりやすんで。あの年はお嬢様の七つの祝いだったから、誂《あつら》えた晴着でも届けにきたんだろうと思った。

だったらどうして通すの通さねえのと押問答なんぞしてやがるんだ、と妙に思ってよくよく見れば、どうも様子がおかしい。

品物をお届けに上がるんなら、手代と丁稚《でっち》小僧の二人で用は足りるはずだ。それを四人も五人も番傘を並べてやってくるてえのは、よもやたァ思うが暮を待たでの掛け取りか。いや、天下の白木屋がそこまでの阿漕《あこぎ》はするめえ。

そこで桟窓にほっぺたをおっつけて、いっそう目を凝らしやすとね、傘に描かれた看板が白木屋の三角とはちょいとちがうんです。節句の兜《かぶと》みてえに角《つの》のおっ立った三角じゃあなくって真三角、中にァ「辰」の字が書《け》えてあった。

あれ、旦那はご存じかえ。お武家様のくせして世間に明るいんですねえ。

さいです。浅草御蔵前、天王橋の淀屋辰平《よどやたつぺい》と言ゃァ、町衆で知らねえ者はござんせん。両替屋の看板は隠れ簑《みの》、その実は何年か前に上方から伸《の》してきた高利貸しでござんす。

タッペイの歩いたあとはペンペン草も生えねえ、なんぞと言われておりやして、借金取りを鬼に見立てた「タッペイごっこ」なんて悪い遊びまで流行《はや》る始末。知ってますかい、旦那。鬼に捕まったガキは、褌《ふんどし》まで身ぐるみはがされるんです。

そんな名の知れた悪党から銭を借りるやつなどおるめえとは思うんだが、世間にァどうにも背に腹はかえられねえ事情もままあるのだ。たとえば、小商人《こあきんど》の暖簾《のれん》がかかった手形証文。たとえば、賭場の回銭。たとえば、待ったの言えねえ頼母子《たのもし》の掛金。

だが、どれもこれも下賤の話さ。まさか淀屋が御旗本の袂《たもと》に食いつくなんて、思いもしねえよ。

ともかく、ここは私《あつし》の出番だと門長屋を駆け出して見れァ、御門前にはひとめでお店の主人とわかる恰幅《かつぷく》のいい男が、ごろつきどもを従えて踏ん張っている。さすがに旗本屋敷への掛け取りとあっちゃあ、淀屋辰平の御大《おんたい》みずから出張ってきたてえわけだ。

これがまた、どこが鬼だと思うぐれえの福相でござんしてな。奴《やつこ》相手に腰も低いし愛想もいい。

「なになに、けっして怪しい者じゃあございません。うしろの若い衆は、いまだお江戸の流儀を知らぬ不調法者でございます。行儀を教える前に、少しでも風に当て、水に晒《さら》しておかにゃなるまいと、手前が連れ歩いているだけでございます」

何を言うのも勝手だが、まあこれほどわかりやすい話もねえ。ごろつきどもはどれも丁稚見習の齢じゃあねえし、髭面《ひげづら》を撫でる袖口からは島帰りの彫物だって覗いているんだ。

「ああ、そっちの奴《やっこ》さん。どうもこの御門番は話が通じなくっていけません。天王橋の淀屋が挨拶に参ったとお取り次ぎ下さいまし。奥様のご実家から紹介をたまわりました、淀屋でございます」

その一言で、よもやの筋書にまちげえはなくなった。夏の盛りのあの日、番町の兄様とうちの殿様の間にどんなごたごたがあったかは知らねえが、借金証文が淀屋辰平の手に渡っちまったのはたしかでござんした。

ちょうど昼飯どきでして、御門前の小路にはよそのお女中やら奉公人やらが行きかうのだ。ごろつきどもにうろうろされたんじゃあ、体裁が悪くっていけません。マァ、そこが淀屋の付け目だったんでござんしょう。脅しというより、嫌がらせさ。もし誰かに番傘の看板を気付かれたなら、悪い噂はたちまち拡がりやす。

さてどうする、と立ち往生しておりやすと、淀屋は私《あっし》と門番を手招きして囁いた。

「あのな、奴《やっこ》さん。お身内ならあらましはご存じでしょうけれど、このまんまじゃあおまえ様方は、年を越す前にまちがいなくお払い箱です。御殿様につないで下さりゃあ、悪いようにはなりません。いや、このあたしがけっして悪いようにはいたしません。よござんすね」

慮外者《りょがいもの》を門前払いにするのは、私《あっし》ら奴《やっこ》どもの務めではござんすがね、そう言われりゃあかわいいのはてめえの身だ、叱られるのを承知で取り次がぬわけにも参りますめえ。

さて、それがおととしの秋も盛り、お庭の紅葉がちょうど見頃の時分でござんした。

淀屋辰平はその年のうちに何べんも顔を見せやしたが、ごろつきどもを連れてきたのは初めの一度きりでござんす。さすがは悪名高き金貸しだ、脅しも嫌がらせも一ぺんこっきり、しつこくはやらねえんです。これでわかったろう、てなところが垢抜けている。

二度目からのお供は上品な番頭と躾《しつけ》のいい丁稚、主人の辰平もまさか高利貸しには見えねえ福相だから、誰も怪しみやしません。それで、御門を通るときにァ番頭がこっそり、「みなさんで」と言っておひねりを下さるんです。

私《あっし》ら中間奴《ちゆうげんやっこ》なんてのは、お心付けだけが楽しみでござんすからねえ。あのばんたびの一分銀は効いた。そうこうするうちに、淀屋の旦那は悪党なんかじゃなくって、左前の御旗本を見るに見かねてお助け下さるんだと思うようになりやした。

お助け、か――。

たしかにそうなのかもしれやせん。だって、考えてもごらんなさいやし。あれから一年の間に大政のご奉還、旗本御家人は鳥羽伏見の戦で討死したり、上野のお山に立てこもったり、脱走して行く方しれずになったり、いいことなんてひとっつもねえのだ。だったら先《せん》の殿様は、代々の借金をちゃらくらにしたうえ、命まで助かったようなものじゃござんせんか。

イヤまあ、御殿様はさておくとしても、私《あっし》ら奉公人が助かったのはたしかでござんしょう。お家があんな妙ちくりんなことになったって、知らんぷりをしていりゃあいいんだもの。

淀屋が御屋敷に出入りを始めてから変わったことといやァ、女中頭が暇を出されたぐれえのもんです。もともと奥様がお輿入《こしい》れのときに、実家が付けてよこした女中でござんすから、両家が絶縁となりゃあ居づらくなって当たり前《めえ》でしょう。口やかましい婆様がいなくなって、御屋敷の中はうんと風通しがよくなりやした。

ほかには何ひとつ悶着はござんせん。御殿様はいつに変わらずの御勤番、奥様も御隠居様も、変わった様子は毛ほどもなかった。だから私《あっし》ァてっきり、淀屋の旦那が一肌脱いで、左前の御旗本の尻《けつ》を持ったと思ったんです。

師走の声を聞くと、あちこちから掛け取りがやってくるんだが、あの年ばかりはどいつもこいつも、ほくほくした面で帰って行きやしたからねえ。

のう、旦那。おまえ様がお知りになりてえのは、その妙ちくりんな話の顚末でござんしょう。

よもや私《あっし》がいらんことをしゃべくったせいで、御家お取り潰しだの御禄の召し上げだのなんて無体《むてえ》は、勘弁しておくんなさいよ。だったら藪から蛇だ。てめえの飯をてめえで食い上げにするのァご免蒙りやす。

それはない、とおっしゃるか。上も下もねえ、男と男の約束だと言いなさる。よし、気に入った。ここはひとつ旦那の俠気《おとこぎ》を見込んで、一切合財《いっせえがっせえ》お話しいたしやしょう。実のところはこっちだって、他《はた》にしゃべりてえのは山々だったんだ。

ともかく、私《あっし》ら使用人はねっきりはっきり欺されていたんです。奴《やっこ》が四人《よったり》と女中が二人、誰ひとりとして気付いちゃいなかった。もっとも、欺されたとわかったって腹の立ちますものか。よくぞこうもうまく欺してくれたと、感心したぐれえのものだ。

若党――ああ、欣次郎《きんじろう》様ね。あの人はよくわからねえ。私《あっし》らと同しに欺された口か、それとも委細承知のうえ、欺されたふりをしているのか。

まあ、そんなこたァどうだっていいじゃあござんせんかい。何ならご本人を捉まえてお訊ねになったらどうです。今も知らん顔で御屋敷にいらっしゃるから。いや、無駄か。もともとひどく無口なお人でござんすからねえ。

先《せん》の御殿様の遠縁といったって、どうだかわかりませんぜ。苗字は同じ的矢欣次郎様だがね、ちょいと様子のいい百姓町人を、遠縁だと偽って家来にするのはよくある話でござんす。そういうやつのほうが給金は安くてすむし、礼儀作法だけ教えりゃあ若党の一丁上がりです。私《あっし》はそう読んでいまさあ。今でこそいくらか垢抜けたけど、七年前《めえ》の十九かはたちのころの欣次郎様と言ったら、いかにも俄《にわ》か侍てえ趣きでござんしたよ。

考えてもごらんなさいやし。血のつながった的矢の侍なら、家に居つかずに人についてゆくのが道理でござんしょう。飼犬だってそうするに決まってまさあ。てことは、主人の六兵衛様が入れ替わっても御屋敷に居残っている欣次郎様はね、親類でも犬でもねえ猫だってこってす。

さて、おととしの暮の二十九日。もとのご主人一家と若党と、四人の奴《やっこ》と二人の女中が、いつもの年とどこも変わらねえ節分の豆撒きをしていたと思いねえ。鬼は外、福は内。

年も押し詰まった師走二十九日といえば、御屋敷も正月の仕度は万端に調《ととの》っておりやす。

餅つきも煤掃《すすは》きもおえ、歳暮のやりとりもすみ、御書院番の大縄地《おおなわち》はしんと静まり返っておりやした。御門前には門松の飾り。御玄関には三宝に載っけた鏡餅。奥居の床の間には、的矢家伝来の御具足《ぐそく》が飾ってありましたっけ。

空《から》ッ脛《ぱぎ》が痛えぐれえの、寒《さぶ》い晩でござんした。庭向きの御廊下から撒いた豆が、凍った池の面をからからと転がっていくのだ。夜空は冴え渡って、星が満天にさざれていたのを覚えておりやす。

御書院番の御屋敷てえのは、ならわしをおろそかにしねえんです。豆撒きも殿様がなさるわけじゃあねえ。年男の御番士がよその御屋敷を順繰りに回って鬼遣《や》らいをする。

晩飯を掻《か》っこんでから、開けっ放しの御門前で待っておりやすとね、同じ八番組の桜内《さくらうち》様てえ御殿様がお供を従えてやってきなすった。御屋敷をいくつも回るんだから大仕事でござんす。きちんと肩衣《かたぎぬ》をつけ、提灯《ちょうちん》で足元を照らしながら走ってきなさるのだ。あくる卯《う》の年で三十六におなりでしょうか、べつに走ることでもござるまいに、律義な殿様もあったもんだと感心いたしやした。

あの追儺《ついな》の晩を思い返しやすとね、律義な桜内様には申しわけねえことをしたもんです。だって、その晩のうちにそっくり入れ替わる御屋敷に駆けつけて、「鬼は外、福は内」なんて声をお上げになったんですぜ。

殿様と奥様が御玄関の式台で迎えた。

「これはこれは桜内殿。とんだ手間をおかけいたす。ひとつよろしく」

「遅くなって申しわけございませぬ。この先もまだござるゆえ、ではさっそく」

むろんうちの殿様も裃に白足袋《たび》、奥様は御紋付でござんす。

桜内様が「鬼は外、福は内」と呼ばわりながら豆を撒き、鬼の面を被った私《あっし》ともうひとりの奴《やっこ》が「ご勘弁、ご勘弁」と言うて逃げる。うちの御殿様は「やるまいぞ、やるまいぞ」と弓をはじいて追い回す。マァ、子供だましみたようでござんすが、広い御屋敷内を息が上がっちまうぐれえ、そうして駆けめぐるんで。

ひとっ通り終わると、みんなして福茶を飲みます。私《あっし》ら使用人もご相伴に与《あずか》りやして、ようやく暮の追儺式はしめえとなりやんした。

豆撒きをおえたあと、御殿様から直々に御酒《ごしゅ》を賜わりやしてね。それも、お武家様のお使い物にしかねえくれえの角樽《つのだる》でござんして、中味は奴《やっこ》の口になんぞ入《へえ》るはずもねえ伏見の下り酒だ。

おまけに肴は皿に山盛りの鯣と目刺、おかげでその晩は奴の四人が四人、正体もねえほど酔い潰れて寝ちまいやした。

へい。ですからまるで憶えがねえのだ。考えてもおくんなさんし、いつもなら生味噌を肴に一合の酒を二人で飲み分ける奴《やっこ》が、伏見の角樽を飲み放題《ほうでえ》だと言われてごらんな。

翌る朝がまた妙だったんです。六ツ前の暗えうちに起き出すのが私《あっし》ら奴《やっこ》の常でござんすがね、さすがにその朝ばかりは寝過ごしちまった。四人の奴《やっこ》が揃って朝寝を決めこんでるてえのに、誰も起こしにこねえてえのもおかしかった。

こいつァしくじったとはね起きて外に飛び出たところ、これから学塾に通おうと御玄関を発《た》たれる若様と鉢合わせた。とっさにかしこまりやして、「行ってらっしゃいやし」と頭を下げたんだが、そこでハテと首をひねりやした。十《とお》の若様が二つ三つもしっかりして見えやしたんで。

「おはよう」と、お答えになったお声もちょいとちがう。声変わりをした大人の声でござんした。後ろ姿も颯爽としておられやしてね、お父上によく似た華奢《きやしや》な猫背じゃあねえんです。こう、背筋をすっくりと伸ばして、大股で歩って行きなさる。身丈も三寸は高く見えた。

こいつァ飲み過ぎた、と思いやした。そこで、目をこすりながら御玄関を振り返りやすとね、お見送りの奥様が座っていなさる。

「新助や。ゆうべは少々御酒が過ぎましたか」

そう名指しでお声をかけられても、「へい」と答えるほかにはおつむが働きませんや。だって、奥様とは似ても似つかんのだから。

ご無礼承知で申しやすとね、ずっとべっぴんで、ずっと色っぽいんです。にっこりとほほえみかけるお顔なんざ、まるで仏様みてえでござんした。

とっさに身を翻して御玄関から駆け出しましたぜ。よその御屋敷だと思ったからね。酔ったあげくにどこかご近所の門長屋に転がりこんで、朝まで寝ちまったんじゃねえかって。

したっけ、外からどう眺めたってよその御屋敷じゃあねえ。「的矢」てえ表札も、ちゃんと掛かっているんです。

ハテ、それからどうしたっけ。よっぽど気が動顚《どうてん》していたとみえて、憶えがねえ。

そうだ、勝手口の井戸端に行ったのだ。咽《のど》が酒でひからびていたし、ともかく顔を洗って目を覚まさにゃと思ったからの。

洗濯を始めていた女中が、私《あっし》を見るなり立ち上がって、ホッと息をつきやした。

むろん的矢家の使用人でさあ。

おっきい声を出しちゃならねえと思ったから、肩を押して屈ませやして、「おい、おまつ。いってえどうなってんだ」と訊ねた。

おまつはまだ十三か四の小娘です。私《あっし》の顔を見てようやく、悪い夢じゃあねえと思ったみてえでした。

「おかねさんが、暇を出されたくなけりゃ何も言うなって。やめようよ、新助さん」

そりゃあそうだ。ここは知らんぷりを決めるほかはねえ。

ナゼ、とおっしゃるか。そうか、おまえ様には奉公人の気持ちなんざわからねえんだな。

いいかね、旦那。武家屋敷の奉公人なんてのはね、主人の胸三寸でいつのいつだって路頭に迷っちまうんです。だから、のっぴきならねえものに出くわしたときにァ、てめえの口で四の五のと言っちゃならねえ。知らぬ存ぜぬてえ顔をしなきゃいけねえんです。

おかね、ってえ年かさの女中は、そういう道理を弁《わきま》えていたってこってす。夢じゃあねえとすると、何が何だかわけがわからねえけど、ともかくこいつァのっぴきならねえ話さ。

ざぶざぶと顔を洗ったんだが、どうにも目が覚めた気がしねえ。とうとう髻《もとどり》をちぎって、頭から桶の水を浴びた。まだ覚めねえ。しめえには断末魔の幡随院長兵衛《ばんずいいんちょうべえ》みてえに、立ち往生で水をひっかぶりやした。これで覚めねえんなら、やっぱり夢じゃあねえんです。

「およしよ、新助さん。風邪ひいちまう」

身を切るような冬の朝でござんすよ。風邪《かざ》っ引《ぴ》きなんざくそくらえだ。ゆんべの鬼が逃げ遣《や》らずに憑《と》りついているんなら、水でもかぶって潔斎してやろう、てなもんです。

ちょうどそこに、古い女中のおかねが洗い物を抱えて出てきやした。ざんばら髪の長兵衛を見れァ、ことの次第《しでえ》はわかったと思うが、そんな奴《やっこ》の姿さえ見て見ぬふりたァ大《てえ》したものさ。

「おまつ、手を休めてる間はないんだよ。きょうは洗い物がいっぱいだ、ぼさぼさしてたら年が明けちまう」

おかねの抱えてきた柳籠にァ、洗濯物がてんこ盛りでござんした。襦袢《じゅばん》だの足袋だの褌だの、もしや主人も奉公人も一緒くたかと思うくれえの嵩《かさ》だが、いかに年の暮だってそんな無礼をするはずはござんせん。

わかりますかえ、旦那。先《せん》のご一家は、まったくの身ひとつ、着のみ着のままで出て行ったんです。まさか他人の褌まで使うはずはねえが、捨てるにしろ古着屋に売るにしろ、洗っておかにゃならねえてえこった。むろん女中が考えることじゃああるめえから、おかねは奥様から言いつかったんでしょう。え、どっちの奥様かって。そりゃあ旦那、どっちでもいいけど、どっちかだい。お嬢様の襦袢を洗いながらね、おまつが泣き出したんで。そりゃあそうだ。おまつはほんの子供の時分に、子守女で雇われたんです。小さな背中で育ったお嬢様が七つにおなりになっても、おまつはいい遊び相手でござんした。わけはわからねえけど、そのお嬢様が一夜のうちに消えちまったんだ。残された襦袢を洗やァ、涙もこぼれようてえもんです。

おかねが声をひそめて叱りつけやした。

「しゃんとしない。未練顔なんぞ見せたら、その場でお払い箱だよ」

そこでようやく、おかねは物のついでだとばかりに、濡れ鼠の私《あつし》を納屋の蔭に引っぱって行きやした。おたげえ気心の知れた、古い奉公人でござんす。やっぱり知らん顔もできまいと、おかねは思ったんでしょう。

いえね、洗い浚《ざら》い申し上げやすと、何年か前に先《せん》の奥様から、二人に所帯を持たせようてえお話があったんで。それも悪くはねえと思ったんだが、二人扶持《ぶち》が一人扶持になるてえんじゃあ了簡できませんや。そもそも好いた惚れたの仲でもなし、体《てい》よくお断わりいたしやしたんです。

「新さん、あんたもしゃんとしない。今度の御殿様はおっかなそうなお人だ。お払い箱どころか、無礼打ちだってありだよ」

そのとき、御庭から剣術《ヤットウ》の気合いが聞こえて参りましての。納屋の蔭から覗いて見れば、筋骨隆々たるお侍が、木刀をビュンビュンと音立てて、素振りをしてらっしゃるじゃござんせんか。

「やい、おかね。あのお方はいってえ、どこのどなたさんだえ」

震えながら訊ねると、おかねはまるで当たり前《めえ》のことみてえに答えやした。

「どこのどなたもあるもんかね。うちの御殿様だよ」

「与太もたいげえにせえよ」

「たいがいにしてもらいたいのはあたしも同じさ。でも、こうなっちまったものは仕方ないじゃないか。いいね、新さん。あの御殿様は的矢六兵衛様だ。それともあんた、この年の瀬にきて御屋敷からほっぽり出されたいのかい」

「よもや、狐にたぶらかされてるわけじゃあるめえの」

「そのほうがよっぽどマシな話だよ」

そこでおかねが、ザッとかいつまんで話したのァ、まあこんなところです。

――その朝はいつもと同じに暗いうちから起き出して、朝飯の仕度にかかった。寛永寺の明け六ツの鐘が鳴るころにァ、飯が炊き上がってなけりゃならねえ。毎日のことだから、いちいち奥様のお指図もねえが、定《き》まった時刻にお膳立てをするのは女中二人の役目だ。

まずはご仏前。次に西ッかわの隠居所におすまいの御隠居様と大奥様。そして庭向きの奥居に、ご一家四人分のお膳を運ぶ。

お仏壇に変わりはなかった。ご先祖歴代様のご位牌も、ちゃんとお鎮《しず》まりになっていた。

御隠居様と大奥様はやはりいつも通り、八畳間の床の間を背にして、お対《つい》の雛のように座っていらした。朝餉《あさげ》をすませたなら東本願寺《おひがしさま》に詣でよう、と御隠居様はおっしゃり、さよういたしましょう、と大奥様はお答えになった。

それから、おかねとおまつはそれぞれ二つずつのお膳を重ねて、長い表廊下を奥居へと向かった。途中で郎党の欣次郎様と行き会ったが、朝のご挨拶をかわしただけだった。

奥居の障子ごしにかしこまって、「お膳にございます」と声をかければ、「ありがとう」という奥様のご返事があった。その物言いは妙だとおかねは思った。奥様のいつものお答えは、「ちこう」の一言だったからだ。

障子を開けて仰天した。ご家族のお席はふだんと同じだが、顔がちがっていた。殿様と奥様。両袖に二人の若様。ちがう。まるでちがう。的矢六兵衛様とそのご家族ではない――。

「そんな馬鹿な話があってたまるか」

「馬鹿も何も、あのお姿をよくごらんな。お客様がこの朝っぱらから、お庭先で木刀なんぞ振り回すはずもなかろう」

納屋の蔭からおそるおそる覗いて見れァ、やっぱし見知らぬお侍様がお稽古の真最中さ。裂帛《れっぱく》の気合いが朝の空気をビリビリと震わせて、素人目にもたいそうな手《て》練《だれ》だとわかるんです。

そのうち、下の若様らしき七つ八つの子供が、藍の稽古着に鉢巻を締めて駆け出てきた。

「遅うなりました、父上。よろしくお願い申し上げます」

たちまち見ていてハラハラするような荒稽古が始まりましての。いやァ、何から何まで先《せん》の御殿様とは真逆でござんす。

「わかったろう、新さん。めったなことを言おうものなら、お暇を出されるどころか無礼打ちだ。ほかの奴《やっこ》さんたちにも、よく言って聞かせておくれよ」

「したっけ、おかね。わけもわからねえことを、いってえどう言って聞かせりゃあいいんだ」

「なに、難しいこっちゃないさ。あの御殿様は、淀屋の手蔓《てづる》で御旗本のお株を買ったにきまっている。だったら的矢六兵衛様にちがいないんだから、あたしらも知らん顔で従前通りのご奉公を続けりゃいい」

たしかに、ほかにァ考えようはねえんだが、女てえのは肚《はら》が据わっているもんだと、ほとほと感心いたしやした。

だが、どうにも了簡できねえことがひとつだけあった。さっきのおかねの話を思い直しておくんなさんし。入れ替わったご家族のお膳立てをする前に、おかねは隠居所に伺っているのだ。

「そうそう、それなんだけどね――」

と、おかねもさすがに顔を曇らせやした。

「七十のご老体が夜寒に身ひとつで逃げるわけにもいくまいから、東本願寺《おひがしさま》にお詣りなさると言って、そのまんま戻らぬつもりじゃないかしらん」

そうにちげえねえと思いやした。思ったとたん矢も楯もたまらなくなって、私《あっし》ァ幡随院長兵衛みてえなざんばら髪のまんま、尻を端折《はしよ》って駆け出しやした。ほかの何を知らんぷりしたって、年寄り夫婦が路頭に迷うさまを、見て見ぬふりなぞできるもんか。

御玄関に取って返《けえ》すと、ちょうど御隠居様ご夫婦が御門からお出になるところだった。

お呼びかけしても聞こえぬふりでスタスタと行っちまうから、そこの稲荷の辻でお二方の前に回り、ざんばら髪を地べたに押っつけてお願いいたしやした。

もっとも、奴《やっこ》の分限《ぶげん》で何ができるはずもねえ。ただね、御屋敷を出たら最後、お二人はどこかでご自害なさると思ったんです。だから、ここはいったん御屋敷にお戻りになるか、さもなくば私《あっし》をお供さしてくれとお願いしたのだ。

忠義、と言いなさるか。

いえいえ、そんなたいそうな心がけなんざ持ち合わせませんや。年寄りの不幸を見のがすわけにァいかなかっただけでござんす。

「僭越じゃぞ、新助」

御隠居様は静かにお叱りになったが、私《あっし》ァ道を譲らなかった。

「心配は何もない。うろたえるな」

「だったら、どこかで御殿様と落ち合うので」

「いや」

「ほかに伝《つて》はござりますのか」

「いや、ない」

「そしたら、当座のお足はござりますのか」

「いや、それもない」

「ないない尽《づ》くで御屋敷をお出になって、どうなさるおつもりでござんしょう」

　すると御隠居様は、辻の後先を窺いましての、ひとけのないことを確かめてから、杖にすがって私《あつし》の鼻先に屈みこまれやした。

「親は子に苦労をさせねばならぬ。しかし、子が親に苦労をかけてはならぬそうじゃ。わしはその理を理と思うて、厄介になることとした。老い先短い身じゃが、何かと役にも立とう。ご先祖様をお護りもできよう。これより東本願寺《おひがしさま》に参って、御仏様に的矢家の保たれたる果報の御礼をいたす」

「御隠居様。私《あつし》のおつむじゃあ、何が何やらさっぱりわかりやせん。たしかに理の理にァちげえねえが、いってえその立派な理をどなたがおっしゃったんで」

　すると、御隠居様はにべもなく、きっぱりとお答えになりやした。

「的矢六兵衛がさよう申した」

　わかりますかえ、旦那。今しがたおまえ様が御玄関で出会った御隠居様と大奥様は、そのお二人でござんす。

　さて、おかげさんで胸のつかえもおりた。

　私《あつし》の知る事の顚末てえのは、まあそんなところでござんす。

　もっと、とせがまれたって困る。だってそこから先は、べつだん変わった話もねえのだ。先《せん》のご家族と今のご家族が入れ替わっただけ、節気を分ける節分の翌る朝に、次の季節がやってきたんだと思えばよござんしょう。

給金ですか。へい、それも一両から三両に上げていただきやしてね。おまけに、晩飯にはきっと一合の燗酒が付きやすんで。

今の奥様はおおらかなご気性で、細けえことはおっしゃりません。使用人も増えて、気心の知れたおかねが女中頭になったから、いよいよ働きやすい。そうこう思えば、大きな声じゃあ言えねえが、あの節分の晩はまったく「鬼は外、福は内」でござんしたよ。

ああ、そうだ。ちょいと変わったところと言やァ、御屋敷に馬を飼うようになりやしてね。それまで物置になっていた御厩《おうまや》に、百貫目もありそうな黒鹿毛の馬を養うようになった。むろんご登城の折は、そいつに跨《また》がってお出ましでござんす。自慢じゃあねえがうちの御殿様は、剣術ばかりじゃあなくって馬術もお得意だ。槍持の槍だってお飾りじゃあござんせん。そんなこんなだから、お勤めぶりだってさぞかしお手本でござんしょう。

御城中にお座りになったまんま、梃《てこ》でも動かねえって、そりゃあ旦那、うちの御殿様がおかしいんじゃあなくって、ほかのみなさまがお勤めを忘れてらっしゃるんじゃあねえんですかい。

私《あっし》ら奴《やっこ》だって、御門番に立つときァじっとして動かねえのが本当なんだ。口だって利いちゃなりません。出来の悪い奴《やっこ》は辛抱たまらずに歩き回ったり、無駄口を叩いたりいたしやんす。

ともかく、的矢六兵衛様は非の打ちどころのねえ、立派な御書院番士だと思いやすぜ。ことのよしあしを数の多寡で決めるてえんなら、困った侍だてえことになるんでしょうけれど、そのあたりをもういっぺんお考えになったらいかがでござんしょう。

あ、奥様がお呼びだ。殿様が御城でご勤番中と知ったら、さぞかしご安心なさるだろう。

ちょいとお待ちになっていて下せえましよ。いかに手代りがいねえからって、着たっきりのご勤番じゃあお気の毒だ。お着替えと褌《ふんどし》をお持ち下さりゃあありがてえ。

十三

「褌かよ……」

勝安房守は寝不足で兎のように赤くなったまなこをしばたたかせて呟《つぶや》いた。

「そうした次第ゆえ、女房殿に是非にもと頼まれれば、いやとは言えますまい。六兵衛も座りこんでから、はや十日を過ぎます。もともとが居ずまいのよい侍のようですから、気の毒といえば気の毒」

六兵衛の妻から托された風呂敷包みには、上等の小袖と羽織袴の一揃いに加えて、襦袢《じゆばん》と褌が幾枚か添えられていた。

「しかしよォ、福地君。着替えをさせて居ごこちよくしちまうというのは、敵に塩を送るようなものじゃあないかね」

「いや、武士の情のうちかと」

安房守は首筋に手を当ててしばらく考えるふうをしたが、やがて妙案を思いついたように顔を上げた。

「よし。ならばついでに、風呂に入れるってのはどうだい。きれい好きの侍ならば、汚れた体にまっさらの褌を締めたくはなかろう。あんたはどうか知らんが、江戸ッ子の俺はそう思うぞ」

なるほど、これは妙案である。福地源一郎は長崎の生まれだが、父親は医者であるから身体の衛生にはすこぶる厳しく躾《しつ》けられた。江戸に出てからも風呂や行水は欠かしたためしがない。

西の丸御殿には勤番者のための湯屋《ゆうや》があった。中之口のさらに奥、防火のために別棟となった蔵のような湯殿である。

同じ褌を十日も締めていれば、六兵衛も内心は辟易《へきえき》しているであろう。奴《やっこ》の新助の曰《いわ》く「非の打ちどころのない立派な御書院番士」ならば、風呂を勧められて動かぬはずはない。その留守の隙に大広間の帳台構《ちょうだいがま》えを封じてしまう、というのはどうだ。

源一郎がにんまりとすると、安房守も笑い返した。考えていたことは同じと見える。

「加倉井さんは名簿作りにてんてこ舞いらしい。あんたひとりで片付ければ、恩を売ったことにもなる。手柄を立てたまえ」

「かしこまりました。吉報をお待ち下さい」

源一郎は御用部屋を出て大広間へと向かった。六兵衛の女房に托された風呂敷包みは、湿気を吸うて重みを増したようである。いまだ昼八ツというに、御廊下は真夜中のように暗かった。

的矢六兵衛は相も変わらず、武者隠しの中にかしこまっていた。面白くもおかしくもない顔を外に向け、御庭先にそぼ降る雨を見つめている。

「おぬしが西の丸にいると聞いて、嫁御殿はほっとしておられたぞ。まったく、勝手な男よのう。何のためにこのようなことをしておるのかは知らぬが、家族は気が気ではあるまい。さて――嫁御殿より着物を預って参った。おい、お愛想のひとつぐらい言うたらどうだ。この雨の中を、なにゆえ拙者がおぬしの褌を運ばねばならぬ」

下段の間に座って、持ち前の大声早口でそう言うと、むろん当の六兵衛は馬の耳に念仏なのだが、御玄関のほうから野次馬どもが寄ってきた。

源一郎は小十人組《こじゅうにんぐみ》の番士を手招いた。ところが気位の高い御旗本は知らんぷりをする。かわりに官軍の添役が走り寄ってきた。できることならこやつらの手は借りたくない、と思いもしたが、御番士どもは役立たずである。

源一郎は田島小源太の四角い顔を招き寄せて囁いた。

「六兵衛を動かす。手を貸せ」

「いや、力ずくはなりませぬ」

「わかっておるわい。拙者が口だけで動かしてみせるゆえ、手を貸してほしいのだ。あの小十人組のやつらは、口先ばかりで何もしようとはせぬ。おぬしら尾張衆のほうが、ずっと頼りがいがありそうだ」

「お頭を差しおいて、勝手な真似はできませぬ」

加倉井隼人といい、この田島小源太といい、尾張衆は融通がきかぬようである。

源一郎は苛立った。

「加倉井さんと拙者は、安房守様より同じお下知《げじ》を賜っている。それでよかろう」

「かしこまりました」

今度は呆気なく了簡した。融通がきかぬわりには、さして深慮もないというのも尾張衆の気性なのであろうか。御三家筆頭の大納言様が寝返ったのもこのご気性ゆえか、と源一郎はふと思った。

それは、まあよい。

「作事方《さくじがた》に走って、道具を調達して参れ。金鎚と釘——あ、いやそれはまずい。膠《にかわ》じゃ。引戸をぴたりと封印する膠を持ってきてくれ」

「承知いたしました」

小源太が立ち去ると、源一郎は肚《はら》を括って上段の間に上がった。畏れ多い限りではあるが仕方がない。

「さあ、六兵衛。まっさらの褌じゃ。一ッ風呂浴びて着替えるがよい」

的矢六兵衛の太い眉が、ぴくりと蠢《うごめ》いた。


加倉井隼人は西の丸勤番者の名簿作りに追われていた。

御城明け渡しのための勅使ご到着が四月四日ならば、三月の晦日《みそか》か四月の朔日《ついたち》には御先手《さきて》が入城するはずである。だとすると余すところ十日足らず、その間に人名役職はむろんのこと、引き渡す武具調度品に至るまで調べ上げようというのだから、考えただけで目の前が暗くなる。

尾張屋敷にある土佐の乾退助は、「人は奥女中御坊主までひとり残らず、物は矢の一筋、器の一椀に至るまで」と命じた。ところが勝安房守に言わせれば、「人はだいたい、物はあてずっぽうでよい」そうである。

城を引き取る側と明け渡す側では、当然そうした理屈になる。あるいはご両者の気性のちがいとも思える。

しかるに隼人は、おのれがどちらの立場にあるのか、よくわからぬのである。体は官軍、心は徳川、とでもいうべきか。そこで、この際はおのれの気性に忠実たらんと決めた。すなわち「できるところまでやって帳尻を合わせる」。いかにも尾張流である。

配下の中から役に立ちそうな者を十人ばかり選んだが、まるで手が足らぬ。さらに五人を抜いて、尾張衆は半々となった。つまり残る十五人は従前通り御玄関の遠侍《とおさぶらい》に詰め、昼夜わかたず諸門や殿中の警戒にあたるのであるから、これはこれで手一杯の忙しさであった。

しかし乾退助に向かって、「勅使をお迎えする仕度は、拙者ひとりにて十分」と大見得を切った手前、けっして弱音は吐けぬ。ましてや襖一枚を隔てた両隣りの座敷には、仕事など何もせぬ御目付と御使番《おつかいばん》が聞き耳を立てている。あてがわれた御用部屋は、一日で戦場のごとき有様となった。

内庭に長雨の降る夕七ツ、田島小源太があたりを憚《はばか》るように、そっと障子を開けた。

「お頭、ご注進――」

小源太が囁《ささめ》けば、たちまち両隣りの襖に耳が張りついたような気がした。隼人は帳面と紙屑の戦場を膝で漕いでにじり寄った。

「何事じゃ」

「六兵衛が――」

「ややっ、ついに腹を切ったか」

両隣りの襖がぐいと撓《たわ》んだ。

「いや、風呂に入り申した」

襖の撓みが緩んだ。

こうした場合、おたがい武辺者の声は不都合である。囁けば囁くほど、あたりに通ってしまう。

「風呂、かよ」

「はい。先ほど福地様が――」

小源太の語った事の顚末に、隼人はなかば感心し、なかば呆れた。

下谷稲荷町の組屋敷からわざわざ着替えを持ち帰り、風呂に入っている隙に帳台構えを膠で固めてしまう。六兵衛の居場所がなくなる。その虚を衝いて説得し、御殿から追い出してしまおうというわけだ。

まこと妙案。いや、あまりにばかばかしい。

「して、六兵衛の様子はどうだ」

「久方ぶりの風呂はよほど気持ちよいとみえて、かれこれ小半刻も長湯を使うております。福地様のお指図により、湯はぬるめにしてありますゆえ、長湯の間には膠も乾くかと」

勤番者が湯屋を使うのは、泊番《とまりばん》明けの早朝六ツ半からと、本番が引き継ぎをおえたあとの暮六ツからなので、今の時刻ならばのびのびと独り湯を堪能できるらしい。

福地源一郎は周到に考えているのである。

長湯をすれば誰だって気が緩むというものだ。意固地もたいがいにしておくか、と弱気の虫が頭をもたげ、さっぱりとして戻った居場所が膠で封印されているとなれば、いよいよ心が挫《くじ》ける。そこで福地が弁舌もさわやかに説得する。実に「虚を衝く」のである。

これはあんがい行けるやもしれぬ、と隼人は思うた。

「よし、わしも加勢しよう。元はと言えばこの一件は、わしが安房守殿より託されたのだ。福地君に任せきりでは立つ瀬がない」

隼人は脇差を執って御用部屋を出た。石組に白沙《しらす》と青苔《せいたい》を配した内庭が、しとど雨に濡れていた。度重なる失火で曲輪《くるわ》内の御殿が次々と焼けてしもうたあと、仮殿として建てられたと聞くが、こうした坪庭の造作にまで風流をこらしているのはさすがであった。余計なことさえ言わなければ、やがて入城する御公卿様も官軍も、よもやこの建物が仮御殿だとは思うまい。

廊下をしばらく行って振り返ると、御目付と御使番が黒衣《くろご》のように後を追うてきた。彼らもやはり、六兵衛が気がかりで仕方ないのだろう。

この宏壮な御殿に勤仕《ごんし》する千人の人々の中に、的矢六兵衛の味方はひとりもいない。

暮六ツを告ぐる御太鼓が殿中に響き渡った。

常よりも低く、心なしかたるんで聞こえるのは長雨のせいであろう。

どこからともなく、御茶坊主の間延びした声が通った。

「ごほんばんー、おォ引ィけエー、シィーッ、シィーッ」

日勤の下番者は、静かにすみやかに退出せよ、という意味であろうか。今となっては勤番の割り振りもあるまいが、二百六十余年も続いたしきたりの止《や》まるはずもなかった。

加倉井隼人と福地源一郎は、大広間の下段の間に並んで座った。まるで上様のお召しに与《あずか》る気分だが、お出ましになるのは湯屋帰りの的矢六兵衛である。

湯上がりの六兵衛は、内廊下をたどって帳台構えに戻ろうとするが、杉戸はしんばり棒を掛けられたうえに膠で固められている。そこで大広間に回り、上段の間から腰高の引戸を開けて中に入ろうとする。しかしこれも膠付けでびくともせぬ。進退きわまったところを、二人して説得にかかる。長湯で心の挫けた六兵衛は、ついに城を去る――という寸法である。

大広間にあるのは隼人と源一郎だけだが、ぐるりを繞《めぐ》る入側《いりがわ》には野次馬が鈴生《すずな》りであった。上は御奉行様から下は御徒《おかち》衆まで、まるで芝居の大向こうさながらの立見である。

「おのおの方、見物は構わぬが私語は慎まれよ」

隼人は観客をたしなめた。あえて排除しなかったわけは、舞台を下がる六兵衛の花道を飾ると考えたからであった。これだけ衆目を集め、あまつさえ「的矢」だの「六兵衛」だのと大向こうの声でもかかろうものなら、いかな頑固者の役者でも堂々と花道を引くほかはあるまい。

六兵衛を待つ間、隼人はあれこれと説諭の言を考えた。ここまで追い詰めたのは源一郎の手柄であるから、その頭越しに物を言うてはなるまい。あくまで源一郎が同じ幕臣として理を説き、おのれは官軍将校として退出を命ずるのである。打ち合わせは何もないが、そのあたりは阿吽《あうん》の呼吸でうまく運ぶであろう。けっして悶着を起こしてはならぬ。すべては言葉による説得である。

大広間がほの暗くなっても、六兵衛は湯屋から戻らなかった。かわりに配下の伝令が来た。

「的矢殿はお髪《ぐし》をお洗いになられました由、髪を結うておられます。今しばらくお待ちを」

気勢が削がれる。長湯のあげくに髪を洗い、髷《まげ》を結い直すとは。

それからさらに小半刻の間、六兵衛は戻らなかった。待ちくたびれた野次馬どもも、あらかたは入側に座りこんでしもうた。

ふたたび伝令が来た。

「的矢殿、お戻りにござる」

大広間は静まり返った。どこかしらから、こらえかねた屁の音が聞こえたが、笑う者はなかった。

内廊下が軋《きし》んだ。六兵衛はしずしずと帳台構えの裏戸に向こうている。ごとり、と不穏な物音が響いた。しんばり棒を立てた戸は開かぬ。二度三度押し引きしたあと、物音は已《や》んだ。

何ごとかと考えているのであろう。やがて踵《きびす》を返したと見え、足音が内廊下を引き返していった。

隼人と源一郎は顔を見合わせた。目論見通りにことは運んでいる。

大広間をぐるりと巡って、六兵衛は表廊下に姿を現した。野次馬どもは畏れおののいて道を開いた。

隼人が六兵衛の立姿を見るのは初めてである。身丈は六尺の上もあろうか。野次馬どもに一頭抜きん出ている。着替えを納めた風呂敷包みを、小脇に抱えていた。

「たいがいにせよ、的矢殿」

「六兵衛、意固地は捨てい」

などなど、野次馬の中から声がかかっても、六兵衛はまるで聞こえぬふりである。

肩幅はむやみに広く、筋骨たくましい。これぞ御書院番士の手本と言えぬでもない。

髪は黒々と豊かで、剃り上げた月代《さかやき》が青かった。結髪には念を入れたと見え、大《おお》銀杏《いちょう》の元結はまばゆいほどに白い。藍の小紋に筋目の立った半袴をはき、羽織もおろしたてに見える黒の無紋であった。

四の間、三の間、と表廊下を歩んだあと、見物人の余りの多さに足を止め、六兵衛は迷う様子もなく三の間の畳を踏んだ。儀式の折には諸侯が列座する大広間の一角に歩みこんだのである。

「無礼ぞ、六兵衛」

「身のほどを弁えよ」

委細かまわず六兵衛は歩む。軋むような巨軀《きょく》が大股で近付いてくる。隼人と源一郎は思わず躙《にじ》り下がった。指矩《さしがね》で計ったように曲がると、六兵衛は上段の間に向き合うてかしこまった。

物は言わぬ。しかし誰の目にも、御座所に向こうて礼を尽くしているように見えた。

さて、いよいよである。頭をもたげた六兵衛は、いくらか申しわけなさげに腰を屈めて、上段の間へと上がった。もはや非礼を咎める声はない。

腰高の帳台構えの戸に手がかかった。動かぬ。びくともせぬ。長湯と結髪のおかげで、膠は固まっている。

間髪を入れずに、源一郎が言うた。

「卑怯《ひきょう》と思われるか、的矢殿。言い分あらばお聞きいたす。いかがか」

むろん答えるはずもない。六兵衛は無念の一語を顔に彫りつけたように、じっと蹲踞《そんきょ》している。

「しからば、聞き分けていただきたい。そこもとは幕臣の意地を通した。これにあるお仲間衆も、考えるところが多々あったと思う。もうよいではないか。けっしてお咎めはないゆえ、この足で御玄関を罷《まか》り出で、御自宅へと帰られよ」

的矢殿、六兵衛殿、と大向こうからやんやの掛け声が飛んだ。誰も責めているわけではない。この厄介者をどうにか追い出そうと、みなが声を上げているのであった。

的矢六兵衛は立ち上がった。掛け声はいや増し、拍手が湧き起こった。もう一押し、と隼人も励ました。

「ご立派ぞ、的矢殿。武士は引き際が肝心」

声は喝采の間隙をついて通った。そのとたん、下段の間に降りた六兵衛がふと足を止めて隼人を睨みつけた。

「余計なことを言うなよ、加倉井さん」

チッ、と舌打ちをして源一郎が言うた。羽織袴ではあっても、隼人が官軍の尾張衆であることを六兵衛は知っている。敵から「引き際が肝心」などと言われたのでは、気に障って当然であろう。失言であったか、と隼人は唇を噛んだ。

仁王立ちの姿からは、気の緩みなどいささかも感じられなかった。睨み合ううちにその顔にはいっそう気合いが漲《みなぎ》り、今にも風呂敷包みを投げ捨て、腰の脇差を抜いて斬りかかってきそうにも思えた。

来るなら来い。居合《いお》うてやる。抜きがけに股を斬り上げてやろうと、隼人は脇差の鎺《はばき》を緩めた。

そのとたんふいに、六兵衛の体から気合いが去った。唇をひしゃげて嗤《あざわら》ったようにも見えた。

六兵衛はふたたび指矩で計ったように横を向いてしもうた。こら、どこへ行く六兵衛。

思いも寄らぬ翻心であった。御玄関に向かうかと見えた六兵衛が、突然大広間を横切って御殿の奥へと足を進めたのである。

「待たれよ、的矢殿」

「戻れ、六兵衛」

隼人と源一郎は後を追うた。群衆も入側を押し合いへし合いしながら続いた。

六兵衛は歩む。悠揚迫らぬ巨軀の先に、自然道は開けた。侍は障壁に張りつき、御茶坊主は腰を抜かした。

大広間を繞《めぐ》る入側はやがてほの暗い廊下となる。つき当たりを右に曲がれば、諸大名の詰席である柳の間や雁《がん》の間、左に折れれば松の御廊下に続く。しかし六兵衛は正面の襖の前で立ち止まり、両膝を揃えて座った。

「帝鑑《ていかん》の間だ。くそ、今度はここに居座るつもりかよ」

源一郎が忿懣《ふんまん》やるかたなく言うた。帝鑑の間は「古来御譜代」の殿中席として知られる。すなわち三河以来の旧家の御殿様方が詰める広敷である。酒井、榊原、堀田、小笠原、松平の諸流等々、いずれも幕閣に参与する「御役筋」の大名が詰めるのであるから、すこぶる格式が高い。

無言のまま頭を下げ、六兵衛は襖を開けた。所作は礼節を弁えており、優雅ですらあった。

隼人は息を詰めた。古代の唐国《からくに》の帝王を描いた金襖が続っている。広い御中庭に面した襖は開け放たれて、たそがれの雨に濡れそぼった白沙青松が、これも襖絵かと見紛うばかりに静まっていた。

六兵衛はやや身を屈めて小走りに広敷を横切り、御庭を斜交《はすか》いに見るように座った。

源一郎が業を煮やして言うた。

「おうおう、湯上がりのほてった体には、さぞ気持ちがよかろうの。おい、六兵衛。おまえ、ここがどなた様の殿中席か知っておるのか。虎の間は御書院番の詰所ゆえよかろう。大広間の帳台構えも、武者隠しなのだからかまうまい。しかし、ここは御殿様と呼ばれる方々の詰席ぞ。それも、三河以来の御譜代様じゃい。たかが三百俵の御書院番、しかも銭金で株を買うた俄《にわ》か侍が、よくも大それたまねをするものだ」

「やめおけ」と、今度は隼人が源一郎をたしなめた。何を言うたところで始まらぬ。本日はこれまで、とばかりに野次馬どもは散ってしもうた。

この日から的矢六兵衛は、帝鑑の間に居座った。

十四

それから数日を経るうちに、加倉井隼人の帳面作りは挫折した。

十五人の尾張衆が昼夜兼行、不眠不休で働いた結果、どうにか目鼻はついていたのである。ところが三月も末になると、西の丸御殿に詰めていた役人たちが北の丸の田安屋敷へと移り始めた。かわりに御勅使を迎え入れるため、田安家の御家来衆が西の丸にやってきた。

ようやく半ばまで作り上げた名簿も、勤番者が入れ替わってしまったのではどうしようもない。

さらに四月に入ると、あろうことか大奥の引越しが始まった。静寛院宮《せいかんいんのみや》様が田安屋敷の並びにある清水屋敷に、天璋院《てんしょういん》様が城外の一橋御殿へとお移りになるという。おまけに西の丸の所蔵品は、必要な調度類を除いて次々と、浅草と本所の御用蔵に運ばれていった。

こんな話はまるで聞いていない。そこで怒り心頭に発して勝安房守に談判すれば、あっけらかんと返された。

「だから言うたじゃないか。人はだいたい、物はあてずっぽうでよいのだ。どだい天下の大事が予定通りに運ぶものかよ。それを杓子定規にやろうとしたあんたが悪い。そんなことよりなあ、加倉井さん。あの六兵衛を何とかしてくれ。表御殿のまんまん中にある帝鑑《ていかん》の間に、まさか閂《かんぬき》はかけられまい」

「しかし安房守殿。こうとなっては、だいたいもあてずっぽうもわかりませぬぞ」

「馬鹿だねえ、あんた。わからんことをだいたいとかあてずっぽうと言うのだ。おっかなびっくりで御城を引き取りにくる連中が、いちいち点呼をとると思うかね。弓が幾張、矢が幾筋なんぞと、勘定するものかね。それよりも六兵衛だ。そこにいるはずの者がいないのはかまわぬが、そこにいてはならぬ者がいるのはまずい。実にまずい」

「話にならぬ。拙者がこのところ、夜も寝ずに何をしていたか、知らぬ安房守殿でもござるまい」

「おいおい、俺は引越しの指図などしておらぬよ。その文句なら、御留守居様に言ってくれ」

そういうことか、といよいよ怒り心頭に発して御留守居役の御用部屋に向こうた。なるほど考えてみれば、西の丸御殿の仕切りは安房守の務めではない。

内藤筑前守は広い御中庭に面した柳の間の広座敷を詰所としていた。隼人が入城した折に、西の丸大手御門まで出迎えてくれた、あの白皙《はくせき》の旗本である。

「これはこれは御使者殿。多忙にかまけてご無沙汰いたしおります」

柳の間に招じ入れるなり、隼人を上座に据えて筑前守は言うた。

慇懃《いんぎん》無礼とはまさにこのことであろう。齢は若いが、公方《くぼう》様ご不在の折の江戸城総支配である。いかに謙《へりくだ》ろうと、毛並みのよさが物言い物腰からにじみ出ている。

かつては諸大名の殿席のひとつであった柳の間の空気も、自然になじんでいるのである。情けないことには、慇懃無礼と思いつつも隼人の怒りは挫《くじ》けてしもうた。

筑前守の背うしろには、屈強な二人の番士が控えていた。御留守居様に無礼は許さぬ、という気魄《きはく》が伝うてきた。

忿懣《ふんまん》というより愚痴のような隼人の話を黙って聞いてから、筑前守はたいそう慇懃に言うた。

「お怒りはごもっともでござるが、御城明け渡しのご勅使をお迎えするは、徳川宗家をお継ぎになられる田安亀之助様とご後見役のお父君、よって役人と田安家のご家来がそっくり入れ替わるは当然にござろう。大奥のお引越しもむべなるかな、武具調度類は徳川家の蔵せるお宝にござれば、御城もろとも引き渡すものではござりますまい。御使者殿がさなるお務めをなさっていたとは露知らず、不手際はお詫びいたしまする」

むろん頭を下げるわけではなかった。さて、言い返す言葉もなし、ここはくたびれ儲けということで不本意ではあるが、いいかげんな帳面をこしらえるほかはなくなったようである。

「ご多忙中、煩《わずら》わしいことを申し上げた。ごめんつかまつる」

席を立とうとすると、やにわに尖った声がかかった。

「待たれよ、御使者殿」

筑前守は御中庭に面した入側《いりがわ》に躙《にじ》り寄ると、青柳の図を描いた襖を開けた。番士が両側から手を添えれば、たちまち白沙青松の御庭が一面に豁《ひら》けた。

「あの者を、いかがなさるご所存か」

斜向かいの帝鑑《ていかん》の間に、ちんまりと座る的矢六兵衛の姿があった。まるで雨上がりの風流でもするように、御庭を眺めて動かない。

「あればかりは、御勅使様に訊ねられても返答のしようがござるまい。何とかなされよ」


その夜、散らかった御用部屋に床を敷いて泥のように眠りこけていた加倉井隼人は、龕灯《がんどう》の光に目を射られてはね起きた。

とっさに脇差の柄に伸びた手を、押し潰すようにとどめたのは福地源一郎である。

「あわてるな、刺客じゃあない」

「この夜中に何の真似だ」

「組頭《くみがしら》の居場所をつきとめた。これから夜討ちをかけて連れてこよう」

両隣りの襖ごしに人の気配がした。例によって御目付と御使番が聞き耳を立てているのである。隼人は源一郎を蒲団の中に引きずりこんだ。

「組頭とは誰のことじゃ」

「決まっておろう。御書院番八番組の御組頭、秋山伊左衛門じゃい」

聞き憶えのある名前である。さして考えるまでもなく、組付与力の忌部新八郎の話に登場した、的矢六兵衛の上司だと思い当たった。

「連れてきてどうする」

「そりゃあ君、組頭が下知《げじ》すればいやとは言えまいよ」

「それほど簡単な話とは思えんがの」

「いや、六兵衛はそれを待っているんじゃないのか。ちりぢりになってしまった御書院番のていたらくに業を煮やしてだな、御組頭なり御番頭《ごばんがしら》なりを連れてこい、筋を通せば下城してやる、と」

なるほど、それが六兵衛の肚《はら》のうちならばわからぬでもない。はっきりとした目的がなければ、人間はああまで意固地にはなれぬはずである。

「明くれば四月二日、四日には御勅使がおいでになるぞ」

「知っているわい。だからこそ明日中に秋山から説得させる。どうだ、これは最後の一手だろう」

「で、その御組頭の居場所は」

「それがよォ、八番組がばらばらになっちまったのをこれ幸いと、浅草は今戸町の妾宅に穴熊を決めこんでいやがった」

ほう。何とも情けない話である。

「そんな穴熊を、よくもまあ見つけ出したな」

「なになに、べつだんお尋ね者を探すわけでもない。武家屋敷の奉公人は、金を摑ませれば何でもしゃべる」

源一郎は西洋流の瓦版を、「新聞」と名付けて刷り出そうとしているのである。これくらいの探索などわけもあるまい。

上司による説得。これはあんがいいけるやもしれぬ。武士の勤番は常に戦場の掟に従うて上意下達、順序を弁《わきま》えず上司の頭越しに物を言うたり、他《はた》の者が横槍を入れたりするは禁忌とされる。その伝でいうなら、的矢六兵衛は上司たる御組頭の下知を意固地に待っているのではあるまいか。

「よし、行こう。たしかに最後の一手じゃ」

蒲団をはねのけて、隼人は出仕度を斉《ととの》えた。おそらく「最後の一手」などではない。六兵衛は組頭たる秋山伊左衛門を連れてこい、と暗黙のうちに言うているのである。

隣り座敷の襖が少し開いて、御目付が声をかけてきた。

「加倉井殿。この夜更けに、どちらへ」

「どこへ参ろうとそこもとの知ったことか」

「それを知るが目付の務めにござるよ」

「腹がへってかなわぬゆえ、濠端の夜鳴きそばを食いに出る。御留守居役にはさようお伝えなさるがよい」

このごろ気付いたのだが、どうやら両隣りの御目付と御使番は、御留守居役に命じられて隼人を監視しているらしい。しかも彼らは、御城を明け渡さんとする勝安房守を快く思うてはいない。

「のう、本多殿――」

隼人は袴を着けおえると、襖ごしに本多左衛門の姑息《こそく》なまなざしに向き合うた。

「御城明け渡しに文句があるなら、弓矢にかけて戦えばよかろう。そう難しい話ではあるまいぞ。拙者と安房守殿を血祭りに上げて、上野のお山の脱走どもを迎え入れればよい」

鼻先で襖を閉め、隼人は御用部屋を出た。西の丸御殿は真の闇である。源一郎のかざす龕灯の光が足元を舐める。ふと思いついて隼人は言うた。

「帝鑑の間に立ち寄っていこう。六兵衛には心構えをさせておいたほうがよい。どうやらこれは最後の一手などではのうて、六兵衛の真意らしい」

廊下は悪い夢の中のように、涯《はて》もなく続いた。二百六十余年の歳月が澱《お》り嵩んだ、漆黒の闇である。

「夜分、お邪魔いたす」

御廊下にかしこまって、隼人は襖ごしに声をかけた。傍目《はため》に触れぬこの奥座敷ならば、さしもの六兵衛も横になって寝ているであろう、と気遣ったからであった。

「ちと、よろしいか、的矢殿」

源一郎もやさしげに言うた。むろん答えはない。身繕いをする気配もなかった。

二人は帝鑑の間の大襖を開けた。的矢六兵衛は広敷のただなかに、すっくりと背を伸ばして座っていた。膝前の一間先に、いかにも御茶坊主がおそるおそる据えたような手燭があって、金襖を繞《めぐ》らせた広敷はほの明るい。

襖絵は唐国《からくに》のいにしえの帝王が征戦の図である。帝鑑の間の名はこれにちなむ。六兵衛は紅旗を翻して山川を跋渉《ばっしょう》する行軍図を、じっと見つめていた。

そのまなざしを追って、隼人も襖絵に目を向けた。干戈《かんか》の響きや馬の嘶《いなな》きや、軍兵の勝鬨《かちどき》が今にも聞こえてくるようである。六兵衛はまばゆげに目を細めて、その雄渾《ゆうこん》な軍行を遥かに眺めているかのようであった。

隼人は改まった口調で言うた。

「これよりそこもとが上司、御書院番八番組頭、秋山伊左衛門殿をお迎えに参る。上意下達を旨とする御番士ならば異存はあるまい」

六兵衛の横顔が、然《しか》りと肯いたように思えたが気のせいであろうか。

余分は言うまい、と隼人は思うた。先立っての「帳台構《ちょうだいがま》え膠《にかわ》張り」の場では、余分を言うたがゆえに六兵衛の気を損ねたのである。ここは下城の心構えをさせておくだけでよい。

帝鑑の間の襖を閉めると、二人はしてやったりという気分で御玄関へと向こうた。

「六兵衛は肯いたの」

「え、そうか。僕にはそうとも見えなんだが」

「いや、肯いた。やはりはなからそれが目的であったと見た。おぬしにはわかるまいがの、武士というものは本来、上司の下知なくば動いてはならぬのだ。あるいはその道理にかこつけて、腰抜けの組頭に文句をつけるつもりやもしれぬがの」

歩みながらしばらく考えるふうをし、源一郎は「ほう」と納得した。

寝ずの番から刀と提灯を受け取り、二人は御玄関を出た。二重橋から見はるかす江戸の夜空は満天の星である。

十五

おお、おお。御城からの御使者と申すから、すわ何ごとぞと思うて出てみれば、たかが通弁《つうべん》と尾張の御徒《おかち》ふぜいがどの口でわしに物言う。無礼にもほどがあろうぞ。

よいか。いかに世が乱れようと、上下《しょうか》の分別というは大切じゃぞ。弁《わきま》えておらぬなら教えておくが、御書院番組頭と申すは五十の番士を率いて上様の御本陣をお護りする、旗本中の旗本じゃぞい。

——と、大見得切ったところで始まるまいな。妾宅までつきとめられたとあっては、甚だ面目次第もござらぬ。穴があったら入りたいわい。

もはや逃げも隠れもいたさぬ。たしかに拙者は、御書院番八番組組頭、秋山伊左衛門でござる。生年は文化末年寅《とら》の歳、すなわち齢《よわい》五十の老役でござるが、まあかようなご時世に家督を譲るもいかがなものかと思うての、いまだお務めをいたしおる次第じゃ。

家族は下総の采地《さいち》へと帰した。しからば拝領屋敷にひとりぽつねんと暮らすも不自由であるからして、この今戸町の別宅におる。

何じゃいおぬしら、その顔は。上様の警護もせず、脱走もせず御城にも上がらず、こうしてじっとしておるは不見識と申すか。

ならば訊ねよう。すでに大政は朝廷に奉還され、幕府も将軍家ものうなった今、なにゆえ先の上様をお護りせねばならぬのだ。ましてやこの正月の鳥羽伏見の戦においては、多くのお仲間衆を戦場にうっちゃられて逃げ帰ってしまわれた御方に、今さら何の忠義だてをする。

しからば脱走か。まあ、きゃつらの気持ちはわからぬでもないが、この齢になって意地の戦をする元気などないわい。よしんば気概はあるにせよ、足手まといになるばかりじゃろうしの。

御城で従前通りのお務めか。この際それが最も然《しか》るべき行いとは思うが、御番《ごばん》頭《がしら》様はまっさきに行方しれずとなってお下知《げじ》はなく、むろんこの白髪頭を下げて官軍を迎えるなど、まっぴらごめんじゃわい。

そこで八番組は、おのおの思い思いにいたせ、信ずるところを全うせえ、ということにした。ほかに何か妙案でもあるかね。仮にわしの一存であれこれ申し渡したとしても、結果は同じじゃろう。

よって、的矢六兵衛が御城内にあるは、少しもふしぎではない。あやつは信ずるところを全うしているのじゃ。

信ずるところとは何か、と。ふん、知るものか。

なるほど。話のあらましはわかった。

上意下達は武士の掟ゆえ、組頭のわしが命じねば的矢六兵衛は動かぬ、と。道理じゃの、それは。

そもそも幕府の「幕」とは帷幕《いばく》陣幕の謂《いい》じゃによって、戦場における陣営を指す。「府」は政庁ゆえ、「幕府」は「軍政」そのものの意味になるの。

軍命というは、おぬしらの申す通り頭越しも横槍も許されぬ。下知を承る上司はひとり、そうでなければまともな戦はできぬ。

組頭のわしに下知するは御番頭様ひとりで、御番頭様に下知なさるは月番の若年寄様、よってこのわしが若年寄様から何かを言いつかるということはない。むろん八番組の番士五十人は、組頭たるわしが動かす。

武士道と申すは常在戦場の心がけであるからして、天下泰平の世となってからも、幕府はこの上意下達の法を頑《かたく》なに守ってきた。

待て、待て、話はみなまで聞け。

わしはたしかに的矢六兵衛の上司だが、西の丸に上番せよなどと命じてはいないぞ。だとすると、下番を命ずるというのもおかしな話ではないか。考えてもみよ、わしは「おのおの勝手にいたせ」と言うただけで、その通り勝手をした者にしてみれば聞く耳持つまいよ。

ややっ、無責任とは心外な。それを言うならわしなどではなく、もっと上に言え。よいか、上意下達のてっぺんはどなたじゃ。ほかならぬ上様でござろう。ところがその御方は寛永寺にてご謹慎中、跡目に立たれるは御齢わずか六歳の田安亀之助様じゃ。言うだに畏れ多いが、まずこうしたてっぺんの有様が無責任であろう。どちら様もご上意など、お口に出せるはずはないのだ。

御老中はこの二月のうちにみなさま職を辞してしまわれた。若年寄はただいま今川刑部大輔《ぎょうぶのたいふ》様ただおひとり、しかるにこの御方も高家《こうけ》兼帯《けんたい》じゃによって、御勅使をお迎えするためだけのお役目であろう。そのうえ御番頭《ごばんがしら》様まで行方しれずと相なれば、どうして一介の組頭にすぎぬわしが、無責任と譏《そし》られねばならぬ。よいかね。五十人の番士に何を伝えたくとも、上意がないのだ、上意が。ならばわしは何と言えばよい。

「おのおの思い思いにいたせ。信ずるところを全うせえ」――早い話が、「勝手にいたせ」じゃ。

まあ二人とも、茶でも喫《の》んで気を鎮《しず》めよ。

妾宅なんぞと言えば人聞きも悪いが、どうじゃ、よい隠れ家であろう。

大川を渡る川風がここちよく、危急の折にはすぐそこの竹屋の渡し場から、向こう岸へと逃げられる。一昼夜を歩き通せば、父祖代々が差配する下総の采地じゃ。

卑怯《ひきょう》。ホホッ、何とでも言え。しょせん卑怯者ばかりの世の中ではないか。

稲荷町の組屋敷まではちと遠いがのう。しかし待乳山《まっちやま》の聖天《しょうでん》様から浅草寺の境内を抜け、東本願寺、新寺町、と歩めばわけはない。何よりの好都合は、その道中ならどこで誰と行き会おうが、墓参りだの願掛けだのと言える。もっとも、信心だの孝養だのというけっこうな心がけは、これっぽっちも持ち合わせてはおらぬが。

わしの仏はの、ほれ、このおなごじゃて。

もとは采地から奉公に上がっておった娘じゃが、この天下一品の器量よしを誰が放っておくものか。ここに囲うてからは、新吉原の師匠について茶の湯も三味線も謡《うたい》も習わせておる。ほんの小娘をこうして一丁前のおなごに仕立て上げるというは、まこと風流のきわみじゃぞい。

さて、さなるわけであるからして、あいにくじゃがそこもとらの申し出には添いかねる。的矢六兵衛がどうこうではない。この期に及んで登城するなど、まっぴらごめんじゃ。

しかしそれにしても、苦労な話よのう。

こちらの加倉井殿は、官軍からのお達しで誰よりも先に物見《ものみ》の入城。まったく、命がいくつあっても足らぬお役目じゃな。

そちらの福地殿は、勝安房守様との腐れ縁か。通弁は馬鹿には務まらぬゆえ、無体なお役をおっつけられる。人材不足のご時世にはもってこいというわけじゃ。

さような二人の若者に、無駄足を踏ませたとあっては気の毒ゆえ、的矢六兵衛については知る限りをお話しいたそう。夜明けまでにはまだ間があるしの。そのかわり、わしの所在は――シッ、これじゃぞ。

的矢家が火の車であることは、かねてより知っておった。もっとも、旗本御家人はどこの御家も事情は同じじゃ。しかるに、長い付き合いの札差《ふださし》や商人《あきんど》ならば、ないならないで話は通じる。父祖代々、ずっとそうした付き合いを続けて参ったのじゃからの。

さよう。すでに聞いておるのか。もとの的矢六兵衛は、こともあろうに悪い高利貸しに嵌《は》まったのだ。

あの淀屋《よどや》という金貸しは、ただものではないぞ。この数年来、とみに盛んな御家人株の売り買いには、あらかた淀屋が加担している。あれは上方から商いを伸《の》してきたのではなく、薩長の回し者ではないかとのもっぱらの噂じゃ。

いや、噂とばかりは言いきれまいて。七十俵五人扶持《ぶち》の御徒《おかち》衆の株ならいざ知らず、格式ある御書院番士の家を乗っ取ろうなど、誰がまともに考えようものか。

商人ならば、何をするにつけても算盤尽《そろばんず》くであろう。しからばこの話が、算盤に合うと思うか。幾千両もの銭が動く。もし咎められようものなら、御家お取り潰しのうえすべては水になる。淀屋は家財没収、お縄を打たれて小塚ッ原に首を晒《さら》しても文句は言えまい。すなわち算盤に合わぬことをあえてするというは、何かしら他の目論見があるのではないかと思うた。

薩摩は砂糖の専売やら琉球貿易やらで、しこたま金があると聞く。ならばその金に飽かせて御旗本の株を買い、幕府を内側から切り崩してゆくという妙手を、考えぬでもあるまい。

何とも背筋の寒うなる話じゃの。あまりに怖ろしい想像ゆえ、そうは思うても口には出せなんだ。いちど御番頭様《ごばんがしら》が、酔うた勢いでその懸念をちらりと仰せ出されたためしがあったが、わしは笑うて往《い》なしたよ。

「ハハッ、ご冗談を申されますな。上方からぽっと出の商人は、幕府の御法を知らぬだけでござりましょう」

となっ。しかしそのときは冷汗をかいた。わしひとりの抱く懸念なら妄想とも思えようが、ふたりとなればたいがい真相であろうよ。ましてや御書院番十組を束ねる御番頭様、高《たか》四《し》千石《せんごく》、菊の間詰の御殿様の口から出た言と知れば、酔うた勢いとは申せ戯言《たわごと》であろうものか。

しからばなにゆえなおざりにしたか、と。

まあ、そう尖《とん》がるではない。おぬしらのような若僧には、何を言うたところで言いわけにしか聞こえまいがの、悪事と申すは暴けばよい、騒ぎ立てればよいというものではあるまい。

そもそももとの的矢六兵衛は、御書院番士の風上にもおけぬ柔弱な侍であった。それに較ぶれば、今の六兵衛は物がちがう。

畏れ多くも御城内帝鑑《ていかん》の間に居座っておる六兵衛を、わしが説得するなどまっぴらごめんじゃがの、けんもほろろにそう言うたのではおぬしらの立つ瀬もあるまいから、わしの知る限りを話して進ぜよう。

わしがあの侍に初めて出会うたのは、昨年正月の御番始《ごばんはじめ》の儀の折であった。

御城の新年は忙しいの。三が日は年頭の御祝儀《ごしゅくぎ》で、在府大名がこぞって上様に拝賀いたす。われら八番組は勤番に当たっておったゆえ、お出迎えやら接待やらにてんてこまいであった。

元日は御三家、御三卿から始まって、加賀宰相殿と譜代の諸大名。二日は国持ち大名以下、役付の御旗本まで。三日は無位無官の御殿様方や譜代旧家の御家老、江戸の町年寄なども参賀する。

その御祝儀が一段落すると、御書院門の渡櫓《わたりやぐら》にある御用部屋に十人の組頭が参集して、御番頭様から御盃を頂載する。而《しこう》して、わしは勤番中の配下を集め、御番始の儀をいたすのだ。

一年に再《また》なき年頭の儀式なれば、あだやおろそかにはできぬ。上様から若年寄様へ、若年寄様から御書院番頭《ばんがしら》様へと下げ渡された御盃を、組頭たるわしが配下の番士へと下げるのであるからして、恒例の行事ながら身も心も引き締まる思いであったよ。

さていよいよ儀式も始まらんというとき、遅れてやってきた番士があった。組頭たるわしがすでに着座したのちであったゆえ、無礼にもほどがあるが、今にして思えば初登城が正月祝儀とあっては、右も左もようわからなかったのであろう。

おや、と思うた。どうにも見憶えのない顔であったのだ。当日はよその組の御番始もあったゆえ、うっかり者が部屋をまちがえたのかと思うたが、それにしては物腰が落ち着いている。首をかしげて囁《ささめ》き合う周囲の者など、まるで意に介さぬというふうであった。

おぬしらのごとき軽輩にはわかりもすまいがの、御書院番と申すは旗本中の旗本、将軍家の御馬前を固むる騎馬侍じゃによって、何が起ころうとうろたえてはならぬ。そこで御番始の儀は、その者の正体などかかわりなく始められた。

御書院番士の職禄は一律三百俵高、盃事の順序は古い順じゃ。しかるに手狭な板敷ゆえ着席はいいかげんであったから、添役に名を呼ばれた者が人を分けてわしの前に出るという具合であった。

「次、的矢六兵衛殿」

「はっ」

名を呼ばれて立ち上がったのは、件《くだん》の侍であった。

ここだけの話じゃがの、わしはそのときとっさに、（うろたえるな、落ち着け）とおのれの心に命じたよ。

考えてもみるがよい。五十の番士と三十の与力同心を束ねる組頭ともあろうものが、配下の顔を知らぬなどあってはなるまいぞ。

むろん、的矢六兵衛は八番組の番士じゃ。わしが組頭となった時分にはご先代が現役であったが、ほどなく家督を譲られてかれこれ十五年もの配下なのだから、古手の番士というてよかろう。しかし、その的矢六兵衛とは似ても似つかぬ。

おぬし、尾張様の御徒組頭《おかちぐみがしら》と申しておったな。しからば多くの配下をお持ちであろう。もしあるとき、見慣れた配下のひとりが別人に入れ替わっていたとしたらどうする。何のお達しもなく、ある日まったく突然に、姓名もお役目も住まうところもそのまんま、顔だけが別人となっていたなら何とする。しかも、呼べば「はい」と答えるのだぞ。これほど気色の悪い話があるか。

さよう。まずは上司としての体面を保たねばなるまい。心は動揺しておっても、おのれはすべて承知しているごとくふるまわねばならぬの。

而《しこう》してわしは、見知らぬ的矢六兵衛に何ごともなきがごとく御番始の盃を下ろした。

「この一年、念を入れて務めい」

さすがに番士どもはどよめいておったな。しかるに組頭のわしがシャンとしておったゆえ、とりたてて騒ぎにはならなかった。

先にわしは、「悪事と申すは暴けばよい、騒ぎ立てればよいというものではない」と言うた。おぬしらはさなるわしを、無責任の卑怯者のと申すが、これでいくらかはわかったであろう。もし仮に、わしがあの満座の席で「おぬしは誰じゃ」などと言うたらどうなったと思う。

上司に問われて嘘はつけまい。黙りこくるか、ありのままを開陳するか。いずれにせよ居並ぶ御書院番士にはお仲間としての体面がある。罵り、責め、果ては刃傷沙汰に及んでもふしぎはあるまい。よってわしは、承知しているという顔をするほかなかったのだ。

それからの盃事を、わしはさっさと済ませた。一年に再《また》なき年頭の儀式なれど、心は天に飛んでしもうておったのだ。

狐につままれたようなここち――いや、ちがうの。さよう呑気でおられるものか。わしの配下に見知らぬ顔があり、的矢六兵衛と名乗りおるのじゃ。時は新年の御拝賀、ところは西の丸御殿、もし決死の覚悟で潜りこんだ長州の刺客であったら何とする。

そうしたことまで想像すると、相も変わらず元の席で、肩衣《かたぎぬ》の背中に旗竿でも立てたごとく堂々としておるその侍が、一騎当千のつわもののように思えてきた。

もとの的矢六兵衛は、柔弱きわまりない侍であった。たとえば年の瀬の夜更けに、手練《てだ》れの長州人が的矢の屋敷に忍び入り、一家皆殺しのうえ六兵衛になりかわって登城した、というのはどうだ。

正月の勤番は忙しい。日ごろから目立たぬ六兵衛がいなくとも気付かれぬであろうし、知らぬ顔のひとつふたつあったところで、よその組衆か手伝いの番方だと思うくらいのものじゃ。そうした間隙をついて、上様や幕閣のお命を狙う刺客が紛れこんでいたとしたらどうする。

しかし、さような悪しき想像はしても、けっして騒ぎ立ててはならぬ。そこでわしは添役に、腕の立つ番士を幾人か、的矢六兵衛を名乗るその侍に張りつけておくよう命じた。いかな手練れであろうと、城中での得物は脇差じゃ。六尺棒を握った番士に囲まれていれば暴れようもあるまい。

厄介なことに、話はまるで見えていないのじゃから、御番頭《ごばんがしら》様にお報せするわけにもゆかぬ。ほかの組頭にも言えぬ。とりあえずは謎の侍の動きを封じておいて、事実の詮索をせねばなるまい。

まずは組屋敷の両隣りの番士を呼んで訊ねた。二人はともに、暮の的矢家には何ひとつ変わった様子はなかったと言うた。八番組は少なからずが師走三十日から泊《とまり》番《ばん》ゆえ、年始回りも正月の勤番明けになる。歳暮のやりとりも常に変わりなくすませたし、二十九日の晩には威勢のよい豆撒きの声も聞こえたそうじゃ。

豆撒き。わしははたと思い当たった。豆撒きは年男の務めじゃな。もとの六兵衛は三十六であるはずはなく、四十八にはまだ間がある。だとすると、二十九日の追《つい》儺《な》の晩に的矢の屋敷で豆を撒いた番士がいるはずなのだ。

その者は桜内藤七《とうしち》と申して、翌《あく》る慶応三年に三十六となる卯《う》歳であった。わしの屋敷では天保十四年生まれの倅《せがれ》が豆撒きをいたしたゆえ、桜内はその一回り上じゃな。年も押し詰まって、明日からは総出で泊番という忙しい晩に、豆撒きの役など誰でもよかりそうなものじゃが、そうしたところは何につけても縁起かつぎの女どもがこだわる。

むろん家に年男がおれば、隠居であろうが子供であろうが自前で済ませる。しかるに卯歳生まれのおらぬ家、いたとしてもどうせ縁起をかつぐのであれば、現役の御殿様に撒いていただこうなどというわがままもおってな、その晩の桜内は肩衣を付け提灯持ちを従えて、稲荷町の大縄《おおなわ》地《ち》を走り回らねばならなかったらしい。

要するに桜内藤七は、物を頼まれて嫌と言えぬお人好しなのだ。

御番始は正月三日の夕刻であったか、あるいは四日の朝であったか、よう憶えはないがまあどちらでもよかろう。とまれ、年を越したとはいえ追儺の晩からは数日しか経っていないわけであるからして、近々の的矢家を知る者は桜内のほかにおるまい。

事が事であるだけに、なるたけ大げさにしてはならぬ。そこでたまさか虎の間に詰めておった桜内に声をかけ、裏の宿直《とのい》部屋に連れこんで内々に訊ねた。物を訊ねるというても、難しいぞよ、これは。組頭のわしの口から、「的矢六兵衛は顔が変わったようじゃ」などと、どう言えばよい。笑うな。無礼ぞ。

今となってはわしもこう軽々に語るがの、あのときは背筋が凍っておったのだ。刺客やもしれぬ、という想像も怖いが、的矢六兵衛という人物がふいに入れ替わったというふしぎのほうが、怖さかげんではずっとまさっていた。

障子のきわに差し向こうて座ると、桜内の顔も心なしか青ざめている。こやつは何かを知っている、と思うた。

「おぬしに折り入って訊ねたい」

そう切り出すと、まあふつうは「何なりと」と返すところだが、桜内は黙りこくって顔も上げぬ。日ごろすこぶる行儀を弁《わきま》えた者ゆえ、これはただごとではないと思うた。

「おぬし、的矢の屋敷にて豆を撒いたか」

桜内の肩衣の袖がびくりと震えた。

「はい。的矢殿のご妻女が拙宅に参り、年男がおらぬゆえよろしゅう、とねんごろに頼まれました」

「その女房殿に変わりはなかったか」

「変わり、と申されますと」

「……つまり、常日ごろの女房殿であったか」

「さようにござる。拙者の家内とは親しゅうしております。しばしばたがいに行き来いたして、茶飲み話などを」

「その奥方が、豆撒きを頼みに参ったのだな」

答えるかわりに、桜内藤七はゆるゆると顔をもたげた。好人物で律義者じゃが、あやつはけっして柔弱ではない。剣の腕前も組内では五本の指に入ろうという豪の者じゃ。その桜内が、面の中から睨み上げるようにわしを見つめた。

「もしや、御組頭《おくみがしら》様は承知の話ではない」

わしは黙って肯いた。すると、桜内の顔がみるみる障子紙のように白うなった。

それはそうじゃ、どれほど奇怪な出来事でも、組頭のわしが承知しておる話なら怖くはあるまい。むろんわしもそう思うたゆえ、知らんぷりをして六兵衛に盃を下げ渡したのだ。

「で、豆は撒いたのだな」

「はい、頼まれた屋敷をいくつか順繰りに回りまして、たいがい夜の更けたころに」

「して……」

「して、とは……」

「六兵衛じゃ」

「ああ……的矢殿は……」

話すほどに声がすぼんで、わしらは額のこすり合うばかりに近寄っておった。ごくりとかたずを呑んでから、桜内は言うた。

「あの侍ではござらぬ。いつも通りの的矢殿が、いつも通りに冗談を言いながら」

「家の者は」

「ご妻女、ご子息、娘御、ご隠居様と大奥様、みなさまいつも通りに」

「さようか。おぬしもさまざま気苦労であろうが、この件は問われても口外いたすな。的矢家にて豆撒きなどしておらぬことにせよ。よいな」

「かしこまりました」

そこまで囁《ささめ》き合うてから、わしらはスウッと額を離した。

その日はめでたき御番始ゆえ、組頭のわしは風折烏帽子《かざおりえぼし》に布衣《ほい》、桜内は肩衣半袴の仰々しい身なりであった。どうでもよいことのようじゃが、城中にある者がみな正装をこらしておるというは、それだけでのっぴきならぬ気が漲《みなぎ》っておる。笑うてはならず、冗談も言えぬ。

そうした気の中で降って湧いたる椿事じゃによって、わしはもう、頭がどうかなりそうであったよ。

御番頭《ごばんがしら》様にはお報せしたか、と。

いや、それはできぬ。御番頭様はわしひとりの上司ではない。御書院番総十組のお頭で、その日に十人の組頭が打ち揃うて新年の盃を賜ったばかりだ。御盃を布衣の懐に納めて退出し、おのが八番組の御番始を取り行うたところ、五十の番士の中に知らぬ顔があったなど、どの口が言えよう。

よいか。このごろの若い者は何でもかでもいちいち上司に報告せんとするがの、それは務めに熱心なのではのうて、不得要領と申すものじゃぞ。わしの若い時分には、たわいもなき話を上に相談しようものなら、是も非もなく叱りつけられたものだ。武士の心得は一所懸命、おのが持場はおのが力で守り通さねばならず、みだりに言挙げいたすは援兵を請うも同じ、と教えられておった。

しからばこの件は、わしの一存にて解明せねばならぬ。さてどうする、と考えるほどに頭の中は混乱をきたした。

ともかく桜内藤七の証言により、もとの的矢六兵衛は十二月二十九日の追儺の晩までは屋敷におり、見知らぬ六兵衛が年明けの御番始の儀に列した、ということはわかった。

混乱を抱えたまま桜内を従えて宿直《とのい》部屋を出ると、御書院番士が常の詰所とする虎の間じゃ。襖を開けたとたん、わしは烏帽子のかしぐほど驚いた。目の前に、あの男の広い背中があったのだ。

虎の間は御玄関近くの関所のようなところであるからして、表廊下に面して横長く、襖は常に開け放たれている。その段上がりの敷居ぎわに、あの侍がどっかと腰を据えていた。わしがひそかに命じた通り、六尺棒を手にした番士が左右に控えておるのだが、当の本人があまりにも見映えのする大兵ゆえ、何やら家来のように見えたものだ。

虎の間勤番は六人の番士が横一列に居並ぶ。無言にて前方の御廊下を注視することと半刻、しかるのち控えの六人と交代する。寝ずの番も頭数は同じじゃが、上番を一刻とし、控えの者は裏の宿直部屋にて仮睡を許されておる。

御殿の出入りについて実際に目配りするは、御玄関の遠侍《とおさぶらい》に詰める御徒衆《おかち》であり、その先の虎の間にある御書院番士は、いわば旗本の威を誇るが務めなのだ。すなわち、居ずまいを正しゅうして小動《こゆる》ぎもせぬ威風が肝要とされる。

　これはあんがいつらいぞよ。かく言うわしも、若い時分に呑気な部屋住みの身から召し出された折には、朝番の半刻、泊番の一刻が、半日か一日のように思えたものであった。

　そもそも人間は、眠っておっても寝返りぐらいは打つのだ。それを起きていながら目玉すら動かせぬというは、まことにつらい。与力同心の門番のほうが、よほどましというものじゃて。

　居眠りでもしようものなら屹度《きっと》叱《しか》り、それも三度に及べば職務怠慢の廉《かど》で御番御免を申し渡されても文句は言えぬ。番方が務まらずに小普請《こぶしん》入りなど、まず向後《こうご》一切、召し出しの声はかからぬと思うてよかろう。

　さようなつらいお務めじゃによって、前夜に酒を過ごした折などは、仮病を使うて欠番といたしたものじゃ。むろんそうした不届き者は多いゆえ、いつ何どき不意の上番となるやもしれぬのだが、そこはまあ相身たがいゆえいたしかたあるまい。

　幸いわしは御番頭《ごばんがしら》様のお引き立てがあって、組頭にまで立身いたしたがの、かつてはそうしたつらい勤番も果たしておったのだ。じゃによって、配下の不調法はよほど看過して参った。まずは総十組中の、一等甘い組頭であろうの。

　虎の間の御書院番士は、しょせん張子の虎よ。ならば他目《はため》のないときには、背を丸めるも首を回すもかまうまい。

的矢六兵衛を名乗るあの男はの、さようなわしの親心などどこ吹く風で、虎の間の敷居ぎわに威儀を正して座っておったのだ。

むろんそれは、本来かくあるべき勤番者の姿ではござるよ。しかしわしから見れば、どことなく片腹痛いではないか。御番士の名を騙《かた》る慮外者が、寛容なる組頭にさような当てつけをしておるのか、とすら思うた。

ほほっ、今も西の丸帝鑑の間で。黙りこくって小動《こゆる》ぎもせず。目に見えるようじゃわい。

さて、それからはどうであったか。なにぶん一年以上も昔の話ゆえ、思い出すにも手間がかかる。それも常の一年ではない。世の中がひっくり返ったあわただしき時の向こう側じゃ。

ああ、そうじゃ。三が日の祝儀もおえたゆえ、あの日はよその組に手代りをいたして、みな下城したのだ。雲の低い、雪もよいであったよ。

西の丸の大手前には、それぞれの番士の供連れが待っておった。旗本と名が付けば、御供なしのひとり歩きなど許されぬ。ましてや公務の往還に無僕などありえぬ。

そうは言うても、このごろはどこの御屋敷も物入りじゃでの、お定め通りの供連れは無理な相談じゃ。せいぜい郎党がひとりと中間《ちゆうげん》小者が二人、御番士も徒《かち》にて行き帰りするが当たり前となった。

むろんわしは馬に乗る。槍も立てる。布衣《ほい》千石高の御組頭ともなれば、いかな物入りでも体面は保たねばならぬ。

寒さも寒し、さっさと帰宅して遅ればせながら正月の祝儀をいたそうと思うて馬を乗り出すとな、夕まぐれの先に同じような供揃えの騎馬が見えた。馬の前には槍を立て、袴の股立《ももだ》ちを取った若党、挟箱《はさみばこ》持、草履取を従えた立派な供揃えじゃ。ハテ、いったいどなたのお帰りか、見知った御方ならば新年のご挨拶をせねばと思うて馬を急《せ》かせれば、挟箱なる御家紋は紛うかたなく丸に矢筈《やはず》ではないか。

よもや、とは思うたがその紋所を御城内にてほかに見たためしはない。馬上にすっくと伸びた後ろ姿も、あの侍にちがいなかった。

そのときわしは、妙に安堵したのだ。これほど目立つ行いをするというは、少くとも長州の刺客であるはずはないと思うたからの。では何者じゃ、と考えれば答えはない。さしあたり恐怖は去ったものの、ふしぎはいや増した。

ともかく向こうが的矢六兵衛になりきっているのなら、組頭のわしはそやつの馬の尻を舐めるわけには参らぬ。そこでいっそう馬を急かせて追い抜いた。抜きがけにわしの郎党が、「控えよ、御組頭様ぞ」と言うた。

一行はただちに歩みを止めた。主人は下馬し、郎党は片膝をつき、中間《ちゅうげん》どもは平伏した。不作法は何もなかった。若党はいつもの者で、撥鬢《ばちびん》の槍持奴《やっこ》にも見憶えがあった。つまり家来も奉公人も従前のまま、的矢六兵衛だけが入れ替わったことになる。ぞっと鳥肌立った。

正月の勤番は忙しい。その日はいったん屋敷に戻ったものの、形ばかりの祝儀を上げれば翌朝はふたたび上番であった。

なにしろ前年の夏には昭徳院《じゅうしだい》様突然のご不例、跡を襲《と》られた一橋卿の将軍宣下《せんげ》が師走五日、ほどなく先帝が崩ぜられるという大騒ぎじゃ。よって京大坂にも多くの人を出さねばならず、江戸表に居残ったわが八番組には過重なる勤番が強いられていた。

さなればなおさらのこと、この一夜のうちにあやつの正体を暴いておかねばならぬ。ふしぎをふしぎのまま曳きずって、ふたたび勤番につくなどごめんじゃわい。

金上げ侍。

ふむ。的矢家の噂は耳に入っておったゆえ、それは考えぬでもなかったの。じゃがしかし、よもやまさかと思うていた。
武士の家を御役もろとも銭金で買うなど、せいぜい御徒《おかち》衆か同心の話で、与力となれば聞いたためしもない。ましてや御書院番士は御目見《おめみえ》以上の旗本ぞ。

実を申すと、かつて御番付属《つけたり》の同心の家にそれらしきことがあった。それらしき、というのも妙ではあるが、要は表立っての売買ではなかったのじゃ。

件《くだん》の同心はいまだ四十の手前であったが、脚気《かっけ》を病んでお務めが十全に果たせぬゆえ、養子を得て家督を襲《と》らせたいと申し出た。子は幼い娘がひとりあるきりで、婿を取るには早い。ゆくゆくはそのつもりだが、とりあえずは兄と妹として先行きを見守りたい――と、まあ話の筋は通っていた。

ところが、いざその養子に会うてみると、どうにも親類縁者とは思えぬ。顔つきも科《しな》も商家の若旦那まる出しで、そのうえ養父とさして齢がちがわぬ。さりとて物言いをつける前に、すこぶる上等の土産物を頂戴したのでな、わが家もそう楽ではないゆえ、ここは万一の折に馘《くび》がかかっても仕方あるまいと思うた。

その後、養子縁組の御届けをすませ、新規抱入れの手続きもおえると、養父一家は房州にて脚気治療をするというて、いなくなってしもうた。

どうじゃ。それらしき話、であろう。実はどうなのかと詮索しても始まらぬよ。はたして家を売ったのか、あるいは裕福な入婿の持参金にて悠々自適に暮らしおるのか、判じようはあるまい。

しかしのう。的矢六兵衛の場合は、やはりよもやまさかと思うたよ。

御書院番士総五百家の中でも、まずあれほど筋目の正しい御家は珍しかろう。譜代の旧家も十幾代と続けば、主の出来不出来もあり、不運も災厄もあって、御番御免だの召放《めしはなち》だのと罰を蒙るも当然じゃ。慶長の昔より連綿と一統を継ぐ御家など、算《かぞ》えるほどであろう。

わしのよく知る的矢の御隠居などは、現役の当座いくらか酒が入ると、大坂の陣におけるご先祖様の働きぶりを、わが槍のごとくに語ったものであった。

気がかりはその御隠居であったな。

当代の六兵衛に家督を譲ってからはとんとご不沙汰であったが、わしは若い時分に世話を焼いてもろうていた。

先に申した通り、そもそもわしは御小性組与頭《おこしようぐみくみがしら》が家の部屋住み厄介であっての、父や兄がずいぶん苦心をして、この次男坊を御書院番士に押しこんでくれた。小性組と書院番は併せて「両番」と称するごとく同格じゃ。すると小性組与頭の分家が御書院番士として御番入りするは、あってもよかりそうな話じゃな。しかるに、養子に出すは不憫という親心から分家を立つるというは、御大名でもなかなか難しいぞえ。

そうした次第で、思いもよらぬ御番入りを果たしたわしは、お務めの右も左もわからずに往生したのだが、その折に御番頭《ごばんがしら》様の肝煎りで手取り足取りしてくれたのが的矢の御先代であった。

よもやとは思うが、老いの身を路頭に迷わせているのではあるまいか。あるいは奇怪な騒動に巻きこまれて、屋敷内に息をひそめておるのではないか。

そう思うと居ても立ってもおられず、むろんこの一夜のうちに事実を明らかにしておかねばならぬと思いもして、家族との祝儀をおえた暮六ツ半ごろであったか、提灯持の奴《やっこ》ひとりを供として的矢の屋敷へと出向いた。

そこもとらも武士ならば、上司が配下の家を訪《おとの》うなど、いかな事情でもありえぬと思うであろう。しかしのう、この事情ばかりはいたしかたあるまいよ。なにしろ、年が明けたらふいに配下のひとりが面相を変えていたのだ。交代したのではない。首が挿《す》げ替わった。

折しも稲荷町の大縄地《おおなわち》にしんしんと雪の降り積む、暗鬱な晩であったよ。

せめて先触れの使いを出すが道理かと思いもしたが、へたに身構えさせてもなるまい。さくさくと大縄地を歩み、みずから的矢の門を叩いた気分は、まるで夜討ちでもかけるようであった。

迎えに出たは若党であった。かねてより見知った者だが、もともと能面のごとき侍での、組頭の来訪はよほど意外のことであろうに顔色ひとつ変えぬ。さては、かくあらんと予測しておったのかとさえ思うた。

「汝《うぬ》が主人に取り次げ」とわしは言うた。ほかに言いようはあるか。

するとわ若党は、取り次ぐでもなくわしを玄関へといざのうた。的矢の屋敷はわしの拝領屋敷と遜色ないほど立派な構えじゃ。引き付けの庭には雪がうっすらと積もっており、玄関には新年の飾りが設《しつら》えられ、お対《つい》のぼんぼりが灯っていた。

「少々お待ちを」

若党は屋敷の闇に消えた。わしの供連れは提灯をかざしたまま雪の中で震えておったよ。寒いからではあるまい。おそらく奴《やっこ》どももこの変事には気付いており、狐狸物怪《もののけ》のなせるわざではあるまいかと怯えていたのだ。

正直を申すと、わしも怖ろしかった。狐狸物怪のしわざならまだしもましじゃ。人のしわざと思えばこそ怖ろしい。

待つでもなく、御隠居夫婦が来た。常に変わらぬその姿を見て、わしはホッとした。

「こちらからお年賀に伺わねばならぬところ、正月勤番の多忙にかまけてご無礼いたしました。だにしても、秋山の御殿様おんみずからお出ましとは、いかな急用にございましょうや」

御隠居はしらっとしてそう言うた。いかな急用、と言われても返す言葉はないの。ただでさえ、わしと御隠居は口の利きようが難しいのだ。上下《しょうか》の別は明らかじゃが、わしからすれば多年にわたり教えを賜わった、師傅《しふ》のごとき人であった。

御隠居の背うしろには、老いた妻女があった。この人もかつては、わしの女房に御書院番のしきたりや竈事《かまどごと》を教えてくれた恩人じゃ。しかし顔色に変わりはない。かざした手燭の炎さえも、揺らいではいなかった。

「六兵衛はいずくにある」

わしは言葉にきわまって、まっすぐに言うた。むろんその六兵衛とは、見知らぬ侍のことではない。倅《せがれ》の的矢六兵衛を出せと、わしは迫ったのだ。

「奥居にて、新年の祝儀をいたしおりまする。内々の儀にござれば、ご無礼ながら客間にてしばしお待ち下されませ」

夫妻の顔には、何ひとつ翳《かげ》りがなかった。ともに温厚な人柄ではあるが、まったく変事を嗅ぎ取ることはできなかった。

そこでわしは、おのれの頭がどうかなってしもうたのかと怖くなった。おぬしらにはまだわかるまいが、人間五十年の譬《たと》えの通り、そこまで齢を重ぬれば生き永らえても相当に老耄《ろうもう》する。膂力《りょりょく》は衰え、物忘れもひどくなる。もしやこの頭があらぬまぼろしを見、あまつさえそれを現実と信じて、ひとり狼狽しておったのではあるまいかと思うたのだ。あの侍はむろんのこと、番士どもの驚きも桜内藤七の言も、何から何までわしの老耄のなせるまぼろしであったとしたら、まちがいを起こす前に御役を返上せねばなるまい。

逃げてはならぬ、と思うた。この頭が呆《ほう》けたかどうか、今いちど的矢六兵衛に会えばわかる。

「しからば、待たせていただく」

わしは客間へと通った。かつて御隠居より訓導されおるころ、しばしば訪れた屋敷であった。それから三十年近くを経て、どこも変わらぬたたずまいが懐しくもあった。

八畳の客間にはすでに灯が入れられていた。わしを上座に据えて向き合い、御隠居は雪音を憚《はばか》るほどの静かな声で言うた。

「かようあわただしき世に、御組頭《おくみがしら》の大役をお務めになられ、秋山様もご苦労にござりますのう」

言葉に他意はあるまい。しかし、おのれの老耄を疑うていたわしの耳には、つらく聞こえた。

御小性組の部屋住み厄介が、同じ両番筋とはいえ御書院番に御番入りして、そののち組頭まで立身するまでには人に言えぬ苦労もあったのだ。父や兄には無理を言うたし、上司には媚びへつろうた。そのぶん、人品《じんぴん》も卑しゅうなったと思う。

このごろでは、なにゆえおのれは立身を望んだのかと、悔いることもしばしばじや。平番士のまま呑気なお務めをいたしおるほうが、よほど幸せであったとさえ思う。

そうした身のほど知らずの出世が、とうとうおつむに祟《たた》ってあらぬまぼろしを見たのかと思えば、目の前の師傅の声がつろうてたまらなくなった。

いつに変わらぬ的矢六兵衛が現れたなら、来訪の理由を何と言うべきかと心を悩ませた。

「お待たせいたしました」

廊下に艶のある声が通り、障子が慎ましやかに開いた。

「御組頭様には、新年早々とんだご無礼をいたします。なにとぞお許しを」

誰じゃ、この妙齢のおなごは。使用人でないことはひとめでわかる。わしはぎょっと目を剝《む》いておなごを見定め、それから御隠居夫婦を窺うた。

何とか言うてくれ。六兵衛の妻御とは似ても似つかぬではないか。やはりまぼろしではなかったのだ。このおなごは六兵衛を騙《かた》るあの男の妻にちがいない。

しかし、だとするとなにゆえ御隠居夫婦がこれにある。

わしはそのとき、あとさきかまわずに逃げ出そうと思うたよ。このままおれば、神隠しに遭うてどこか異界に搦《から》め取られてしまうような気がしたのじゃ。

じきに廊下を踏み鳴らす足音がし、六尺豊かなあの男が姿を現した。藍の小袖に折目正しき縞《しま》の袴を着け、紋付の羽織を着ておった。六兵衛のはずがない。しかし男はあくまで、的矢六兵衛としてふるもうていた。言いわけのひとつもないのだ。しばらく睨《にら》み据えたあとで、わしはとうとう辛抱たまらずに言うた。

「おぬしは誰じゃ」

居ずまいよくかしこまり、男はわしの胸のあたりに目を留めたまま唇だけで答えた。

「的矢六兵衛にござる」

「他《はた》をないがしろにするのもたいがいにせよ。今いちど訊ぬる。おぬしは誰じゃ」

「的矢六兵衛にござる」

地の底から湧いて出るような、低い声音であった。ほかには一言も、ウンもスンもないのじゃ。

「もし、秋山様——」

横合いから御隠居がにじり出た。

「めでたき年の始めゆえ、ふつつかながら御祝儀《ごしゅうぎ》をお納め下されまし」

若党が捧げ持ってきた三宝の上には——いや、饒舌が過ぎるの。このところ人と会うておらぬゆえ、どうにも口が軽うなっていかん。

餅じゃよ、餅。まっさらの奉書紙にくるんだ、持ち重りのする餅が五つ。時節がらさようにうまい餅を、食らわぬ口のあるものか。

千石取りの旗本ならば、さぞかし贅沢三昧をしていると思うであろうの。たしかにそれなりの体面はあるゆえ、着るもの食うものは上等じゃよ。だが、体面は道楽ではない。おしきせの着物を着て、あてがいぶちの飯を食うておるのは、上も下も同じじゃ。

男と生まれたからには、道楽がしたいのう。さりとて、勝手に使える金はない。五十俵百俵の蔵米取りなら、まだしもおのれの小遣ぐらい捻《ひね》り出す手もあろうが、知行取りとなるとそれもできぬ。采地の上がりは名主から家老へ、家老から女房へとめぐるばかりで、まとまった銭金などわしは見たためしもない。

わが家の場合は、帳付けを検《あらた》むることもないのだ。月の晦日《みそか》に女房殿と家老がやってきて、口先ばかりの報告をする。

「今月の竈事《かまどごと》は、おさおさ怠りのう」

「家宰《かさい》の儀、今月も相滞りなく」

「おまえ様にはご苦労な」

「家来一同に成りかわり、御殿様にご報謝奉りまする」

わしは応ずる。

「おのおの些事《さじ》にわたり苦労であった。よきにはからえ」

こうして見たためしもないわしの稼ぎは、どこぞに消えてゆく。

勝手に使える金といえば、いわゆる袖の下ぐらいのものじゃが、それとてこうまで世間が不景気になったのではなかなかありつけぬ。だいたいからして、市中の商人《あきんど》と付き合いのある御役方ならまだしも、わしら御番方にはそのような機会もないのだ。まあ、昇進やら御番入りやらの口利きに、御礼として頂戴するはした金がせいぜいというところじゃの。

よって、あの大枚五百両――あ、いやもとい、あの祝儀の餅には思わず手が出た。

多少の気がかりは、わしが独りじめにしてよいものかどうか、ということであった。しかし御隠居は、その懸念を見すかしたように言うた。

「御番頭《ごばんがしら》様には、拙家より別段お届けに上がりますれば、秋山様にはお気遣いなされませぬよう」

いったい的矢の家に何が起きたのかはわからぬが、委細はどうでもよい。御番頭と御組頭が諒《りょう》とするなら、通らぬ無理は何もないのだ。

さよう。おかげでわしは、この結構な別宅に妾を囲い、千石取りの贅沢が叶う身となった。

以来、的矢家と格別の交誼《こうぎ》はない。むろん御家の事情は知らぬままじゃ。知りたくもなし、知るつもりもない。

おぬしらはいったいわしから何を聞きたいのじゃ。顔付きを見るに、どうもわしを責めておるように思えるがの、話のどこに不都合がある。

よいか。もとの的矢六兵衛と申すは、おせじにも出来のよい侍ではなかった。武術はからきし、学問はない、日ごろは女房の尻に敷かれおるという噂で、取柄と申せば酒宴の座持ちがよいぐらいのものじゃ。

しかるに、そやつと入れ替わった的矢六兵衛はどうじゃ。

洒落や冗談どころか、めったに口も利かぬ。居ずまいたたずまいは、御書院番士の手本じゃ。勤番の折など、虎の間に腰を据えれば瞬《まばた》きひとつせぬ。控えに戻れば仮眠をとるどころか、灯火のもとに書見台を据えて学問を怠らぬ。それも暇つぶしの蒟蒻本《こんにゃくぼん》などではないぞ。四書五経だの資治通鑑《しじつがん》だの、それこそ昌平黌《しょうへいこう》にて講ぜられるような書物を、いかにも蛍雪の学徒の趣きにて読み耽っておるのだ。

太刀筋は直心影流《じきしんかげりゅう》と見た。誇らしきことは何ひとつ口にせぬが、免許者にちがいない。立ち合いを見た者の話によると、腕に覚えのある番士衆でもまるで相手にならず、講武所の御師範方も負けを怖れて竹刀を交えようとはしなかったらしい。

もとの六兵衛に劣るところといえば、座持ちの悪さじゃの。無口のうえに愛想がない。いつも酒席の端で、独り酒を酌んでいる。宴たけなわとなって差しつ差されつしても、これがまたうわばみのごとくでまるきり酔わぬ。潰すつもりで飲ませたほうがきっと潰れて、しまいには死屍累々たる有様の座敷に、あやつひとりが何ごともなく飲み続けているというふうであった。

何も座持ちのよさが武士の心得ではあるまい。むしろ酔うて乱れぬが心がけであろうよ。

のう、どこに不都合がある。名も職禄もそのままに、無能の御番士が武士の鑑《かがみ》と入れ替わって、何かまずいことでもあるのか。そのうえ上司には礼を尽くし、なさぬ仲の両親にまで孝養をいたし、もってお仲間衆の士道を振起せしむること、なまなかではないのだぞ。

は？――あの男ではのうて、わしを責むるか。このわしを。おいおい、的矢六兵衛を生まれ変わらせたは、上司たるわしの手柄じゃとなぜ言わぬ。

まあよい。おぬしら若僧がこのわしをどう責めたところで、今さら怖いものなどないわい。

思い起こせば昨年の十月十四日、天下の大政を朝廷にお還し奉ったそのときに、徳川幕府はのうなっておるのじゃ。ではそれから後のわれらは何者かというとな、幕府がないのだから幕臣ではない。徳川家という一大名の家来に過ぎぬ。たとえば、昨今の難事をおひとりで宰領なさっている勝安房守様にしたところで、かつては海軍奉行だの陸軍総裁だのに任じておられたが、今は徳川家の家職というほかに何の権威もお持ちではあるまい。しからば、いったいどこのどなたがどのような御法を以《もっ》てわしを責むる。やれるものならやってみい。

ふむ。それは本意ではない、と。

何を偉そうに。ひとこと言うておくがの、安房守様はただいま、御城の明け渡しと主家存続の大事にて手一杯じゃぞい。このうえお仕事を増やしてはなるまいぞ。

さりとて、あの的矢六兵衛を放っておくわけには参らぬ、と。わからぬのう。この正月の鳥羽伏見の戦《いくさ》では、あれほど多くの血を流しておきながら、なにゆえあの六兵衛の始末に限って腕ずく力ずくはならぬのだ。

やや っ、待て待て。わしが登城して説得にあたるなど、話がおかしいぞ。たしかに上意下達は武家の本分ではござるがの、今さらわしがやめよと言うてやまる六兵衛でもあるまい。

いや、やまるかやまらぬかではない。ともかく嫌じゃ。おぬしらも少しはわしの立場を考えてくれ。上司の御番頭《ごばんがしら》様が行方しれずになったゆえ、わしも倣《なろ》うた。すでに無断欠番数月に及び、御書院番八番組組頭《くみがしら》秋山伊左衛門は、所在不明ということになっておるのだ。そのわしが、いったいどの面下げて登城する。

心配するでない。あの的矢六兵衛は勤番士の鑑《かがみ》じゃ。今も御書院番士の務めを律義に果たしおるだけで、勅使がお越しになられようが、畏《かしこ》くも天朝様《てんちょう》の御鳳輦《ごほうれん》が運ばれようが、悶着を起こすような不届き者ではない。

こら、無礼者。乱暴はよせ。わかった、わかったから手を放せ。おぬしらに力ずくで連れてこられたとあっては恥の上塗りじゃ。

ようし、上意下達じゃな。しからば誰に言われたでもなく、上司のわしが説得に当たろうぞ。――やれやれ、とんだことになってしもうたの。

十六

明けて四月二日朝五ツ、加倉井隼人と福地源一郎は「最後の一手」に付き添うて帰城した。

秋山伊左衛門があんがい素直であったのは、べつだんおのが使命と心得たからではあるまい。いわば老役の開き直りというところであろう。御城内で見知った顔に行き会うても、秋山は何ら悪びれるふうもなく、ましてや行方しれずの言いわけなどせず、いつに変わらぬ時候の挨拶をかわした。

真似はできぬ、と隼人は思うた。役人も甲羅《こうら》を経れば、これくらい面の皮が厚くなるのである。おそらく多くの人は、彼が今も寛永寺にて上様の警護をしていると思いこんだにちがいなかった。

しかしさすがに勝安房守の御用部屋が近付くと、緊張した声で「よしなにのう」と囁きかけてきた。

もっとも隼人には、旗本の風上にも置けぬこの侍の事情など、口にするつもりはない。上意下達のお定めに則って、的矢六兵衛を説得してくれればそれでよいのである。千石取りの御組頭《おくみがしら》を引き出すには、安房守の了解も必要であろうと考えて面通しをするだけの話であった。

御用部屋は相も変わらず、畳も見えぬほど散らかっていた。明後日はいよいよ勅使の入城である。

「ちょいと待ってくれ。何だって俺が出かけて話せばよほど早かろうに、いちいち物に書かねばならぬのだ」

秋山伊左衛門は平伏したままである。書き物が一段落したところで安房守はようやく膝を回し、冷えた茶を啜った。

「あんた、誰だね」

「ハハッ、御書院番八番組組頭、秋山伊左衛門と申しまする」

隼人も源一郎も黙って見守るほかはない。あえて紹介するほど、秋山は安い侍ではなかった。

「ええと、御書院番の八番組。ああ、あれの上役かね」

「さようにござりまする。こたびは配下の者が――」

「そんなことはどうだっていいさ。ま、顔を上げなさい。上《かみ》の下《しも》のと言ってたんじゃあ仕事の捗《はか》がゆかない。つまり何だ、上役のあんたがあれを説得してくれるというわけだね」

秋山が答えぬのは、自信がないからであろう。かわりに隼人と源一郎が、然《しか》りと肯いた。

「なるほど。しかしなあ、俺が言うても柳に風だったんだから、あんたが言うてハイさいですか、ともゆくまいね」

どうやら勝安房守は、この組頭にはさほどやる気がないと読んだようである。平伏したままの月代《さかやき》をしばらくうんざりと眺め、それから隼人と源一郎に目を向けて、いかにも「つまらんことを」とでも言いたげな溜息をついた。勘働きというより、的矢六兵衛の上司の消息ぐらいは人伝てに聞いていたのやもしれぬ。

しかし、かと言うて人の努力にとやかく文句をつけぬあたりは大したものである。首筋に手を当ててしばらく考えるふうをしてから、安房守は文机に向いて何やら書き始めた。

「やや、安房守殿。ちとそれは――」

隼人は腰を浮かせて言うた。安房守のみごとな筆が、勝手に「上意」を記している。

「おだまんなさい」

手を休めずに安房守は言うた。須臾《しゆゆ》の間に偽の上意書を書き上げると、「よし」と気合いをこめてこちらに向き直った。

「上意である」

ハハアッ、と三人は頭《かしら》を並べてかしこまった。

「御書院番的矢六兵衛。右の者、かねてより西の丸御殿に精勤いたし候ところ、このたび御城明け渡しの儀、相進み候につき、本四月二日正午を以《もつ》て下番いたし候よう申し付く。尚、御番方手不足の折から不眠不休の精進、まこと祝着《しゆうちやく》により褒美の儀は追って沙汰す――これでどうだい」

ハハアッ、と三人はさらに恐懼《きようく》した。

「しかし、安房守殿。いくら何でも御上意を勝手にしたたむるは、いかがなものか」

ひれ伏したまま隼人は苦言を呈した。

「勝手などしてはいないさ。いいかね、加倉井さん。どこに上様の御名が書いてある」

「誰が聞いてもそう思いますぞ」

「思うのは勝手さ。どだい命惜しさに雲隠れしていた上役に、何の説得ができるものかね。のう、秋山君。あんた、そんな根性で六兵衛に物を言うたところで、恥をかくだけだぞ。だったらそれらしい格好に着替えてだな、面と向かってこの御上意を読み聞かせてやれ。それくらいの芝居は打てるだろう」

安房守は墨痕に息を吹きかけてていねいに折り畳み、くるんだ奉書の表に「下」と書いた。

その一刻後――江戸城西の丸御殿松の大廊下を、花道を行くがごとく歩む三人の武士たちの姿があった。

いずれもまことそれらしき格好である。「上使」の秋山伊左衛門は烏帽子を冠り、黒地の素襖《すおう》も仰々しく、右手には蝙蝠《へんぷく》の扇、左手は袖ぐるみの目の高さに「下」と書かれた奉書を掲げている。後に続く加倉井隼人と福地源一郎も白地の熨斗目《のしめ》に黒の麻裃《あさがみしも》、むろん三人ともに長袴の裾を曳いているから、歩みは遅い。

露払いの御茶坊主が、「シィーッ、シィーッ」と声を上げて行手を開く。すわ何ごとぞと御用部屋から顔を出した侍たちは、奉書を目にするやたちまち転げ出てひれ伏した。

素襖も長裃も、むろん御茶坊主がどこぞから調達してきた仮着であるから、それぞれの家紋はいいかげんである。

嘘ハッタリもここまですれば、怪しむ者もいない。とりわけ老獪《ろうかい》なる秋山伊左衛門の落ち着きようは役者はだしであった。とうてい先刻まで妾宅に隠れていた卑怯者とは見えぬ。

「上使」が行き過ぎると、少し間を置いて大勢の野次馬どもが後を追うた。その奉書がいったい誰に下げ渡されるものなのか、大方の察しがつくからであった。

明後日はいよいよ勅使のご到着である。そこで、帝鑑《ていかん》の間に座り続ける的矢六兵衛に対し、ついに御上意が達せられるのだ。

野次馬どもは囁き合うた。

「さしもの六兵衛も、これで年貢の納めどきよのう」

「まったく、上様にまでお手間をかけさせるとは、とんだ頑固者よ」

「ところで、その上様とはいったいどなた様じゃ」

「それはおぬし、こたび家督をご相続なされる田安亀之助様であろう」

「いや、亀之助様はいまだご幼少ゆえ、御上意を発せらるるはご無理じゃ。やはり勝安房守様が上野のお山へと参上して、前《さき》の将軍家より賜わったのではあるまいかの」

「いやいや、それもまたおかしな話じゃぞい。すでに御謹慎中の慶喜公が、今さら御上意でもございざるまい」

「たしかに。まあ何はともあれ、六兵衛の意固地ももはやこれまで」

「どのような顔で御上意を承るか、見物じゃの」


それにしても、この長袴の何と不自由であることか。

松の御廊下をしずしずと歩みながら、加倉井隼人はいにしえの出来事に思いをはせた。浅野内匠頭《たくみのかみ》はよくもこの長袴を曳きずって刃傷沙汰に及んだものである。また一方の吉良上野介《こうずけのすけ》も、傷を蒙りながらよくぞ逃げおおせたものである。

先を行く秋山伊左衛門はさすが千石取りの御旗本、素襖の長袴は着慣れていると見えて、足の捌《さば》きはまこと鮮かであった。しかし尾張の徒組頭《かちぐみがしら》にすぎぬ隼人は、こうした礼服など着たためしもなかった。

御茶坊主の教示によると、袴の相引《あいびき》に手を差し入れて、内側からつまみ上げつつ歩むがコツであるという。そうは言うても稽古もせずに今の今、うまくできようはずもない。副使が上使に遅れてはならじと急ぐほど、秋山の後ろ背が離れてゆく。

アッ、と声を上げて福地源一郎がつんのめった。押し殺した笑い声が耳に届いた。

ふと見やれば、広い御中庭ごしの向こう座敷は、どれも細く障子が開けられて見物人の顔が鈴生《すずな》りであった。

ようやくの思いで松の御廊下を歩みきり、「上使」一行は帝鑑の間に至った。秋山伊左衛門の背に、いっそうの気合いが漲《みなぎ》った。

襖を開け放ったその一瞬の威儀が大切である。物を考えるいとまを与えず、上使の権威もて圧倒するのである。

野次馬どもは遠巻きに人垣を作って息を詰めていた。

御茶坊主が二人、襖に手を添えて秋山の顔色を窺うている。やがてそれぞれの気は満ち、ついに合一したと見るや襖が左右に開け放たれた。

「上意である。控えおろう」

秋山伊左衛門の渋い声音が轟いた。たちまちはるか後ろの野次馬どもまでが、床の軋みをひとつにして膝をついた。

しかし、六兵衛にうろたえる様子はなかった。いかにも来るべきものが来たとでもいうふうに、帝鑑の間の隅から身を屈めて走り寄り、上意を承るために平伏した。

その身のこなしはまるで、芝居の台本にそうと書かれているようであった。むしろ秋山の素襖《すおう》の背がとまどうていた。

「上意である」

秋山はみずからを鼓舞するように、言わでもの声を重ねた。

三人は帝鑑の間に上がった。四十畳の広敷がなお広く感じられた。御中庭に面した障子は開け放たれており、久しぶりに晴れた空から、正中の光が隈なく降り注いでいた。

すべての侍たちが聞き耳を立てているかのように、西の丸御殿は静まり返っている。

秋山伊左衛門は上座に南面して立ち、加倉井隼人と福地源一郎はその後ろに座った。

六兵衛の顔色は変わらぬ。頭《こうべ》を垂れたまま躙《にじ》り寄って秋山に向き合った。上使の足元を隔つこと六畳、まずは作法に適うている。

秋山はしばらくの間、足を踏ん張って六兵衛の月代《さかやき》を見下していた。半月も城中に居座っていると聞けば、おそらくは弊衣《へいい》蓬髪《ほうはつ》の体《てい》を想像していたのであろう。まるで勤番士の手本のごときその姿が、よほど思いがけなかったにちがいない。

余分なことを言うてくれるな、と隼人は胸に念じた。秋山の素襖の膝が震えていたからである。いかに不面目の上司とはいえ、いやさなればこそこの配下を目前にすればみずからを恥じて、思いがけぬ本音を口に出しそうな気がした。

「秋山様、御上意を」

源一郎がたまりかねて言うた。そこでようやく秋山は、我に返ったように蝙蝠《へんぷく》の扇を素襖の帯に差し、奉書をぐいと六兵衛に向こうてつき出した。

厳かに開き、包紙を襟に挟んでから、秋山伊左衛門は「上意」を達した。

「御書院番的矢六兵衛。右の者、かねてより西の丸御殿に精勤いたし候ところ、このたび御城明け渡しの儀、相進み候につき、本四月二日正午を以《もつ》て下番いたし候よう申し付く。尚、御番方手不足の折から不眠不休の精進、まこと祝着《しゆうちやく》により褒美の儀は追って沙汰す」

六兵衛は両手をつかえて、じっと聞き入っていた。

物は言わぬ。恐懼《きようく》のひとこともない。不穏な沈黙が長く続いた。そうこうしているうちに隼人の目には、四十畳の青畳がやおらささくれ立って、藁筵《わらむしろ》のごとく荒れてゆくように映り始めた。

的矢六兵衛は顔を上げた。仰ぐでもなく睨《ね》めつけるでもなく、まるで花か月でも賞《め》でるように上司の顔を見た。

あたりが一面の芒ヶ原《すすきがはら》に変じた。そのただなかに腰を据えて、六兵衛は動かなくなった。

かくして、知恵を絞った「最後の一手」は敗れた。

勅使の到着は明後日の朝四ツ、すなわち西洋時計の告ぐるところの午前十時である。ことここに至れば残る手だてはただひとつ、誰が何と言おうが腕ずく力ずくで引きずり出すほかはなかった。

ふたたび勝安房守の御用部屋を訪ね、加倉井隼人は力説した。

「さようなわけでござるゆえ、安房守殿が何と申されようが、みどもはみどもの職分において的矢六兵衛を御城外に引き出しまする。御番士方のお手は煩《わずら》わしませぬ。拙者の配下どものみにて十分にござれば、官軍のなしたることとしてご了簡ねがいたい」

安房守は失敗の経緯については笑うて聞いていたが、隼人がそう言うたとたん顔色を変えた。

「あんたはバカか。その官軍の西郷さんが、腕ずく力ずくはまかりならんと言ったのだ。俺が了簡するしないではあるまい」

「バカとは聞き捨てなりませぬぞ。理屈はおっしゃる通りだが、今となってはほかに手だてがござるまい」

「おいおい、よく考えてみろよ加倉井さん。はなっから肚《はら》を括ってそうするなら、そりゃあそれで立派なものだが、万策尽きたあげくにやっぱり力ずくだなど、バカと呼ぶよりほかはなかろう。何べんでも言うぜ。バカ、バカ」

机上の書き物を腹立たしげに片付けると、安房守は人を呼んで出仕度にかかった。

「おや、この物入りにお出かけか」

「俺の出番はおえたゆえ、御勅使には会わぬほうがいいのさ。御城の明け渡しには、会計方の大久保一翁《いちおう》さんと御留守居の内藤筑前さんが立ち会えばよかろう」

隼人は思わず声をあららげた。

「逃げるおつもりか。六兵衛をどうなさる」

やれやれと溜息をつきながら、安房守は隼人の向こう前に屈みこんだ。

「あのなあ、加倉井さん。そこいらの腐れ旗本でもあるまいに、俺が今さら逃げ出すと思うか。上野のお山の上様をいかがする。彰義隊はどうする。軍艦だけは渡さぬと、品川沖に踏ん張っている榎本だって、俺が言って聞かせねばなるまい。それとも何か、あんたが俺にかわって、そういうことをやってくれるのかい」

答えに窮するうちに、安房守は去ってしまった。

隼人はしばらく悄然《しょうぜん》と肩を落として座っていた。

すっかり力が抜けてしもうて、立ち上がることすらままならぬ。このような姿を人に見られてはならぬと胸を張るそばから、どこかが破れてでもいるようにまたすぼんでゆく。

安房守が昼餉の飯粒でも撒いたのであろうか、御用部屋の内庭には雀が寄っていた。どこへなりと自在に飛んで行ける小鳥を、隼人はしんそこ羨《うらや》んだ。

何の取柄もなく、凡庸な徒組頭《かちぐみがしら》にすぎぬおのれが、どうして官軍の御先手《おさきて》などを務める羽目になったのであろう。やはり選ばれたわけではあるまい。多くの尾張衆は国元へと引き揚げてしまい、たまたま市ヶ谷屋敷と戸山御殿の衛士に当たってい た徒組が、江戸に居残ったのである。そうした折も折、勝安房守と西郷隆盛の間で不戦開城の談判が成った。勅使が到着する前に御先手を向けねばならぬ、という話になって、貧乏籤《くじ》を引かされたのがおのれであった、という次第である。

思えばその貧乏籤は、千両の富籤に当たるぐらい珍しい。今やあらかたの御大名は官軍に与《くみ》しており、それら御家の江戸屋敷には必ず留守居の番衆がいるはずなのである。悶着を起こさぬためには御三家が好もしいというのであれば、紀州でも水戸でもよかろう。

この世に生まれて二十八年、これといった果報も格別の不幸もなくて平凡に過ごしてきたおのれが、どうしてこんな貧乏籤を引かされたのであろうか。

いや、今さらあれこれ考えても始まらぬ、と隼人はみずからを督励した。この半月の間、御城内を見聞した限り明け渡しに反対する動きはない。唯一の懸念は、無念無想で帝鑑《ていかん》の間に座り続ける、的矢六兵衛だけである。

やはり腕ずく力ずくで引きずり出すほかはない。しかしそう思うそばから、西郷隆盛という官軍の将のまだ見ぬ顔が、「それはならぬ」と命ずるのであった。

かの人は御城内でもすでに噂が高かった。

身丈が六尺の上もある巨漢、武芸百般の達人で学問は和漢に通ずる。ひとたび彼に接すれば、その人格に服《まつろ》わぬ者のない大器量であるそうな。むろん宮様も御公家衆も飾りもので、百万の官軍に采配を揮《ふる》うは彼であるらしい。

その西郷隆盛が厳に命じたのである。江戸城明け渡しの儀において、腕ずく力ずくは一切まかりならぬ、と。

熟々《つらつら》慮《おもんぱか》ったあげく、加倉井隼人はついに決心した。

西郷の真意に思い至ったのである。旧幕の旗本御家人に不満のなかろうはずはない。誰しもがかろうじてその不満をおしとどめているのだから、些細な悶着で一気に爆発するやもしれぬ。

ましてやこの西の丸御殿には、やがて天朝《てんちよう》様が玉体《ぎよくたい》をお運びになる。天照大神より一系に続く現人神《あらひとがみ》のお住いを血で穢《けが》すなど、恐懼《きようく》の至りである。

腕ずく力ずくはならぬ、と心に決めれば、いくらか体が軽くなった。さればこの際なすべきは、的矢六兵衛がけっして勅使一行に危害を加えぬよう、なおかつ無礼も働かぬよう万全の配慮をすることである。

西の丸御殿に昼八ツの御太鼓が鳴り渡った。かつては役方の下城時刻であったが、いそいそと帰る者などはない。ただいま御城内にある侍は、御留守居役から御徒に至るまで、みな明後日に迫った御城明け渡しの準備に大童《おおわらわ》であった。

隼人はふたたび帝鑑の間へと向かった。

小者どもは掃除に余念がない。手が足らぬと見えて、大奥の下女《おすえ》たちまでが片襷《かただすき》に尻をからげて働いていた。裃《かみしも》姿の隼人が目に入っても道を開くぐらいで手は休めぬ。ふと見れば、糠袋で磨き上げられた柱に、「御無礼蒙御免《ごぶれいごめんこうむる》」と大書した半紙が貼られていた。

天正十八年八月朔日《ついたち》に東照権現様《とうしょうごんげん》が御入城なさって以来、二百七十有余年の歳月ののちの明け渡しであった。その間、御歴代の将軍家のみならず、譜代の幕臣はみな十幾代にわたってお務めを果たしてきたのである。

権現様江戸入りの折には、わが加倉井の祖もお供をしていたはずであった。譜代の御家来衆とともに御三家が立ったのは、それよりずっとのちの話だからである。

そう思うと悲しくてたまらなくなった。御先祖様が天下を夢見て意気揚々と乗っこんだ御城を、不肖の子孫が今し明け渡さんとしている。いや、そうではない。官軍将校のひとりとして、今し奪い取らんとしているのだ。

十七

的矢六兵衛は四十畳の広敷《ひろしき》のただなかに、依然として座り続けていた。誰の指図であろうか、膝前にはお供え物のごとくに茶と饅頭《まんじゅう》が置かれていたが、手を付けた様子はない。

隼人は向こう前に腰を据えた。

「的矢殿にお願いの儀がござる」

眉ひとつ動かぬ。

「明後日は御勅使がお運びになられるゆえ、お腰物を預りたい。いかがか」

さすがに眉が動いた。殿中においては誰にかかわらず御玄関にて刀を預ける定めであるが、脇差はおのおのが腰に差す。その脇差も定寸《じょうすん》ではなく、俗に「小さ刀《ちいがたな》」と称される一尺前後の小刀である。

武家の魂として帯用を許されているその脇差を取り上げるからには、よほど威儀を正さねばならなかった。

「そこもとがこうまで意地を張られるわけは、わかりかねる。よもや刃傷沙汰に及ぶつもりはござるまいが、何かの拍子にまちがいが起きぬとも限らぬ」

隼人の脇差は一尺五寸八分の定寸である。腰に差したままでは鞘尻が畳に当たるゆえ、座る際にはむろんかたわらに置く。しかし六兵衛は小脇差の柄を下腹に抱えるように回して差していた。

おそらく勤番中の作法なのであろう。とっさの変事に応ずるためには、置いてあるより差していたほうがよい。

「のう、的矢殿。お腰物をよこせなどと申すは無礼きわまりないが、拙者には拙者の務めがある。乱暴を働くつもりがないのなら、なおさらのこと御刀を預けて他意なき旨を証していただきたい」

六兵衛の脇差は黒蠟色《くろろいろ》の立派な拵《こしら》えである。柄巻《つかまき》と下緒《さげお》は品のよい茄子紺《なすこん》で、小柄《こづか》には丸に矢筈《やはず》の家紋が金象嵌《きんぞうがん》されていた。

この六兵衛が誂《あつら》えたものであろうか。それとももとの的矢六兵衛が、名や家や老いた両親もろともに托していった刀なのであろうか。

答えはない。隼人の胸元にじっと目を据えて、さてどうするべきかと考えているふうであった。

「すでに居合の間合いじゃ。無礼者と思われるのなら、斬って捨てればよい。そうとなれば、むしろ話は早かろう」

　その一瞬、ざわりと殺気が伝わった。置き刀ではそれこそ間に合わぬ。

　ところが六兵衛は、斬りかかるどころか、脇差を神妙な面持ちで差し出したのである。腰からはずしたあと、柄と尻との左右を転じて両手で進める所作も、まこと作法に適《かな》っていた。

　思わず頭が下がった。そしていよいよ、この侍がわからなくなった。

　正体はどこの馬の骨とも知れぬ「金上げ侍」なのである。ところがその挙措動作の逐一は、武士の手本であった。そうした侍が、いったい何の目的あって殿中に座り続けているのか、まるでわけがわからぬ。

「かたじけのうござる」

　隼人が礼を述べると、六兵衛は太い首をわずかに傾けて肯《うなず》いた。かまわぬ、という意味であろうか。

「勅使入城に際しては、拙者の手の者をそこもとにお付けいたす。むろん、疑心のあるわけではござらぬ。おひとりでいるより手下を従えていたほうが、警護の御番士と見えてみなさま怪しみますまい。よろしゅうござるな」

少し考えるふうをしてから、六兵衛はまたわずかに肯いた。そしてやおら立ち上がると、袴の腿《もも》に手をつかえ、そろそろと身を屈めて広敷の端に向こうた。そうした所作においても、けっして畳の縁《へり》は踏まぬ。

六兵衛は頭がよい。打てば響く。隼人の意を汲んで、「帝鑑《ていかん》の間の勤番士」に見えるよう四十畳の座敷の隅に居場所を定めたのであった。

隼人は廊下に向いて手を叩いた。

「誰かある」

襖が開き、控えていた御茶坊主の禿頭《とくとう》が覗く。

「御玄関の遠侍《とおさぶらい》より、官軍添役の田島小源太を呼んで参れ」

城中の黒衣《くろご》たる御茶坊主は、いるにはいても気配を消している。返す言葉も、台詞《せりふ》を忘れた役者に囁きかけるがごとく短い。

「しばしお待ち」

それだけである。おそらく御茶坊主には、彼らしか使わぬ言葉の様式があるのだろう。けっして武士たちの耳に障らぬよう、二百幾十年もの長きにわたって研ぎ上げられた、刃物のような言葉である。

シィー、シィー、という露払いの奇声が遠のき、しばらく物思うて待つうちにまた同じ声が戻ってきた。

「いま」と、このうえなく省かれた声とともに、御茶坊主が伏したまま襖を開けた。

田島小源太は廊下に蹲踞《そんきょ》したまま、華やかな襖絵に目をしばたたかせた。呼ばれて上がるには、いささか敷居が高すぎるのであろう。

「お頭、何用か」

鰓《えら》の張った四角い顔を引き攣《つ》らせて小源太は言うた。広敷のただなかに裃《かみしも》姿の上役がぽつねんと座り、その膝前には手つかずの茶菓子と小脇差が置かれている。そして座敷の隅には、件《くだん》の的矢六兵衛が丸腰でかしこまっているという図である。呼ばれてうろたえるも無理はあるまい。

隼人は遥かな六兵衛から目をそらさずに命じた。

「明後日の御勅使入城に際し、的矢六兵衛殿は帝鑑の間に勤番いたす。よって手下の者を二人、助番として付けよ。式服は肩衣《かたぎぬ》半袴、ただし的矢殿に倣《なろ》うて丸腰とする」

この有様をひとめ見れば、苦肉の策はわかろうというものである。むしろ小源太は、よくぞ脇差を取り上げたと言わんばかりに、「かしこまった」と答えた。

これでどうにか勅使を迎えることができると思うと、裃の肩が軋《きし》むほど力が抜けた。

「のう、六兵衛――」

隼人は声を改めて語りかけた。

「今しがた、あれこれ考えたのだが、わしらはみな貧乏籤《くじ》を引かされたようだの」

答えはせぬが聞いている。黙りこくる六兵衛の横顔が、いちいち肯いているように見えた。

「この添役は、わしの幼なじみでの。おたがい市ヶ谷屋敷の門長屋にて生まれ育った江戸ッ子じゃ。尾張名古屋などという国元は、いくどか目にしたぐらいでよくは知らぬ。お仲間衆はみな帰ってしもうたが、わしらは生まれながらの江戸詰が災いして、俄《にわ》か官軍の務めを押しつけられてしもうた。幸い首はいまだつながっておるがの、いくつ挿《す》げ替えたところで間に合わぬほどのお役目じゃぞえ」

六兵衛がおもむろに顔を向けた。厳《いかめ》しく武張った面構えだが、心なしか悲しげに見える。

「しかし、最もひどい貧乏籤を引かされたは、勝安房守殿であろうよ。わしはつい先刻それに気付いて、短腹《たんぱら》は起こすまいと思うた。そのうえ、よう考えてみれば、おぬしもまた貧乏籤を引いた口にちがいないのだ。貧乏人が貧乏人をどうにかしようなど、できるはずもなし、してもなるまい。ちがうか、六兵衛」

言うだけのことを言うて、隼人は帝鑑の間を後にした。おのれのできる限りはこれまでである。

御腰物《おこしもの》部屋は遠侍の裏手にあった。

殿中の勤番者は御老中から番士に至るまで、刀を預け置く定めである。式日に登城する御大名とて例外ではなかった。

長押《なげし》の上の欄間からわずかに光の射し入る板敷に、ぐるりと刀箪笥が繞《めぐ》っている。御納戸方《おなんどがた》の老役がひとり、文机に倚《よ》って帳付けをしていた。いったい幾十年ここに詰めておるのだろうと、訊ねたくなるほどの老人であった。

脇差は刀とともに納めおくべきである。

「ええと、御書院番の的矢六兵衛様。はいはい、ずいぶん長いこと御刀をお預りしておりますが、小さ刀《ちいさがたな》までお納めでござるかの」

と、どうやらこの部屋の外で起きている出来事はまるで知らぬらしい。脇差を預るなどありえぬ話であろうに、それも訊ねようとはしなかった。しかし御役一途はさすがに大したもので、夥《おびただ》しい抽斗《ひきだし》の中から迷わず六兵衛の刀を取り出した。

「たしかにお対《つい》でござるな。では、お預《こよ》りいたしましょう」

刀の鍔《つば》には、姓名が書かれた付箋が紙縒で結びつけられていた。

大小を並べてみれば、いよいよみごとな拵《こしら》えである。黒蠟色《くろろいろ》の漆は若く、傷みもない。だとするとこれはやはり、株を買うて俄か旗本となったあの六兵衛が、新調したものと見るべきであろう。

そう思うと、どうにも本身を検《あらた》めたくなった。

「いや、それはちと——」

「的矢殿とは昵懇《じっこん》の仲じゃ。お務めもこう長《なご》うなっては刀の手入れもできまい。ましてや雨もよいが続けば錆《さび》も出よう」

他人が勝手に刀を検めるなど不見識にもほどがあるが、隼人は委細かまわずに刀を執って鯉口を切った。

「ほう」と老役が先に感嘆の声を上げた。さすがは幾十年にわたる腰物役、目は確かであるらしい。

鞘の棟に左手を添えてゆるゆると本身を抜ききれば、ほの暗い部屋が白く明るんだように思えた。胸のすくような直刃《すぐは》に樋《ひ》が穿《うが》たれている。立姿は尋常であった。

「何と鑑《み》る」

隼人が訊ぬれば、目利きの老役はにべもなく答えた。

「肥前の忠吉《ただよし》。それもこの鉄色《かないろ》から察するに、後代ではござるまい。いやはや、畏れ入った」

忠吉は慶長の初代から今日まで、肥前鍋島家に仕える刀工である。作風は伝統を重んじていささかの外連《けれん》もなく、古刀の雅味をよく伝えているところから、武士の間に賞翫《しょうかん》厚いものがあった。

とりわけ茎《なかご》の差裏《さしうら》に「肥前國忠吉」の五字銘を切る初代の作は、「五字忠吉」と称される御大名刀《おだいみょうがたな》である。

その御大名も佩刀《はいとう》はここに預けるのだから、こっそり拝見するのも役得なのであろう。よって老役の目はたしかなのである。

「後代ではない、とな」

「さようですな。このみごとな糠目《ぬかめ》肌なら、一門でも二代近江大掾《おうみのだいじょう》から三代陸奥守《むつのかみ》まで、まずその先には下りますまい。あるいは――」

初代五字忠吉、と言おうとして老役は口を噤《つぐ》んだにちがいない。そうと信じても断言せぬが目利きの礼儀である。

さなる名刀ならば、まさか茎まで検めることはできぬ。刀身には一点の曇りもなく、持主の日ごろの心がけを感じさせた。手入れの要はない。

刀を黒蠟色の鞘に納めて押し戴き、今し預ってきた脇差を抜いた。これも同じ地鉄《じがね》、同じ直刃である。

前屈みに覗きこみながら、老役は絞るような声で言うた。

「たしかにお対ではござるが、しかし――」

「しかし、何じゃ」

「忠吉の脇差ならば一尺五寸か六寸、それを小さ刀に磨《す》り上げたか」

信じ難い話である。値の付けようのない五字忠吉の大小揃い、その脇差を小さ刀の一尺に切り詰めた。

よほど刀剣に愛着があるのだろう、老役は板敷に両手をついて肩を落としてしまった。

「いかに殿中のお定めごととは申せ、何とももったいない。御城の終《つい》のこのときに、とんでもないものを見てしもうた。長生きなどしてはなりませぬのう」

脇差を納めると、欄間から射し入る光まで退いたように思えた。

あの侍は旗本の株を買うたばかりか、金銭では購《あがな》えぬ名刀の大小を手に入れ、のみならず殿中勤仕《ごんし》のために脇差を磨り上げたのだ。

心までがすっかり翳《かげ》ってしもうた。「的矢六兵衛」と書かれた付箋を紙縒で脇差の鍔に留めながら、隼人はのしかかる闇に肩をすくませた。

（下巻につづく）

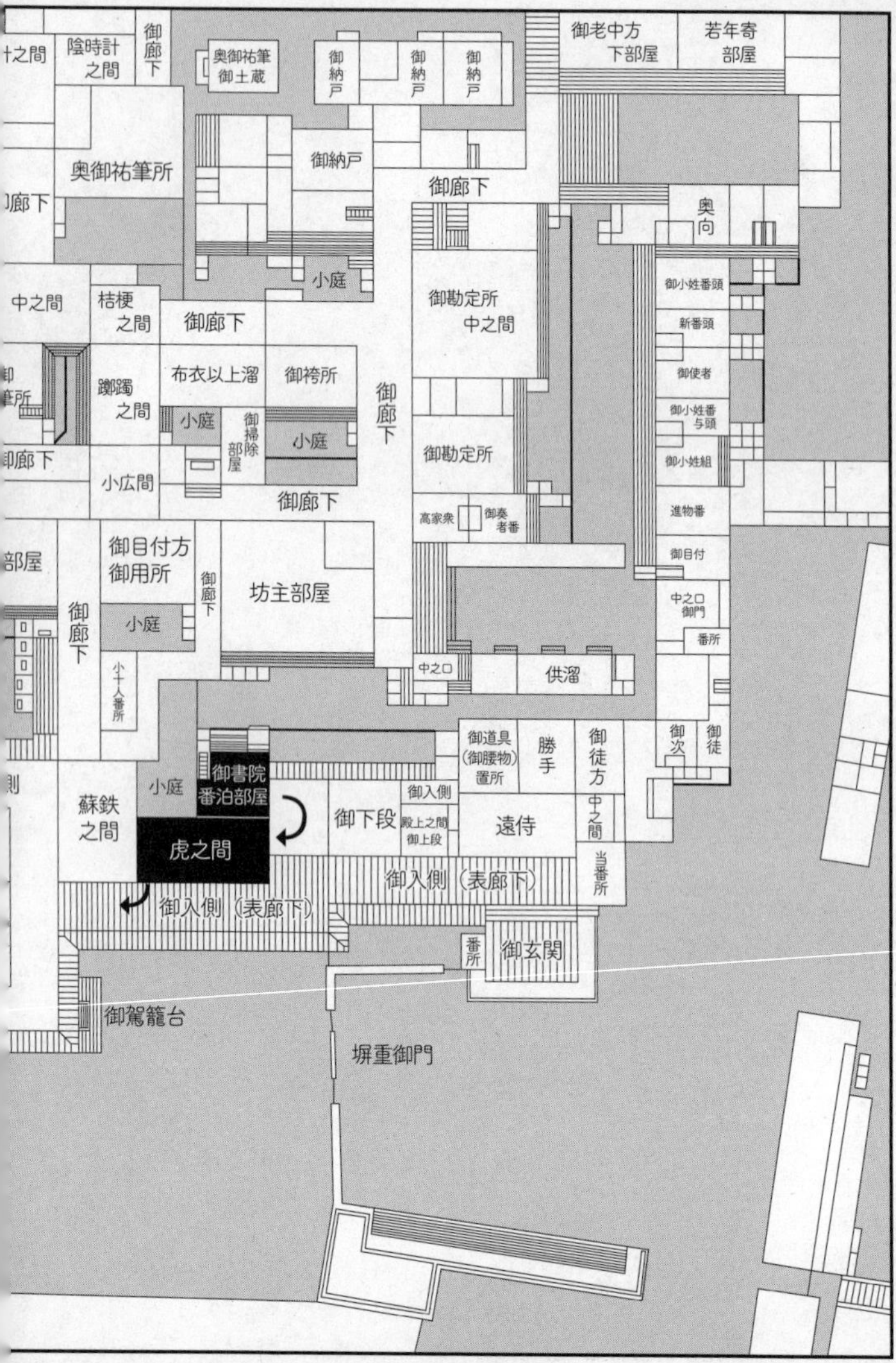

陰時計之間
御廊下
奥御祐筆
御土蔵
御納戸
御納戸
御納戸
御老中方
下部屋
若年寄
部屋
奥御祐筆所
御納戸
御廊下
奥向
小庭
御勘定所
中之間
中之間
桔梗之間
御廊下
布衣以上溜
御袴所
御廊下
躑躅之間
小庭
御掃除部屋
小庭
御勘定所
御小姓番頭
新番頭
御使者
御小姓番
与頭
御小姓組
小広間
御廊下
高家衆
御奏者番
進物番
御目付方
御用所
御廊下
坊主部屋
御目付
部屋
中之口
御門
御廊下
小庭
番所
小十人番所
中之口
供溜
御道具
(御腰物)
置所
勝手
御徒方
御次
御徒
小庭
御書院
番泊部屋
御入側
蘇鉄之間
御下段
殿上之間
御上段
遠侍
中之間
虎之間
当番所
御入側（表廊下）
御入側（表廊下）
番所
御玄関
御駕籠台
塀重御門

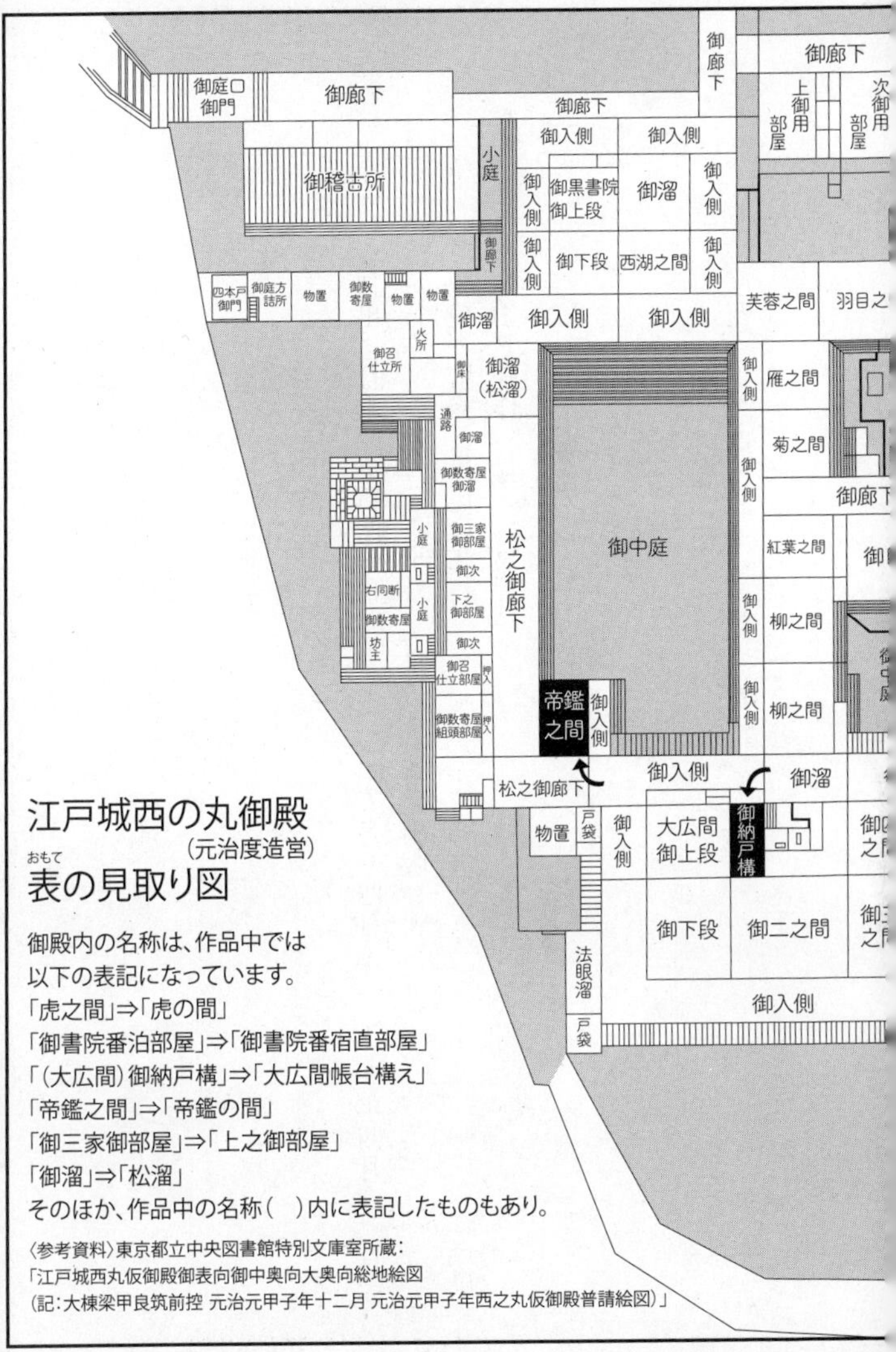

江戸城西の丸御殿
（元治度造営）
表《おもて》の見取り図

御殿内の名称は、作品中では
以下の表記になっています。

「虎之間」⇒「虎の間」

「御書院番泊部屋」⇒「御書院番宿直部屋」

「（大広間）御納戸構」⇒「大広間帳台構え」

「帝鑑之間」⇒「帝鑑の間」

「御三家御部屋」⇒「上之御部屋」

「御溜」⇒「松溜」

そのほか、作品中の名称（　）内に表記したものもあり。

〈参考資料〉東京都立中央図書館特別文庫室所蔵：
「江戸城西丸仮御殿御表向御中奥向大奥向総地絵図
（記：大棟梁甲良筑前控 元治元甲子年十二月 元治元甲子年西之丸仮御殿普請絵図）」

初出　日本経済新聞朝刊　二〇一二年五月十四日～二〇一三年四月十七日
単行本　二〇一三年十月　日本経済新聞出版社刊
土佐弁監修　橋尾直和
DTP制作　（株）言語社

文春文庫

黒書院《くろしよいん》の六兵衛《ろくべえ》　上

定価はカバーに
表示してあります

2017年1月10日　第1刷

著　者　浅田次郎《あさだじろう》
発行者　飯窪成幸
発行所　株式会社　文藝春秋

東京都千代田区紀尾井町 3-23　〒102-8008
TEL　03・3265・1211
文藝春秋ホームページ　http://www.bunshun.co.jp

落丁、乱丁本は、お手数ですが小社製作部宛お送り下さい。送料小社負担でお取替致します。

印刷・凸版印刷　製本・加藤製本

Printed in Japan
ISBN978-4-16-790766-2

（　）内は解説者。品切の節はご容赦下さい。

浅田次郎
月のしずく
きつい労働と酒にあけくれる男の日常に舞い込んだ美しい女。出会うはずのない二人が出会う時、癒しのドラマが始まる――表題作ほか「銀色の雨」「ピエタ」など全七篇収録。（三浦哲郎）
あ-39-1

浅田次郎
壬生義士伝《みぶぎしでん》（上下）
「死にたぐねえから、人を斬るのす」――生活苦から南部藩を脱藩し、壬生浪《みぶろ》と呼ばれた新選組の中にあって人の道を見失わなかった吉村貫一郎。その生涯と妻子の数奇な運命。（久世光彦）
あ-39-2

浅田次郎
姫椿
飼い猫に死なれたOL、死に場所を探す社長、若い頃別れた恋人への思いを秘めた男、妻に先立たれ競馬場に通う助教授……。凍てついた心にぬくもりが舞い降りる全八篇。（金子成人）
あ-39-4

浅田次郎 編
見上げれば 星は天に満ちて
心に残る物語――日本文学秀作選
鷗外、谷崎、八雲、井上靖、梅崎春生、山本周五郎……。物語はあらゆる日常の苦しみを忘れさせるほど、面白くなければならないという浅田次郎氏が厳選した十三篇。輝く物語をお届けする。
あ-39-5

浅田次郎
輪違屋糸里《わちがいやいとさと》（上下）
土方歳三を慕う京都・島原の芸妓・糸里は、芹沢鴨暗殺という、新選組の内部抗争に巻き込まれていく。大ベストセラー『壬生義士伝』に続き、女の〝義〟を描いた傑作長篇。（末國善己）
あ-39-6

浅田次郎・文藝春秋 編
浅田次郎 新選組読本
『壬生義士伝』『輪違屋糸里』で新選組に新しい光を当て、国民的共感を勝ち得た著者によるエッセイ、取材時のエピソード、対談など、新選組とその時代の魅力をあまさず伝える。
あ-39-8

（　）内は解説者。品切の節はご容赦下さい。

浅田次郎
月島慕情
過去を抱えた女が真実を知って選んだ道は。表題作の他、ワンマン社長と靴磨きの老人の生き様を描いた「シューシャインボーイ」など、市井に生きる人々の矜持を描く全七篇。（桜庭一樹）
あ-39-9

浅田次郎
沙髙樓綺譚
伝統を受け継ぐ名家、不動産王、世界的な映画監督。巨万の富と名誉を持つ者たちが今宵も集い、胸に秘めてきた驚愕の経験を語りあう。浅田次郎の本領発揮！　超贅沢な短編集。（百田尚樹）
あ-39-10

浅田次郎
草原からの使者
沙髙樓綺譚
総裁選の内幕、莫大な遺産を受け継いだ御曹司が体験するカジノの一夜、競馬場の老人が握る幾多の人生。富と権力を持つ人間たちの虚無と幸福を浅田次郎が自在に映し出す。（有川　浩）
あ-39-11

浅田次郎
一刀斎夢録
（上下）
怒濤の幕末を生き延び、明治の世では警視庁の一員として西南戦争を戦った新選組三番隊長・斎藤一の眼を通して描き出される感動ドラマ。新選組三部作ついに完結！　（山本兼一）
あ-39-12

浅田次郎
君は嘘つきだから、小説家にでもなればいい
裕福だった子供時代、一家離散の日々で身につけた習慣、二人の母のこと、競馬、小説。作家・浅田次郎を作った人生の諸事が綴られた文章に酔いしれる、珠玉のエッセイ集。

あ-39-14

浅田次郎
かわいい自分には旅をさせよ
京都、北京、パリ……誰のためでもなく自分のために旅をし、日本を危うくする「男の不在」を憂う。旅の極意と人生指南がつまった、笑いと涙の極上エッセイ集。幻の短篇、特別収録。

あ-39-15

（　）内は解説者。品切の節はご容赦下さい。

秋山香乃
総司　炎《ほむら》の如く
新撰組最強の剣士といわれた沖田総司。芹沢鴨暗殺、池田屋事変など、幕末の京の町を疾走した、その短くも激しく燃焼し尽くした生涯を丹念な筆致で描いた新撰組三部作完結篇。
あ-44-3

梓澤　要
越前宰相秀康
徳川家康の次男として生まれながら、父に疎まれ、秀吉の養子に出された秀康。さらには関東の結城家に養子入りした彼はその後越前福井藩主として幕府を支える。（島内景二）
あ-63-1

青山文平
白樫の樹の下で
田沼意次の時代から清廉な松平定信の息苦しい時代への過渡期。いまだ人を斬ったことのない貧乏御家人が名刀を手にしたとき、何かが起きる。第18回松本清張賞受賞作。（島内景二）
あ-64-1

青山文平
かけおちる
藩の執政として辣腕を振るう男は二十年前、男と逃げた妻を斬った。今また、娘が同じ過ちを犯そうとしている——。時代小説の新しい世界を描いて絶賛される作家の必読作！（村木　嵐）
あ-64-2

井上ひさし
手鎖心中
材木問屋の若旦那、栄次郎は、絵草紙の人気作者になりたいと願うあまり馬鹿馬鹿しい騒ぎを起こし……歌舞伎化もされた直木賞受賞作。表題作ほか「江戸の夕立ち」を収録。（中村勘三郎）
い-3-28

井上ひさし
東慶寺花だより
離縁を望み決死の覚悟で鎌倉の「駆け込み寺」へ——女たちの事情、強さと家族の絆を軽やかに描いて胸に迫る涙と笑いの時代連作集。著者が十年をかけて紡いだ遺作。（長部日出雄）
い-3-32

池波正太郎
鬼平犯科帳　全二十四巻
火付盗賊改方長官として江戸の町を守る長谷川平蔵。盗賊たちを切捨御免、容赦なく成敗する一方で、素顔は人間味あふれる人情家。池波正太郎が生んだ不朽の〈江戸のハードボイルド〉。
い-4-52

（　）内は解説者。品切の節はご容赦下さい。

池波正太郎
おれの足音
大石内蔵助（上下）
吉良邸討入りの戦いの合間に、妻の肉づいた下腹を想う内蔵助。剣術はまるで下手、女の尻ばかり追っていた〝昼あんどん〟の青年時代からの人間的側面を描いた長篇。（佐藤隆介）
い-4-93

池波正太郎
秘密
家老の子息を斬殺し、討手から身を隠して生きる片桐宗春。だが人の情けに触れ、医師として暮すうち、その心はある境地に達する――。最晩年の著者が描く時代物長篇。（里中哲彦）
い-4-95

岩井三四二
崖っぷち侍
戦国末期。千葉房総の大名、里見家に仕える下級武士・金丸強右衛門は、戦で勝てば領地が増え、生活も楽になり妾も囲えると意気揚々。ところが主家は領地を減らされ……。（川本三郎）
い-61-6

稲葉　稔
ちょっと徳右衛門
幕府役人事情
剣の腕は確か、上司の信頼も厚いのに、家族が最優先と言い切るマイホーム侍・徳右衛門。とはいえ、やっぱり出世も同僚の噂も気になって…新感覚の書き下ろし時代小説！
い-91-1

稲葉　稔
ありゃ徳右衛門
幕府役人事情
同僚の道ならぬ恋を心配し、若造に馬鹿にされ、妻は奥様同士のつきあいに不満を溜めている。リアリティ満載の新感覚時代小説！　家庭最優先の与力・徳右衛門シリーズ第二弾。
い-91-2

稲葉　稔
やれやれ徳右衛門
幕府役人事情
色香に溺れ、ワケありの女をかくまってしまった部下の窮地を救えるか？　役人として男として、答えを要求されるマイホーム侍・徳右衛門。果たして彼は〝最大の敵〟を倒せるのか。
い-91-3

稲葉　稔
人生胸算用
郷士の長男という素性を隠し、深川の穀物問屋に奉公に入った辰馬。胸に秘めるは「大名に頭を下げさせる商人になる」という決意。清々しくも温かい時代小説、これぞ稲葉稔の真骨頂！
い-91-11

（　）内は解説者。品切の節はご容赦下さい。

犬飼六岐
佐助を討て
真田残党秘録
豊臣家を滅ぼした家康だが、夜ごとに猿飛佐助に殺される悪夢に悩まされていた。佐助の死なくして家康の安眠なし。伊賀忍者と佐助ら真田残党との壮絶な死闘が始まる。（末國善己）
い-93-1

宇江佐真理
余寒の雪
女剣士として身を立てることを夢見る知佐は、江戸で何かを見つけることができるのか。武士から町人まで人情を細やかに描く七篇。中山義秀文学賞受賞の傑作時代小説集。（中村彰彦）
う-11-4

宇江佐真理
神田堀八つ下がり
河岸の夕映え
御厩河岸、竈河岸、浜町河岸……。江戸情緒あふれる水端を舞台に、たゆたう人々の心を柔らかな筆致で描いた、著者十八番の人情噺。前作『おちゃっぴい』の後日談も交えて。（吉田伸子）
う-11-15

植松三十里《みどり》
群青
日本海軍の礎を築いた男
幕末、昌平黌で秀才の名をほしいままにし、長崎海軍伝習所で、勝海舟や榎本武揚等とともに幕府海軍の創設に深く関わり、最後の海軍総裁となった矢田堀景蔵の軌跡を描く。（磯貝勝太郎）
う-26-1

海老沢泰久
無用庵隠居修行
出世に汲々とする武士たちに嫌気が差した直参旗本・日向半兵衛は「無用庵」で隠居暮らしを始めるが、彼の腕を見込んで、難事件が次々と持ち込まれる。涙と笑いありの痛快時代小説。
え-4-15

逢坂　剛・中　一弥　画
平蔵の首
深編笠を深くかぶり決して正体を見せぬ平蔵。その豪腕におののきながらも不逞に暗躍する盗賊たち。まったく新しくハードボイルドに蘇った長谷川平蔵もの六編。（対談・佐々木　譲）
お-13-16

乙川優三郎
生きる
亡き藩主への忠誠を示す「追腹」を禁じられ、白眼視されながら生き続ける初老の武士。懊悩の果てに得る人間の強さを格調高く描いた感動の直木賞受賞作など、全三篇を収録。（縄田一男）
お-27-2

（　）内は解説者。品切の節はご容赦下さい。

加藤　廣
信長の棺（上下）
消えた信長の遺骸、秀吉の中国大返し、桶狭間山の秘策――。丹波を訪れた太田牛一は、阿弥陀寺、本能寺、丹波を結ぶ〝闇の真相〟を知る。傑作長篇歴史ミステリー。（縄田一男）
か-39-1

加藤　廣
秀吉の枷（上下）
「覇王（信長）を討つべし！」　竹中半兵衛が秀吉に授けた天下取りの秘策。異能集団〈山の民〉を伴い天下統一を成し遂げ、そして病に倒れるまでを描く加藤版「太閤記」。（雨宮由希夫）
か-39-3

加藤　廣
明智左馬助の恋（全三冊）
秀吉との出世争い、信長の横暴に耐える主君光秀を支える忠臣左馬助の胸にはある一途な決意があった。大ベストセラーとなった『信長の棺』『秀吉の枷』に続く本能寺三部作完結篇。
か-39-6

加藤　廣
安土城の幽霊（上下）
たった一つの小壺の行方が天下を左右する。信長、秀吉、家康と持ち主の運命に大きく影響した器の物語を始め、「信長の棺」外伝といえる著者初めての歴史短編集。（島内景二）
か-39-8

加藤　廣
信長の血脈　「信長の棺」異聞録
信長の傅役・平手政秀自害の真の原因は？　秀頼は淀殿の不倫で生まれた子？　島原の乱の黒幕は？　『信長の棺』のサイドストーリーともいうべき、スリリングな歴史ミステリー。
か-39-9

風野真知雄
耳袋秘帖
妖談うつろ舟
江戸版ＵＦＯ遭遇事件と目される「うつろ舟」伝説。深川の白蛇、幽霊を食った男…。怪奇が入り乱れる中、闇の者とさんじゅあんの謎を根岸肥前守はついに解き明かすのか？　堂々の完結篇。
か-46-23

風野真知雄
死霊大名　くノ一秘録１
伊賀国でくノ一として修業を積んできた16歳の蛍。千利休から松永久秀を探る命を受け、父とともに旅に出る。そこで目にしたのは「死と戯れる」秘技だった。新シリーズ第１弾！
か-46-24